Laudes – Selbsterfahrungen eines Klerikers

Erich Guntli

Laudes – Selbsterfahrungen eines Klerikers

Erzählung in Traum-Bildern

Verlag Friedrich Pustet Regensburg

Die Deutsche Bibliothek – CIP-Einheitsaufnahme

Guntli, Erich:
Laudes : Selbsterfahrungen eines Klerikers ; Erzählung in Traum-Bildern / Erich Guntli. – Regensburg : Pustet, 1993
ISBN 3-7917-1384-1

ISBN 3-7917-1384-1

Umschlagmotiv: Erich Guntli
Umschlaggestaltung: Peter Loeffler, Regensburg
Gesamtherstellung: Friedrich Pustet, Regensburg
Printed in Germany 1993

Inhalt

Invitatorium

Herr, öffne meine Lippen.

Noch bevor er seine Lippen öffnete, kamen ihm diese Worte in den Sinn. Schlaftrunken war er nicht mehr, gewöhnte er sich doch irgendeinmal an, sofort nach dem Aufstehen zehn Liegestützen und zehn Rumpfbeugen zu machen, nicht weil er sportlich gewesen wäre, dies schon gar nicht, sondern um den Kreislauf anzuregen, wach zu werden, während die Worte – ›Herr, öffne meine Lippen‹ – automatisch hoch kamen aus jener Tiefe, die auszuloten er sich einst vornahm.

Dies war noch vor jener Zeit, als er eintrat ins Priesterseminar. Ob all der Rede über Selbstbestimmung vermochte er dieses Selbst nicht zu bestimmen, war es doch unergründlich tief, gleichsam ein Brunnenschacht, bei dem man einen Stein nie ins Wasser klatschen hörte, weshalb er auch nicht wagte, dieses Selbst zu bestimmen und folgerichtig auch dem Begriff der Selbstverwirklichung tunlichst auswich. Wo wenig zu bestimmen sei, sagte er sich, da bestünden auch wenig Chancen, zu verwirklichen, und so wandte er sich der Bestimmung zu, suchte seine Stimmung in Einklang zu bringen mit ihr. Er trat also ins Priesterseminar ein.

Hier wurde jener Automatismus in Gang gesetzt, der ihn wohl nun ein Lebtag lang begleiten würde, so bald wie möglich des Morgens zu beten – ›Herr, öffne meine Lippen‹. Daß das geistliche Leben im Bett beginnen und im Bette enden würde, hielt er anfänglich für eine gelungene Formulierung jenes Professors, der die Studenten, kirchenrechtlich als Alumnen bezeichnet, in die Formen geistlichen Lebens einführte. Diese Formulierung war mehr als gelungen, sie saß, setzte sich tief in sein Selbst hinein, so tief, daß auch hier nichts mehr genau zu bestimmen war, obwohl die Rede von Selbstbestimmung und Selbstverwirklichung längst auch die Seminarmauern hochgeklettert war mitsamt dem Begriffspaar der Entfremdung und Befreiung. Erstere würde ausgemacht durch die Situationsanalyse und Letztere würde gewonnen aus dem dialektischen Gegensatz. Da nun in einem Priesterseminar bevorzugter Gegenstand des Studiums jenes höchste Wesen ist, das wir Gott nennen, dieser als der ganz Andere immer in dialektischem Gegensatz zu allem Bestehenden steht, beschäftigt man sich vorwiegend mit der Situation der Entfremdung: Kritisches Denken nannte man dies. Nie durfte sein, was ist, ausgenommen der kritische Denker natürlich; dies durfte man sein, mußte man sein, denn wer nicht kritisch war, nahm Gott als den ganz Anderen nicht ernst, noch weniger jenen, den er gesandt hatte, um die Geschichte der göttlichen Kritik zu unterwerfen – Jesus. Wer nicht kritisch war, war nicht christlich. Dies wurde zu einem ungeschriebenen Dogma, und dem Vorwurf, nicht christlich zu sein, suchte sich jeder zu entziehen. Was hätte er sonst in einem Priesterseminar zu suchen gehabt?

Weshalb der kritische Denker der Kritik entzogen sei, begann ihn mit der Zeit zu beschäftigen, ihn, der am Morgen den Herrn bat, ihm die Lippen zu öffnen. Wahrscheinlich hätte er Schützenhilfe erhalten von jenem messerscharfen Logiker, der Philosophie unterrichtete, später gar ein Lehrbuch über angewandte Logik in einem renommierten wissenschaftlichen Verlag herausgab. Doch Logik ist nicht jedermanns Sache. So blieb als einzige Möglichkeit, ungeschützt unkritisch zu sein, was die kritischen Denker der Studenten zu der Annahme bewog, entweder unterstütze er die bestehenden Verhältnisse und sei deshalb nicht christlich, oder er sei konservativ, was ungefähr auf dasselbe herauslief, oder er sei einfach dumm.

Vorbei war nun diese Zeit und weit weg. Wohl hatte er einen Professor gefunden, bei dem er eine Lizentiatsarbeit schreiben durfte, die nicht dem gängigen kritischen Denken verpflichtet zu sein hatte. Doch auch diese Arbeit war tief hinabgerutscht in sein Inneres, das er einst ergründen wollte.

Jetzt beanspruchte ihn die Arbeit in der Pfarrei und ließ ihn das Theologengezänk beinahe vergessen, wären nicht hin und wieder Nachrichten über die Besetzung bischöflicher Stühle in sein Haus gedrungen, die ihm wie Symptome theologischer

Flügelkämpfe erschienen. Er schottete sich ab, hatte sich eingestimmt auf das Leben in der Gemeinde, suchte sich einzuschwingen in ihre Höhen und Tiefen, folgte den Stimmungen des Kirchenjahres. Diese Stimmungen konnten umso ungehinderter erklingen, je mehr er sein Leben auf den Grundton stimmte, der am Morgen aus seinem Innern erklang und die Worte formte:

Herr, öffne meine Lippen.
Damit mein Mund dein Lob verkünde.

Diesen Eröffnungsvers konnte er aus- und inwendig, und flüchtig wandten sich seine Augen dem Invitatoriumspsalm zu, jenem Psalm, der früher den Mönchen in den Klöstern ermöglichte, unbemerkt und schlaftrunken in das Chorgestühl zu huschen. Er war zwar kein Mönch, pflegte aber mönchisches Erbe.

Danket dem Herrn; denn seine Huld währt ewig.

Kommt, laßt uns jubeln vor dem Herrn
und zujauchzen dem Fels unseres Heiles!
Laßt uns mit Lob seinem Angesicht nahen,
vor ihm jauchzen mit Liedern.
Denn der Herr ist ein großer Gott,
ein großer König über allen Göttern.
In seiner Hand sind die Tiefen der Erde,
sein sind die Gipfel der Berge.
Sein ist das Meer, das er gemacht hat,
das trockene Land, das seine Hände gebildet.
Kommt, laßt uns niederfallen, uns vor ihm verneigen,
laßt uns niederknien vor dem Herrn, unserm Schöpfer!
Denn er ist unser Gott, wir sind das Volk seiner Weide,
die Herde, von seiner Hand geführt.
Ach, würdet ihr doch heute auf seine Stimme hören!
»Verhärtet euer Herz nicht wie in Meriba,
wie in der Wüste am Tag von Massa!
Dort haben eure Väter mich versucht,
sie haben mich auf die Probe gestellt
und hatten doch mein Tun gesehen.

Vierzig Jahre lang war mir dies Geschlecht zuwider,
und ich sagte:
Sie sind ein Volk, dessen Herz in die Irre geht;
denn meine Wege kennen sie nicht.
Darum habe ich in meinem Zorn geschworen:
Sie sollen nicht kommen in das Land meiner Ruhe.«
Ehre sei dem Vater und dem Sohn und dem Heiligen Geist.
Wie im Anfang, so auch jetzt und alle Zeit, und in Ewigkeit.
Amen.

Danket dem Herrn, denn seine Huld währt ewig.

Sachte bewegte sich die kleine Flamme der Öllampe vor den beiden Ikonen, die er neben der Tür, die Arbeitszimmer und Stube miteinander verband, angebracht hatte: die *Muttergottes der Immerwährenden Hilfe* und den *Christus Pantokrator*, den Allherrscher, zwei Kunstdrucke, aufgezogen auf Holz, darüber eine Ikone des Gekreuzigten, gegossen in Messing; Geschenke von Menschen, die um seine innere Neigung zur Orthodoxie wußten, Geschenke, die ihn zögern ließen, die Imitationen durch echte Ikonen zu ersetzen. Sachte bewegte sich die kleine Flamme der Öllampe, denn er mochte das Stundengebet weder kniend noch sitzend oder stehend verrichten: er mußte gehen, hin und her vom Arbeitszimmer in die Stube und zurück, vorbei an den Ikonen, manchmal vor ihnen innehaltend. Zwar stand auf dem Boden ein kleiner Meditationsschemel, doch all die Versuche, einen Zugang zur Meditation zu finden scheiterten am Drang umherzugehen, an der Unfähigkeit, ruhig zu verweilen. Er mußte gehend beten oder betend gehen und entsprach darin dem Cliché des brevierbetenden Priesters im Garten.

Er sei noch nicht reif für die Meditation, sagte er, wenn er darauf angesprochen wurde, obwohl damals im Seminar die Meditation von vielen gepflegt wurde, dieses ruhige Hineinhören in die Stille. Sachte bewegte sich die kleine Flamme der Öllampe, denn das ständige Hin und Her verursachte einen Luftzug, welcher der Flamme keine Ruhe ließ.

›Sie bewegt sich schneller‹, dachte er, als er nach dem Invitatoriumspsalm kurz vor den Ikonen innehielt und in die Flamme der Öllampe blickte.

›Sie bewegt sich schneller. Irgend etwas ist anders heute.‹

Er blickte der *Immerwährenden Hilfe* in die Augen, dann dem *Pantokrator*, wich aber schnell deren Blicken aus. Es waren Blicke, die mehr erfragten, als er zu antworten vermochte, und was heute anders wäre, das wollte er gerne wissen. Doch wie so oft, war vorerst sein Denken gehemmt. Er blätterte weiter im Stundenbuch und suchte in den gewohnten Gang zurückzukehren.

Hymnus

Du Licht des Himmels, großer Gott,
der ausgespannt das Sternenzelt
und der es hält mit starker Hand,
du sendest Licht in unsre Welt.

Die Morgenröte zieht herauf
und überstrahlt das Sternenheer,
der graue Nebel löst sich auf,
Tau netzt die Erde segensschwer.

Er griff an die Stirn, spürte eine leichte Feuchtigkeit, war eigentlich beim Aufstehen schon verwundert. Er mußte in der Nacht arg geschwitzt haben. Die Nacht war zwar weder zu kalt, so daß er sich hätte besonders zudecken müssen, noch zu warm, um ins Schwitzen zu kommen. Von draußen klangen die Geräusche des morgendlichen Verkehrs herein. Immer zu dieser Morgenstunde kam er sich privilegiert vor. Keine Stempeluhr erwartete ihn, noch die Präzision eines Schulgongs. Gemächlich konnte er in den Tag hineinsteigen, hineinwandeln in den Tag, sich hineinbeten in den Tag. Weder eine Frau noch mürrische Kinder stellten ihn des morgens auf den Boden alltäglicher Wirklichkeit, auch kannte er kaum Zeitdruck am Morgen. Frühmessen gab es keine mehr, wie damals, als er noch ein Junge war und Ministrant und des öftern bereits um sechs Uhr zum Altardienst bereitstehen mußte. Ein alter Pfarr-Resignat las jeweils die Messe, und weit hinten im Halbdunkel des Kirchenschiffes knieten ein paar wenige Männer und Frauen, weit auseinandergestreut, mit ihrem Andachtsbuch oder dem Rosenkranz beschäftigt.

Diese Zeiten waren vorbei und bekamen bereits wieder die leicht glänzende Patina der Nostalgie. Die Anfragen, ob er nicht einmal ein lateinisches Amt zelebrieren würde, häuften sich, ebenso die Zahl jener, die wieder die Mundkommunion pflegten, vor und nach dem Empfang der Kommunion eine Kniebeuge machten. Er erinnerte sich, daß er dies bei seiner Erstkommunion auch noch lernen mußte, und wie sich viele empörten, daß kurz darauf dieser Brauch abgeschafft wurde. ›Abgeschafft‹: dieses Stichwort prägte in jenen Jahren die Diskussion in und um die Kirche, und wenn dieses Stichwort in der Sakristei allzu heftige Auseinandersetzungen zwischen dem Pfarrer und den Kaplänen und demzufolge allzu großes Interesse bei den Ministranten auslöste, wurde das Gespräch in Latein fortgeführt. Nur die erröteten Gesichter und die Lautstärke des immer heißer werdenden Gesprächs verrieten den Ernst der Dinge, verrieten, daß selbst die schwarz gekleideten geistlichen Herren noch auf dem Weg zur Heiligkeit waren. Er wäre wohl nicht in der Lage, ein Streitgespräch in Latein zu führen, dachte er, als er wieder die *Immerwährende Hilfe* betrachtete, die im Original ebenfalls Patina angesetzt haben mußte, und doch frisch durch die verdunkelte Oberfläche durchschimmerte.

Da: das aufheulend sägende Geräusch eines vorbeifahrenden Motorradfahrers schreckte ihn aus seinen Gedanken auf. Vom Rückenmark her verspürte er Hitze aufsteigen, die sich schnell über das Gesicht verteilte und sogleich der Kühle wich, welche der austretende Schweiß ihm verschaffte. Er starrte auf den *Pantokrator*, bemerkte, wie die kleine Flamme des Öllämpchens hinter dem rötlich schimmernden Glas zuckte. Und er sah IHN.

ER kam von links. Den Rücken gebogen zu einem Buckel, der verstärkt wurde durch die vom Fahrtwind aufgeblähte Jeansjacke. Die Handgelenke nach unten durchgedrückt, machte ER den Eindruck, als ob ER noch schnell Gas geben wollte. Erst blickte ER verbissen nach vorn, die Lippen verkrampft zusammengedrückt, so daß sich an den Wangen Grübchen bildeten. Die Kopfhörer des Walkmans hielten die Haare zusammen, die, gestärkt durch glänzendes Gel, ohnehin dem Wind widerstanden. Die silbergraue Motorhaube bohrte sich hinein in dieses Bild, und ER wandte den Kopf ihm zu, weit aufgerissen nun Augen und Mund. Ein dumpfer Schlag erschütterte den Wagen, vor dem das Mofa weggeschleudert wurde, während ER, die Hände hochgerissen, auf die Motorhaube geschlagen wurde. Die

Kopfhörer kippten vornüber und, einer metallenen Schlinge gleich, schnitten sie sich ein in den Hals, während der Kopf sich der Windschutzscheibe näherte. Aus Nase und Hals quoll bereits Blut. Der Mund verformte sich zu einem Schrei. Mit einem weiteren dumpfen Schlag prallte das Gesicht an der Windschutzscheibe auf. ›Michael‹ hörte er IHN rufen. Der Walkman knallte in die Scheibe und ließ diese zu einem gläsernen Spinnennetz zerspringen. Dann glitten die Beine vorüber, die blaue Farbe der Jeans vermischte sich mit dem Rot des Blutes.

Michael bemerkte, wie seine Beine sich verkrampft hatten, als hätte er mit einem kräftigen Druck auf das Bremspedal das Unglück noch abwenden wollen. Doch dieses Unglück konnte nicht abgewendet werden. Es mußte kommen. Trocken war die Kehle vom kurzen Schrei. Im Dunkel hatte er nach der Lampe getastet, die seitlich an der Wand neben dem Bett befestigt war, hatte sich im Licht der Lampe in seinem Zimmer umgeblickt, war zur Toilette getorkelt, um Wasser zu lösen, war zurückgekehrt ins Bett, hatte das Licht gelöscht, sich in die Decke eingekuschelt und war nach einiger Zeit wieder eingeschlafen.

Verwundert überlegte sich Michael, weshalb er so lange gebraucht hatte, um sich dieses Traumbildes zu erinnern. Belanglosere Träume hatten ihn schon oft von Tagesbeginn an verfolgt, erotische Träume sich eingeschlichen ins morgendliche Gebet und dieses umrankt wie Efeu ein altes Gemäuer, und je mehr er diese Bilder zu verscheuchen suchte, desto tiefer gruben sie sich ins Gebet. Dieser Traum jedoch mußte erst noch einmal geboren werden.

Michael verspürte den Schweiß zwischen seinen Händen und der ledernen Hülle des Stundenbuches. Er setzte sein Gebet fort.

Das Reich der Schatten weicht zurück,
das Tageslicht nimmt seinen Lauf
und strahlend, gleich dem Morgenstern,
weckt Christus uns vom Schlafe auf.

Du Christus, bist der helle Tag,
das Licht, dem unser Licht entspringt.
Gott, der mit seiner Allmacht Kraft
die tote Welt zum Leben bringt.

Wer war ER?

Erlöser, der ins Licht uns führt
und aller Finsternis entreißt,
dich preisen wir im Morgenlied
mit Gott dem Vater und dem Geist. Amen.

Wer war ER? Wer ist ER?

Noch einmal hörte er den Schrei seines Namens in seinem Ohr: ›Michael!‹

›Eine Ikone meines Namenspatrons fehlt eigentlich in meiner Wohnung‹, dachte Michael, suchte sich mit der Frage abzulenken, wie er eine solche erhalten könnte. Eigentlich hatte er schon lange keinen freien Tag mehr eingeschaltet, ließ sich gefangennehmen von der Arbeit in der Pfarrei. ›Einmal wieder wegfahren‹, dachte er, ›würde gut tun. Vielleicht verkaufen die Kleinen Schwestern in Einsiedeln Ikonen meines Namenspatrons‹, überlegte er.

Erlöser, der ins Licht ...

Nein, diese letzte Strophe des Hymnus hatte er schon gebetet.

Wer war ER, der aus dem Dunkel der Träume ans Licht sich drängte? Noch einmal sah Michael das blutverschmierte Bild vor sich und suchte es durch eine heftige Kopfbewegung wegzuschütteln.

Wer war ER? Da ER nun aufgetaucht war, würde er mit ihm leben müssen.

Psalm 51 (50)

1. Antiphon:
Ein zerbrochenes und zerschlagenes Herz wirst du, o Gott, nicht verschmähen.

Michael nahm seinen Gang durch die Räume wieder auf und wandte sich dem Psalm 51, nach alter Numerierung Psalm 50, zu, der jeden Freitag als erster Psalm des kirchlichen Morgengebetes, den *Laudes*, wie ein Mahnfinger dastand. Schon der Untertitel – ›Wasche ab meine Schuld‹ – warf Licht auf Dunkles, das Michael lieber im Dunkeln gelassen hätte. Doch dieser Freitagspsalm öffnete sich allwöchentlich über dem Abgrund, über den es nur ein Hinwegkommen gab, indem man hineinblickte. Zwiespältig waren Michaels Gefühle diesem Psalm gegenüber. Haß stieg in ihm hoch, erinnerte doch dieser Psalm ostentativ an die Wirklichkeit, die wie ein Unwesen auf dem Weg zum Wesentlichen umherirrt. Doch sehnte er sich auch nach diesem Psalm, wenn das Unwesen sich dem Zugriff zu entziehen drohte, sich auflösen wollte in ein Nichts, jenes Nichts, das den Abgrund der Seele einzuebnen vermochte, wie das Laub eine Fallgrube. Der Psalm half ihm, dieses Nichts zu benennen und hineinzuschauen in das Abgründige, das nur so als Gefahr sich erkennbar zeigen konnte. Gleichzeitig mit diesem Gedanken erinnerte sich Michael an eine lakonische Zeile Heinrich Wiesners – ›Die Kirche schafft im Menschen das Schuldgefühl, um ihn hinterher wieder davon zu befreien.‹ Noch vor zehn Jahren freute sich Michael an diesem Satz, gab ihn überall weiter, überzeugt vom Glauben, Schuldgefühle wären nichts als ein Produkt verfehlter Erziehung, gegen die es nur ein Heilmittel gäbe: schonungsloses Aufdecken der Wahrheit. Weshalb er sich von diesem Glauben abwandte, um sich dem Glauben zuzuwenden, der von seiner Kirche als der wahre Glaube vorgelegt wurde, blieb Michael ein Rätsel. Mochte er sich auch dem wahren Glauben zugewandt haben; es blieb das Gefühl, eine Annahme gegen eine andere Annahme ausgetauscht zu haben. Auch wenn er es verdrängte: dieses Gefühl nagte tief drin an seiner Selbstsicherheit.

Michael blickte auf die Ikonen, sah sich angeblickt und begann weiterzubeten.

Gott, sei mir gnädig nach deiner Huld,
tilge meine Frevel nach deinem reichen Erbarmen!
Wasch meine Schuld von mir ab
und mach mich rein von meiner Sünde!

›Mach mich rein von meiner Sünde‹, dachte Michael und spürte verwundert, wie sich die eine, heilige, katholische und notorische Sünde nach oben drängte, und dies, obwohl er sich in dieser Hinsicht für komplexfrei hielt. Hörte er andern zu, wie diese von den Verletzungen erzählten, welche die katholische Sexualerziehung hinterließ, so schätzte er sich geradezu glücklich, einigermaßen traumafrei weggekommen zu sein. Während der Volksschulzeit wunderte sich Michael nur, weshalb besonders heiliger Eifer die Religionsstunden durchbebte, wenn das sechste Gebot besprochen wurde. Noch regte sich nichts, und so gab es auch keinen Grund zur Aufregung. »Vergeudet nicht«, sprach später in abgeklärter Ruhe ein Deutsch- und Religionslehrer in der Kapuzinerkutte, »vergeudet nicht eure Lendenkraft.« Das gepflegte Hochdeutsch des Deutschlehrers vermochte die spürbare Resignation nicht zu übertönen, die ihn überfiel, wenn er sich verpflichtet fühlte, diese Mahnung in eine Schulklasse von Internatsschülern hineinzuhauchen. Noch später, nach '68, war in dieser Angelegenheit das *Rote Schülerbuch* maßgebend. Daß die gängige Sexualmoral ein Mittel der herrschenden Klasse zur Unterdrückung sei, leuchtete Michael damals ein, was ihn aber nicht daran hinderte, zu zweifeln, ob es da überhaupt etwas zu unterdrücken gäbe. Jedenfalls gelang es ihm nie, in dieser Beziehung etwas zu unterdrücken, aber er war froh, daß im Seminar nur in höchster Abstraktion über den Umgang mit der Sexualität gesprochen wurde. Er war ein Nachachtundsechziger geblieben, wurde schnell der Sublimation müde, erfreute sich seiner selbst und hoffte im übrigen auf Gottes Barmherzigkeit. Wer von den

Gläubigen überzeugt war von der kirchlich verordneten Ehelosigkeit, stellte ihn den Engeln gleich, wer nichts mit dem Zölibat anzufangen wußte, entwickelte Phantasien, die selbst seine Potenz überfordert hätten. Und doch kam ihm, wenn in diesem Psalm von Sünde gesprochen wurde, vorwiegend diese Sünde in den Sinn. Zu früh waren ursprüngliche Lebenskraft und Schlechtigkeit zum sündigen Paket verschnürt worden.

Die Kerze flackerte, lenkte Michaels Augen auf die Augen der *Immerwährenden Hilfe,* und er setzte sein Gebet fort.

Denn ich erkenne meine bösen Taten,
meine Sünde steht mir immer vor Augen.

Er sah Schüler vor sich. Ihre Eltern mochten wohl meist in seinem Alter sein und ähnliche Erfahrungen gemacht haben. Und doch: keine Sünde konnte da mehr vor Augen stehen, keine böse Tat mehr erkannt werden. Die unmäßige Eingrenzung war einer grenzenlosen Maßlosigkeit gewichen. Gesprächsfetzen wirbelten Michael durch den Kopf, Ausdrücke von Nicht-Beziehungen, von Abhängigkeit und Abgestumpftheit. Am Maßstab des Früheren konnte kein Maß mehr genommen werden.

Michael sah Liliane vor sich sitzen, blondes, kurzes Haar, rötlich eingefärbt einzelne Strähnen, die Augenpartie durch dunkle Schatten erweitert, die Lippen mit einem dezenten Lila geschminkt, passend dazu die Fingernägel lackiert. Sprach oder lachte sie, bildeten sich leicht Grübchen in den Wangen. Keine Schülerin saß da vor ihm, sondern eine Frau, die um ihr Werden kämpfte. Erzählte sie von ihrem Freund, rutschten die Klassenkollegen auf den Stühlen herum, leise lächelnd, mitwissend und als Hintangebliebene doch traurig. Michael blickte hinaus zum Fenster, durch einen entblätterten Baum hindurch hinüber zu einer Häusergruppe, die sich vom grauen Horizont abhob.

›Weshalb kamen wir überhaupt auf dieses Thema: Verhältnis von Mann und Frau?‹ dachte er, wunderte sich, daß der Einwand noch nicht gekommen war, als Priester hätte er doch keine Ahnung davon. Liliane sprach mit ihren Kollegen und Michael wurde erst aus seinen Gedanken zurückgerissen, als er Liliane sagen hörte:

»Kürzlich meinte ein Freund, Frauen wären wie Präservative: nach einmaligem Gebrauch kann man sie fortwerfen.«

»Wie bitte?« fragte Michael.

»Ja, hat einer gesagt. Wie Pariser, einmal und dann pfft!« Lilianes Augen funkelten, während ihre Hand den Satz unterstrich.

»Und dann? Hast du ihm keine runtergehauen?«

»Was bringt's? Jungen sind eben so!«

Diego und Christian grinsten vor sich hin, und Fabian, der selten was sagte und dem nichts entging, kaute an den Fingernägeln.

Am Maßstab des Früheren konnte kein Maß mehr genommen werden.

Gegen dich allein habe ich gesündigt,
ich habe getan, was dir mißfällt.

War ER nicht auch dabei?

So behältst du recht mit deinem Urteil,
rein stehst du da als Richter.
Denn ich bin in Schuld geboren;
in Sünde hat mich meine Mutter empfangen.
Lauterer Sinn im Verborgenen gefällt dir,
im Geheimen lehrst du mich Weisheit.

Das Bücherregal wackelte. Michael mußte beim Hin- und Hergehen daran gestoßen sein. Und er sah, wie das oberste Brett sich aus der Verankerung löste, mitsamt den Büchern in dumpf knallendem Geräusch auf das darunterliegende fiel, während einzelne Bücher ganz zu Boden klatschten, so daß unten das kleine Kind zu kreischen begann, sich weg flüchtete und bei Michael Schutz suchte, derweil das ganze Regal in sich zusammenkrachte. ER kreischte und Michael brüllte zurück.

»Jetzt hast du die Bescherung! Ich hab' dir doch gesagt, laß das. Man rüttelt nicht an einem Bücherregal!«

Dabei hatte alles harmlos begonnen. Michael hatte auf der Couch gelegen und gelesen, während ER immerzu wiederholte:

»Ich will ein Buch sein! Ich will ein Buch sein!«

»Hör auf«, brummte Michael vor sich hin. Doch ER hatte nicht aufgehört, sondern begonnen, Michael an den Füßen zu kitzeln. Dieser hatte seine Füße zurückgezogen. Doch ER war bereits hochgeklettert, war Michael auf den Bauch gekrochen, hatte seinen Kopf zwischen den Armen unter dem Buch hindurchgestreckt.

»Ich will ein Buch sein!« hatte ER mit einer Bestimmtheit gesagt, die Michael aufhorchen ließ. Michael hatte das Buch auf den Rücken des Kleinen gelegt und begann in seinem Gesicht laut zu lesen:

»Ich sehe vor mir das feine Gesicht eines kleinen Lausebengels von vier Jahren. Dunkle, feine Haare überziehen in langen Strähnen den Kopf, aus dem heraus zwei dunkelbraune Augen mit einem leicht silbrigen Schimmer funkeln. Die Augenbrauen bilden zwei sanft gewölbte feine Bogen und laufen gegen die Mitte aus in die kleine spitze Nase.«

ER begann zu lächeln, sagte: »Weiter!«

»Und wenn der kleine Lausebengel lächelt, bilden sich in seinen Wangen zwei kleine Grübchen, die zeigen, das ist ein Spitzbübchen.«

»Weiter!«

»Die Augen blicken in meine hinein und fragen: Wer bis du?

Und meine blicken in deine hinein und bitten: Laß mich in Ruh!«

»Weiter!«

»Nichts weiter«, hatte Michael gesagt, »hast du denn nicht verstanden? Ich möchte in Ruhe lesen können.«

»Du kannst ja lesen, in meinem Gesicht«, hatte der Kleine gesagt.

»Ich möchte aber in einem richtigen Buch lesen.«

»Mein Gesicht ist doch viel interessanter, nicht so langweilig wie deines, wenn du in ein Buch schaust.«

Michael hatte dem Kleinen ins Gesicht gelacht, innerlich erfreut über dessen Schlagfertigkeit, worauf ER mit der Faust Michael mitten auf die Nase schlug.

»Jetzt aber genug!« hatte Michael gefaucht, dessen Freude sich nun in Wut verwandelt hatte, und den Kleinen von sich gehoben und neben der Couch unsanft auf den Boden gestellt. Dann hatte ER am Büchergestell zu rütteln begonnen, sich daran gefreut, wie die Trägerrohre erst leicht, dann immer mehr in Schwingung gerieten, bis das oberste Bücherbrett sich aus der Verankerung löste.

Michael schreckte auf, sah auf die Bücherwand vor ihm. Schon längst war sie wieder zur Ruhe gekommen. Als er hier in diese Wohnung eingezogen war, hatte er sich die Mühe gemacht, die Bücher alphabetisch zu ordnen. Zuviele waren es seit dem Studium geworden, als daß er sich ohne Ordnung noch hätte zurechtfinden können.

Wer war ER?

Noch einmal sah Michael das feine Traumgesicht des Kleinen vor sich, und kurz kam in ihm die Wehmut hoch, daß er sich dafür entschieden hatte, niemals eine Familie zu gründen, verdrängte den Gedanken, ob es überhaupt ein Entscheid war.

Ein Lausebengel war ER, der Kleine, und Michael verspürte eine sonderliche Zuneigung zu diesem Schlingel.

Wer war ER?

Entsündige mich mit Ysop, dann werde ich rein;
wasche mich, dann werde ich weißer als Schnee.
Sättige mich mit Entzücken und Freude!
Jubeln sollen die Glieder, die du zerschlagen hast.

Heiß war es, und der stete Wind aus Süden, der immer kurz nach dem mittäglichen Angelusläuten der Kathedrale aufkam und Fenster und Türen im Seminar zuknallen ließ, hatte die Studenten hinuntergetrieben ins Freibad. Kathedrale, Hof und Priesterseminar waren seit der Reformation katholische Hochburg in der reformierten Bündner Hauptstadt, wo immer noch der Witz kursierte, die Frauen dürften nur zu gewissen Stunden ins Freibad gehen, damit die Priesteramtskandidaten zwischendurch Gelegenheit hätten fürs Studium. Dieser Witz wich jedoch andern Gerüchten, war doch das Churer Priesterseminar ein Sonderfall. Es wurde nicht nur für künftige Priester geöffnet, sondern auch für Studenten und Studentinnen der Theologie. Gegen die Phantasien, die sich entwickelten, war auch der Titel ›Theologische Hochschule Chur‹ kein Schutzschild. Jetzt aber, im Hochsommer, erstickte der Prüfungsdruck jegliche Versuchung, und die Studentinnen und Studenten waren in ihren Badekleidern nicht zu unterscheiden von den übrigen Besuchern des Freibades. Außerdem: wurde von Sittenzerfall im Seminar gesprochen, dann konnte dies von den Studenten und Studentinnen nur mit einem belustigten Lächeln quittiert werden, war doch die Phantasie der Sittenwächter viel ausschweifender, als es die Wirklichkeit überhaupt gestattete.

Michael, vertieft in ein Handbuch der Dogmatik, hatte nicht bemerkt, daß seine Kollegen sich ins Wasser begeben hatten. Wohl nahm er die wohlige Wärme der Sonnenstrahlen auf seiner Haut wahr. Diese Wärme entsprach aber der inneren Wärme, die ein gut geschriebenes Buch in ihm auslösen konnte. Zwar begriffen manche seiner Mitstudenten nicht, weshalb man sich mit solchem Eifer der Dogmatik zuwenden konnte, diese würde doch die Freiheit des Evangeliums in starre Denkformen pressen. Gerade dies entsprach jedoch nicht Michaels Erfahrung; in den Formeln nahm für ihn Gottes Wort immer neu Gestalt an, und die Schau dieser Gestalt ließ ihn jeweils aufbrechen zu neuen Denkformen.

»Weshalb willst du eigentlich nicht heiraten?«

Michael schreckte auf und erblickte neben sich Lea. Ihr Blick ließ in Michael die Vermutung aufkommen, sie habe ihn schon längere Zeit so ins Buch vertieft beobachtet.

»Bist du denn nicht im Wasser?« Michael wollte einem Gespräch ausweichen und wenigstens dieses Kapitel noch durcharbeiten.

»Du weichst mir aus. Immer steckst du deinen Kopf in diese verdammten Bücher. Kopfmensch!« Leas Stimme zischte, wie immer, wenn sie sich über etwas aufregte. Michael konnte das Lachen nicht unterdrücken.

»Und da lachst du noch!«

»Ich lasse mein Gefühl sprechen«, antwortete Michael. Schon längst belustigte ihn die Theorie der Unterteilung des Menschen in Kopf und Gefühl. Weil das kritische Denken dialektisch aufgebaut sein muß, wurde man auch innerhalb des Menschen fündig und begann, an das Gegensatzpaar von Gefühl und Verstand zu glauben. Wer zuviel las, war ein Kopfmensch, der das Gefühl unterdrückt. Und da ein kritischer Denker von vornherein für das Unterdrückte Partei ergreift, bekam das Denken etwas Anrüchiges. In Theologenkreisen mußte, wer diesem Denkmuster nicht folgte, gewärtigen, als unchristlich entlarvt zu werden.

Michael betrachtete Lea. Trotz ihres etwas ausgeleierten Bikinis kamen ihre fraulichen Formen zum Vorschein, die sonst hinter verwaschenen Jeans und einem weiten, linnenen Hemd aus irgendeinem alternativen Laden verborgen blieben. Lea war Studentin der Theologie, kritisch, sehr kritisch, deshalb meist angriffig. Besessen vom Gedanken, die ganze Welt befreien zu müssen, insbesondere die Frau, war sie für Michael die Verkörperung kritisch-dialektischen Denkens schlechthin. Sie schaffte es immer, etwas Unterdrücktes oder Unterdrücker ausfindig zu machen und baute dies sogleich in ihre Theorie ein. So war ein elegantes Kleid immer ein Symbol der unterdrückten, ausgebeuteten und männerbeherrschten Frau. Eigentlich hätte ihr Michael in diesem Augenblick gerne gesagt, sie würde im Bikini echt fraulich aussehen, ließ es aber, um nicht des verdrängten Eros oder eines männlich sexistischen Verhaltens angeklagt zu werden.

»Noch immer hast du mir keine Antwort gegeben«, insistierte Lea.

Michael sah keinen Ausweg mehr. Er mußte sich auf ein verbales Geplänkel einlassen, legte das Buch mit den geöffneten Seiten nach unten auf die Liegewiese und drehte sich auf den Rücken. Über sich sah er den hellstrahlend blauen Himmel und am Rande des Gesichtsfeldes die silbrig grünen Blätter der Birken im steifen Wind sich vibrierend bewegen.

»Kann jemand erklären, weshalb er sich verliebt?« fragte Michael.

»Komm nicht wieder damit. Das ist etwas völlig anderes.« Leas Tonfall wurde verärgert und erinnerte Michael daran, daß er ihr diese Antwort schon einmal gegeben haben mußte.

»Ich weiß eben keine bessere Antwort. Wohl kann ich dir jetzt meine ganze Lebensgeschichte auftischen, kann dir sagen, daß ich des öftern verliebt war, daß es jedoch nie zu einer solch tiefen Beziehung kam, die in mir den Wunsch aufkommen ließ, mit dieser oder jener Frau mein ganzes Leben verbringen zu wollen.«

Michael spürte die Hilflosigkeit seiner Aussage. Sie vermochte nicht auszudrücken, was ihn bewegte.

»Dann bist du beziehungsgestört oder unterdrückst deine erotischen Gefühle.«

Lea hatte, wie zu erwarten war, Michaels Aussage in ihr Denkmuster eingeordnet.

»Mag sein, daß ich beziehungsgestört bin, mag sein, daß ich meine erotischen Gefühle unterdrücke, wie du sagst. Ich stelle aber fest, daß zwischen deiner Diagnose und meiner Wahrnehmung eine dialektische Spannung besteht.«

»Mag sein! Mag sein! Deine Antwort verrät Unsicherheit, und laß gefälligst deine bissigen Bemerkungen über Dialektik beiseite. Die scheinst du nie kapieren zu wollen. Letztlich aber weißt du selbst nicht genau, weshalb du nicht heiraten willst oder kannst, und deshalb versteifst du dich auf die fixe Idee, du möchtest Priester werden. Du flüchtest vor dir selbst!«

Leas Eifer ließ in Michael das leise Gefühl aufkommen, hinter ihren Fragen steckten andere Gründe, und er hielt Ausschau, ob seine Kollegen nicht endlich aus dem Wasser steigen würden.

»Kann ich je wissen, wer ich selbst bin? Weiß ich aber nicht, wer ich bin, so kann ich auch nicht wissen, wovor ich mich flüchten sollte.«

»Ach, laß doch die tiefgründig logisch-psychologischen Spielereien«, wehrte Lea Michaels Gedanken ab, Gedanken, welche die Ebene des verbalen Geplänkels verließen, wenigstens für ihn. Er hatte keine Lust mehr, weiter zu diskutieren, schlug den Ausweg ein, der sich ihm anbot.

»Lea, ich möchte zu meinen Gefühlen stehen. Ich schwitze und möchte ins Wasser«, sagte er. Der ironische Ton, den er angeschlagen hatte, weckte in ihm aber sogleich ein schlechtes Gewissen.

»Dann geh doch und ersauf womöglich!« keifte Lea.

»So könntest du mich wenigstens einmal in den Armen halten«, erwiderte Michael, sich seiner Gemeinheit bewußt.

»Du gemeiner Hund, du!« schrie Lea und warf ihm das Handbuch der Dogmatik nach, was ihm eine gewisse Bestätigung seiner Vermutung lieferte.

Ich bin heute unkonzentriert, dachte Michael:

Jubeln sollen die Glieder, die du zerschlagen hast.
Verbirg dein Gesicht vor meinen Sünden;
tilge all meine Frevel!
Erschaffe mir, Gott, ein reines Herz
und gib mir einen neuen, beständigen Geist!

›Warum gibt es‹, dachte Michael, und er schaute dem *Pantokrator* tief in die Augen, ›warum gibt es nicht jene Sorte von Argumenten, die mit einem Male Fragen und Zweifel aus der Welt schaffen?‹

Immer wenn er darauf hin angesprochen wurde, weshalb er Priester geworden sei, sah er sich gezwungen, mühsam Fragmente eines Antwortversuchs zusammenzukratzen, Fragmente, die ihm ein sonderbares Gefühl gaben, letztlich doch nicht ehrlich zu sein mit sich selbst und den anderen. Anscheinend hatte er nicht jene äußere Erscheinungsform, welche diese Frage überflüssig machte. Seinem Kollegen in der Nachbarpfarrei würde man diese Frage gar nicht stellen, auch wenn dieser nackt dastünde. Sein Amtskollege war Priester nicht von Herzen, sondern auch mit Leib. Gänzlich kleidete er sich nach römischer Vorschrift. Da trat einem nicht nur ein Priester vors Angesicht, sondern die klerikale Existenzform an sich. Michael mochte sich nicht ›alla romana‹ kleiden, allein schon deshalb, weil man es ihm nicht geglaubt hätte. Damals, während eines Studienaufenthaltes in Rom, wollte er einmal teilnehmen an einer Prozession. Da er keinen Anzug und kein Hemd besaß, die der römischen Vorschrift entsprachen, lieh er bei einem Kollegen einen Talar aus. Obwohl der liturgische Charakter dieser Aschermittwochsprozession durchaus ernst war, wurde er überall mit freundlichem Lächeln, wenn nicht gar mit einem Schmunzeln angeschaut. Nach dem Gottesdienst sagte schließlich ein Studienkollege zu ihm, er hätte, um wirklich glaubwürdig zu erscheinen, die Haare nicht schulterlang tragen dürfen, die runde Nickelbrille durch eine dunkle Hornbrille ersetzen und vor allem statt der weißen schwarze Socken tragen müssen. Daraufhin gab sich Michael keine Mühe mehr, priesterlich zu erscheinen, sondern gab sich dem Idealismus hin, mit der Zeit würde man spüren, er sei Priester. Doch bis jetzt gelang dies nur hochsensiblen Menschen, die etwas übrig haben für Versteckspiele; die andern stellten verwundert eben jene Frage, auf die er keine schlagende Antwort zu geben vermochte.

Nicht, daß er sich unwohl gefühlt hätte in seiner Rolle. Zwar fand er es schade, daß in dieser Zeit des Priestermangels jeder Priester automatisch in der Seelsorge eingesetzt wurde. Noch in seinen Kindertagen erlebte Michael Priester, die an einer Schule unterrichteten und eben Priester waren, wie andere verheiratet. Diese Vorstellung sei völlig überholt, entspränge einem vorkonziliaren Ständedenken, wurde ihm während des Studiums gesagt, doch vermochte ihn dieses Argument nicht so recht zu überzeugen.

›Weshalb bis du Priester geworden?‹ Michael zuckte zusammen, sah sich vom *Pantokrator* angeblickt. ›Was verbirgst du?‹ Michael flüchtete sich vor dieser Frage ins Gebet, wie er so oft ins Gebet flüchtete.

Verwirf mich nicht von deinem Angesicht
und nimm deinen heiligen Geist nicht von mir!
Mach mich wieder froh mit deinem Heil;
mit einem willigen Geist rüste mich aus!

In zwanzig Minuten erst würde der Zug abfahren. Michael stand am Bahnhof. Kalt blies der Wind durch die Halle. Leichtes Schneegestöber hatte eingesetzt. Er wollte Zigaretten kaufen, lenkte seine Schritte aber erst zum Zeitschriftenstand, der seitlich dem Kiosk angegliedert war und in dessen Nische der Wind weniger zog. Aus der bunten Auslage der Magazine zog Michael eine Kunstzeitschrift heraus, blätterte ein wenig darin herum und blieb schließlich bei einem Artikel hängen. Schwach drangen die Bahnhofsgeräusche an sein Ohr, Rangierlokomotiven, die schnell hochdrehten und bald wieder bremsten, bis das metallene Aufprallen der Puffer zu vernehmen war, dazwischen Durchsagen und Rufe der Bahnangestellten. Plötzlich waren Stimmen von Buben zu vernehmen, die erst außen um den Kiosk herumtollten. Michael horchte auf. SEINE Stimme war auch dabei. Mit einem Male wurde es still.

»Das darfst du nicht!« sagte einer der Buben.

»Halt's Maul«, sagte ER, »was macht schon ein Päckchen Kaugummi mehr oder weniger?«

Michael wollte eingreifen, doch sein Blick blieb auf dem Artikel der Kunstzeitschrift haften, sein Mund verschlossen. Da wurde ihm die Zeitschrift an die Brust geschlagen. ER rannte einem Knaben nach, die anderen hinterher. ER schien der Anführer zu sein.

»Soll ich dir was zeigen?« fragte ER.

»Ich will nicht!« antwortete der andere Knabe, ein kleiner, schmächtiger mit einer Brille. Unterdessen hielt ein dritter, größerer und fetter Junge dem Kleinen die Hände auf dem Rükken fest.

»Soll ich dir was zeigen?« sagte ER mit drohender Stimme.

Michael wollte eingreifen, blieb jedoch wie angewurzelt stehen. Nichts rührte sich mehr auf dem Bahnhof. Die Verkäuferin strickte hinter den verschlossenen Fenstern, schien nichts zu bemerken.

ER griff aus der großen Auswahl von Magazinen ein Herrenmagazin heraus, Glanzpapier mit Aktfotos.

»Ich will nicht«, wimmerte der Kleine, während ER vor den Augen des Kleinen Bild um Bild aufschlug, schmatzte und jedes-

mal, wollte der Kleine die Augen abwenden, diesem das Heft ins Gesicht schlug, während der fette Junge hinter dem Rücken die Arme des Kleinen übers Kreuz auseinanderzog. ER legte das Magazin zurück, holte ein anderes. Das Spiel wiederholte sich.

Michael wollte sich für den Kleinen wehren, wollte IHM rufen, er solle doch aufhören. Nichts regte sich bei ihm.

»Und jetzt«, kreischte ER, »und jetzt zeig' ich dir was besonderes.«

»Ja, zeig's ihm!« grinste der fette Junge. ER griff weiter oben ins Regal, griff zielsicher ein anderes Magazin heraus.

»Nein, nein, ich will nicht. Das ist Sünde. Laßt mich in Ruh'!« bettelte der Kleine.

ER schlug das Magazin auf. Anstelle nackter Frauen glänzten nackte Männer mit ihren Muskeln. Der Kleine drehte den Kopf zur Seite. Doch ER packte ihn heftig an der Nase, und da der Kleine sich wieder abwenden wollte, zerrte ER ihn am Haarschopf.

»Schau, was für ein Riesending. Und erst hier! Schau!«

Der Kleine begann zu heulen und rief um Hilfe.

»Du heulst ja nur, weil du da unten nichts Rechtes hast«, spottete ER und stieß mit dem Knie dem Kleinen zwischen die Beine, so daß dieser aufschrie.

Zwischen den Bäumen begann die Sonne durch das Fenster hereinzuleuchten. Michael rieb sich die Augen, als wollte er die Bilder der Nacht auswischen.

Wer war ER?

Dann lehre ich Abtrünnige deine Wege,
und die Sünder kehren um zu dir.
Befreie mich von Blutschuld, Herr, du Gott meines Heiles,
dann wird meine Zunge jubeln über deine Gerechtigkeit.
Herr, öffne mir die Lippen,
und mein Mund wird deinen Ruhm verkünden.

›Was heißt hier Abtrünnige?‹ murmelte Michael vor sich hin, zum *Pantokrator* aufschauend, murmelte weiter, legte schließlich sein Brevier zur Seite und suchte sich das Herkunftswörterbuch aus dem Bücherregal, fand unter ›abtrünnig‹ die Angabe: »Die nur dt. Adjektivbildung mhd. abetrünnec, ahd ab(a)trunnig gehört zu der unter trennen behandelten Sippe und bedeutet demnach eigtl. ›wer sich von etwas absondert‹.«

Michael legte das Herkunftswörterbuch zurück, unbefriedigt, obwohl er gar nicht wußte, welche Antwort er eigentlich suchte, sah vor sich bereits die letzte Unterrichtsstunde der Woche abrollen, die Freitagsstunde. ›Die Karfreitagsstunde‹, dachte Michael.

»Uhu! Hallo!« dröhnte es durch den Gang. »Michael!«

Michael saß im Büro, das sich neben dem Kindergarten, den Unterrichtszimmern, der Hauswartswohnung und verschiedenen Jugendräumen im Kirchenzentrum befand. Er saß am Schreibtisch, tippte lustlos an einem Rundbrief, der schließlich doch nur eine kleine Runde zusammenbringen würde, hörte Jans Schritte näher kommen. ›Jans großer Auftritt, wie immer‹, dachte Michael, vertippte sich, stieß einen kurzen Fluch aus.

»Uns sagt man immer, man dürfe nicht fluchen, Herr Kaplan.«

Jan trat ins Zimmer, lutschte genüßlich Eis. Aus dem Gehörpfropfen des Walkman schepperte der Rhythmus von Musik, welche Michael, wie er den Schülern jeweils erklärte, nicht verstand. Jan lutschte Eis und bewegte sich mit dem Rest seines schlaksigen Körpers zum Rhythmus.

»Ist doch geil!« sagte Jan.

»Wie man's nimmt, und wie man dieses Wort verstehen will«, antwortete Michael und suchte sein Unterrichtsmaterial zusammen. Draußen waren weitere Schritte zu hören.

»Ein dickes Büro haben Sie«, meinte Jan, »und diese Schreibmaschine. Ist zwar nicht mehr von heute, aber Sie sind ja auch eher von gestern. Was hat die eigentlich gekostet?«

»2500 Franken«

»Da sieht man wieder, wie die Kirche Geld hat«, bemerkte Jan.

»Die habe ich privat gekauft, damals, während des Studiums, und wenn du's genau wissen willst: zu Hause steht ein PC«, entgegnete Michael.

»Also hatten Sie schon als Student Geld. Hat nicht dieser Jesus etwas von Armut gepredigt?« fragte Jan, während er das zerfließende Eis zwischen den Fingern herausleckte.

»Haben wir keinen Unterricht? Hoffentlich nicht, mich scheißt es ohnehin heute an.« Katja trat ins Büro, ebenfalls ein Eis in der Hand, hinter ihr folgte Birgit, die sich gleich setzte, die Füße auf den Tisch legte und ein Stück Torte auspackte. Sven legte eine Plastiktasche auf den Tisch.

»He, Jan, schau!« Sven begann CDs auszupacken und zeigte eine um die andere. Die andern begutachteten, gaben ihre Kommentare ab und beachteten Michael nicht mehr, der ihnen mehr ratlos als interessiert zuschaute. Dann raffte er sich doch noch auf, die Fäden in die Hand zu nehmen, um so etwas wie eine Religionsunterrichtsstunde auf die Beine zu stellen.

»Die eine ißt Torte«, sagte er vor sich hin, »zwei lutschen Eis, dazwischen werden CDs ausgetauscht, und ich sollte Unterricht halten.«

Michaels Stimme ging unter im ganzen Durcheinander, nur Katja fragte:

»Wollten Sie etwas sagen?«

»Ich sagte«, wiederholte Michael, »die eine ißt Torte, zwei lutschen Eis, dazwischen werden CDs ausgetauscht, ich sollte Unterricht halten.«

»Den Unterricht können Sie gleich vergessen«, lachte Jan, streckte Michael eine CD hin. »Kennen Sie die? Geil, super, sag' ich Ihnen.«

Über brennender Erde bewegte sich in Riesenschritten eine ausgeprägt muskulöse Gestalt mit einem Dreizack in der Hand auf den Betrachter zu und hob sich in grellem Rot vom dunklen Hintergrund ab, den Blitze durchzuckten. Gegen den linken obern Bildrand ragte eine krallenbewehrte Hand beinahe aus dem Bild, eine Hand, welche zu einer frauenähnlichen Gestalt gehörte, die kreischend am Himmel erschien. In der rechten Hand hielt sie das Feuer, das die Frau keineswegs zu verbrennen, sondern in ihr Lust zu erzeugen schien.

›Pervertierte Apokalypse‹, dachte Michael, überlegte kurz, ob er daran anknüpfen sollte, ließ es aber bewenden. Was sollten diese Schüler schon von der Apokalypse wissen, diese Schüler, welche sich jeglichem Unterricht verweigerten, insbesondere dem Religionsunterricht.

Michael reichte den Cover der CD zurück.

»Geil, wie?« meinte Sven, »da haben Ihre Heiligenbilder keine Chance mehr!«

»Und doch erinnert mich dieses Bild an die Geheime Offenbarung, an die Apokalypse.« Michael versuchte den Faden aufzunehmen.

»Was soll denn das wieder, Apokalypse?« fragte Birgit, während sie den letzten Rest ihrer Torte hinunterschluckte.

»Die Apokalypse«, und in Michael flammte so etwas wie Hoffnung auf, er könnte irgendwie eine religiöse Thematik einbringen, »ist das letzte Buch der Bibel. Es beschreibt die ...«

Die Lautstärke im Zimmer erreichte wieder einen Pegel, der Michaels Worte untergehen ließ.

»Still, ich glaube, er möchte etwas sagen«, rief Katja in den Raum.

»Ja, eigentlich möchte ich etwas sagen«, setzte Michael erneut an.

»Aber mit uns«, fuhr Jan fort, »kann man nichts anfangen. Machen Sie sich keine Sorgen, das sagen alle Lehrer.«

»Die Weinreb, diese Ziege, hat heute auch wieder getobt. Das ist doch die letzte Kuh. Abschlachten wäre das beste«, sagte Katja zu Birgit. »Gibst du mir mal ein Papiertaschentuch?« Umständlich klaubte Birgit eines hervor.

»Fang mir nicht mit der Weinreb an«, rief Sven, »die sollte man erst einmal tüchtig durchficken.«

»Jetzt reicht es aber, Sven«, und Michaels Stimme explodierte, »wenigstens ein geringes Maß an Anstand ...«

Jan klopfte Michael auf die Schulter. »Nicht aufregen, Herr Kaplan, nicht aufregen! Ärger ist ungesund. Am besten lassen Sie uns nach Hause gehen. Sie sehen ja, es hat keinen Zweck. Wir sind nun mal so, daß läßt sich nicht ändern.«

»Das ist allemal die beste Entschuldigung, um sich nicht ändern zu müssen«, wandte Michael ein und spürte, wie sich der Ärger in ihm breit machte.

»Aua! Beginnen Sie jetzt nicht fromm zu reden wie alle andern Pfarrer. Sie sind schon recht, aber den Pfaffenton, den können Sie beiseite lassen.« Jan zog ein Buch aus dem Regal. »Fundamentalmoral. Lauter so komisch frommes Zeug. Lesen Sie eigentlich auch einmal etwas Vernünftiges?«

Sven riß Jan das Buch aus der Hand, stellte es zurück und sagte: »Komm jetzt, die Stunde ist ohnehin bald aus. Oder? Wir können doch gehen?« Und Sven wandte sich zu Michael.

»Oh ja, gehen wir.« Katja erhob sich und zog Birgit am Arm, »heute ist Abendverkauf. Ich muß mir noch eine neue Hose kaufen. Kommst du mit?«

»Ich brauch' noch ein Verbindungskabel für meine Lichtanlage, dann richte ich mir mein Zimmer ein wie eine Disco.« Jan warf das Eispapier in den Kübel. »Und nachher, Sven, gehe ich ins Kino, ein irrer Film, sag ich dir.«

»Ich schau noch im Videoshop vorbei. Im Kino läuft ohnehin nichts Anständiges.« Sven schmunzelte und stieß mit dem Ellbogen Jan in die Rippen.

Michael blieb nichts anderes übrig, als den Schülern ein schönes Wochenende zu wünschen. Sie hatten sich aber bereits draußen lärmend entfernt.

Schlachtopfer willst du nicht, ich würde sie dir geben;
an Brandopfern hast du kein Gefallen.
Das Opfer, das Gott gefällt, ist ein zerknirschter Geist,
ein zerbrochenes und zerschlagenes Herz wirst du, Gott,
nicht verschmähen.

In der vordersten Bank, da saß ER. Beim Einzug zum Gottesdienst, während die Orgel sonderbare Töne von sich gab, die Michael noch nie gehört hatte, schmerzende Klänge, vor allem weil der stampfende Rhythmus einer Pauke und zischendes Schlagzeuggeräusch wie aus einem Walkman, nur übermäßig laut, ihn irritierten, hatte er doch mit dem Organisten ein anderes Präludium abgemacht; da sah er ein Bein in den Mittelgang hinausgestreckt, weiße Turnschuhe, weiße Socken, dann die leicht gebräunte und beinahe unbehaarte Haut der schlan-

ken Fessel, die überging in die weiche Rundung der Waden, eingekleidet in hautenge Jeans, welche nach oben die Form des Beines noch stärker betonten. Ohne sichtlich erstaunt zu sein, stiegen die Ministranten über dieses Bein hinweg, und Michael wartete gespannt darauf, ob ER das Bein zurückziehen würde. ER, nur ER konnte es sein, den Michael da spürte.

Michael war erstaunt, IHN hier wahrzunehmen. Wie er vom Ambo herunterblickte, um die Gemeinde zu begrüßen und den Gottesdienst zu eröffnen, sah er vor sich eine unübersehbare Menge von Menschen stehen, in Grau gekleidet alle und angetan mit einer weißen Maske. Sie alle standen, nur ER saß, den Oberkörper lässig nach hinten gelehnt, aufgestützt die Arme auf der rückwärtigen Bank, aufgeknöpft das weiße Hemd bis hinunter zur Bauchdecke, zweifach nach hinten geschlagen die Ärmel. Am rechten Handgelenk glänzte eine silberne Kette mit einem beschrifteten Schild. Ein weißer Ledergürtel umspannte die Hüfte, unter der vordersten Bank ragten die gespreizten Beine heraus.

Die maskentragende graue Menge schien von IHM keine Notiz zu nehmen. Michael eröffnete den Gottesdienst in der Hoffnung, ER möge sich ruhig verhalten. Nach einigen Sätzen begann ein flimmernder Lichtschein zu stören. Michael sah kurz auf und entdeckte, wie ER mit dem Schild der silbernen Kette spielte, sie so ins Licht der Scheinwerfer hielt, daß ein blitzender Lichtschein in sein Gesicht fiel.

›Du hast Mut, kleiner Störenfried‹, dachte Michael, und er fühlte sonderbarerweise leisen Stolz auf den Jungen, der sich in seinem Blauweiß von der grauen Menge abhob.

›Du hast Mut, aber laß mich jetzt in Ruhe‹, dachte Michael, während er sich sprechen hörte: ›Wir vollziehen jetzt einen Ritus. Weißt DU, was ein Ritus überhaupt ist? Ich spiele eine Rolle, die mir aufgegeben ist. Meine Person spielt keine Rolle. Die Menge hat sich hier zusammengefunden, weil sie von Gott zusammengerufen wurde. Nicht mich will sie sehen, sondern die Rolle, die ich spiele. Das Stück, das ich da spiele ist ewig, ist göttlich, ein Mysterium, ein göttliches Schauspiel, das auch ich kaum verstehe. Sieh auf das Kreuz da vorn! Gott gibt uns im gekreuzigten Sohn sein Leben, wenn wir ihm in Christus unser

Leben schenken. Es ist ein göttlicher Tausch, ein wunderbarer Tausch. Gott nimmt unser menschliches Leben an und schenkt uns sein göttliches Leben. Und jetzt, jetzt spiele ich die Rolle dieses Sohnes. Ich spiele Christus. DIR und mir, uns allen ist diese Rolle zugedacht, nämlich, daß wir keine Rolle spielen, wenigstens jetzt, in diesem Augenblick. Erst nachher, wenn das Stück fertig ist, dann sollen wir leben, was jetzt gespielt wird. Verstehst DU mich?‹

ER saß immer noch zurückgelehnt in der Bank, zuckte verständnislos mit den Achseln. ER tat Michael leid, doch Michael konnte nicht aus seiner Rolle steigen, konnte es IHM jetzt nicht erklären, mußte weiterfahren im Ritus, weil jetzt nichts anderes verlangt war als der Ritus.

›Eine andere Predigt muß ich halten‹, dachte Michael, ›eine Predigt, die auch ER versteht. Das muß ich für IHN tun.‹

Stumm saßen alle grauen Gestalten da, nur hie und da hatte einer die Maske in die Hände gestützt, sonst glichen sich alle, einer dem andern. ER aber stand nun, hatte den Kopfhörer seines Walkman über die Ohren gestülpt.

›Jetzt müßtest DU zuhören‹, dachte Michael, konnte nur denken, nicht sagen, was er IHM sagen wollte. ER aber hörte weg, klaubte umständlich etwas aus den engen Taschen seiner Jeans. Michael predigte weiter, spürte mit einem Male einen stechenden Schmerz, als ob ihn eine Mücke gestochen hätte. Kaum hatte er den nächsten Satz gesprochen, streifte etwas sein Haar und fiel mit einem harten Geräusch hinter ihm zu Boden. Michael drehte sich um, sah auf dem Boden eine Krampe liegen, ein kleines gebogenes Drahtstück.

›Du!‹ wollte Michael ausrufen, hielt sich aber zurück. Er erinnerte sich, wie peinlich es ihm gewesen war, als er einmal in der Kindheit von der Kanzel herab gerügt, heruntergekanzelt wurde.

›Nein, ich stelle DICH nicht bloß. Ich nehm DICH so, wie DU bist!‹

Unverwandt fühlte Michael die weißen Masken auf sich gerichtet. Die funkelnden Augen in den schwarzen Augenhöhlen duldeten keine Unterbrechung. ER spannte einen Gummifaden, legte eine neue Krampe auf und schoß in Richtung Ambo. Mi-

chael suchte IHM keine Beachtung mehr zu schenken, hörte den leisen Aufprall des Metalls auf dem Holz, sprach etwas schneller, da in immer kürzeren Abständen Geschosse geflogen kamen. Es war kurz vor dem Amen, als er einen stechenden Schmerz in seiner Brust fühlte, reflexartig hintastete und eine große Krampe herauszog, die sich weit hineingebohrt haben mußte, denn langsam sickerte Blut nach.

Jetzt sah sich Michael gezwungen, so schnell wie möglich in Deckung zu gehen. Wie er sich vom Ambo abwenden wollte, sah er sich mit Krampen festgenagelt. Schweiß trat ihm ins Gesicht, unerträglich wurde der Schmerz in der Brust. Angst packte ihn.

›Was hab' ich DIR getan? Sag doch! Was hab' ich DIR getan, DU! Ich mag DICH doch!‹, wollte er rufen, doch die Stimme versagte. Er riß sich weg vom Ambo. Damit wurden auch die Kleider von seinem Leib gerissen. Nackt flüchtete er sich hinter den Altar. Ein Schrei der Entrüstung ging jetzt durch die graue Menge. Ein jeder riß die Maske vom Gesicht und schrie:

»Skandal! Schweinerei! Obszön! Hinaus mit ihm!«

Kirchengesangbücher kamen in den Chorraum hineingeflogen. Eine ältere Frau eilte zum Kerzenständer, nahm die kleinen, brennenden Opferlichter in die Hand und warf sie mit Gekreisch gegen Michael. ER aber setzte sich in SEINER lässigen Haltung wieder auf die Bank und schaute dem Treiben zu, unbeteiligt.

In deiner Huld tu Gutes an Zion;
bau die Mauern Jerusalems wieder auf!
Dann hast du Freude an rechten Opfern,
an Brandopfern und Ganzopfern,
dann opfert man Stiere auf deinem Altar.

›Woher dieses Bild der Gemeinde?‹ dachte Michael, ›es entspricht doch nicht meinen Erfahrungen. Ich erlebe sie doch anders.‹

Seine Gedanken schweiften zurück ins Priesterseminar, wo solche Feindbilder der Gemeinde gepflegt wurden. Basisgemeinde, das war das neue Ideal. Die Gemeinde, die sich noch treu Sonntag für Sonntag und teils auch werktags versammelte, die wurde in Grautönen beschrieben: unbeweglich, starr beharrlich, bürgerlich behäbig, selbstgerecht und sich selbst täuschend, angetan mit der Maske der Unschuld, welche an der Kirchentür abgegeben wurde, Teilnehmer am eucharistischen Stammtisch.

Eine gewisse Zeit schwamm Michael mit in der Kritik der bestehenden Gemeindeverhältnisse. Es war erhebend, sich in der Vorreiterrolle der künftigen Kirche zu sehen und von dieser Position her die bestehenden Verhältnisse zu kritisieren. Zudem war diese Position praktisch: die Kritisierten waren immer im Unrecht.

Bald mußte Michael feststellen, daß es die Gemeinde nicht gibt. Menschen in allen Schattierungen fanden sich zur Gemeinde zusammen, fanden sich manchmal auch nicht, suchten trotzdem ihren Weg und gingen.

Der Blick in die Gloriole des *Pantokrators* erinnerte Michael daran, daß er den ersten Psalm der Laudes zu Ende gebetet hatte. Immer wieder erschien ihm dieser Psalm wie eine lange Geschichte. Und trotzdem mündete er ein in den Lobpreis, glänzend und hell wie das Gold der Ikone. Die Seele konnte sich aus dem Dunkel erheben ans Licht, um wieder niederzusteigen ins Dunkel.

Ehre sei dem Vater und dem Sohn und dem Heiligen Geist.
Wie im Anfang, so auch jetzt und alle Zeit und in Ewigkeit.
Amen.

Wie eingangs des Psalmes, betete er noch einmal die Antiphon, welche die Grundthematik anschlägt.

Antiphon:
Ein zerbrochenes und zerschlagenes Herz, wirst du, o Gott, nicht verschmähen.

Canticum

(Hab 3,2–4,13a.15–19)

2. Antiphon:
Auch wenn zu zürnst, Herr, denk an dein Erbarmen.

›Ein zürnender Gott?‹ Schlecht konnte Michael sich mit diesem Gedanken anfreunden. Unübersehbar waren zwar alle die Stellen in der Bibel, die von Zorn, Gewalt, Rache, Eifersucht und Haß berichteten. ›Eigentlich habe ich diese Stellen ausgeblendet aus meinem Bewußtsein, obwohl ich behaupte, die ganze Bibel sei das Fundament des Glaubens‹, dachte Michael, sagte halblaut zu sich, »Öl, Öl müßte ich nachfüllen bei der Lampe« und vergaß dabei seine Inkonsequenz im Umgang mit der Bibel. Sie war ihm auch gar nicht voll bewußt, eher unterschwellig vorhanden. Er blendete einfach aus, wie er auch ausblendete, damit inkonsequent gegenüber dem ganzen Denksystem zu sein. So fiel es ihm leicht, mit dem Gebet weiterzufahren.

Herr, ich höre die Kunde,
ich sehe, Herr, was du früher getan hast.
Laß es in diesen Jahren wieder geschehen,
offenbare es in diesen Jahren!
Auch wenn du zürnst, denk an dein Erbarmen!

›Weshalb habe ich nur vergessen, den Hörer des Telefons abzunehmen?‹, fragte sich Michael, während es klingelte. Um sich ungestört dem Gebet widmen zu können, der Atempause für die Seele, wie Michael es ausdrückte, setzte er jeweils auf diese Weise das Telefon außer Betrieb. Der Summton würde so dem Anrufer anzeigen, er wäre zu Hause, jedoch nicht zu sprechen.

Als er diesen Trick einmal einem Kollegen verriet, wurde er gerügt. Ein Seelsorger hätte immer bereit zu sein für den Dienst am Mitmenschen. Auch das Gebet könne kein Grund sein, sich dieser Bereitschaft zu entziehen. Man müßte nur einmal genau die Propheten studieren, um festzustellen, wie diese den Tempelkult kritisiert hätten, den Tempelkult, durch den sich die Priester der geforderten Solidarität mit den Unterdrückten entzogen hätten. Das mönchische Erbe des Stundengebetes, Nachfolgerin des Tempelkultes, sei hierin vergleichbar. Michaels Einwand, er hätte bei der Diakonenweihe die Verpflichtung für das Stundengebet übernommen, und schließlich sei das Gebet der Priester und der Ordensleute auch stellvertretendes Beten für all diejenigen, die, aus welchen Gründen auch immer, nicht beten könnten; dieses Argument rief beim Kollegen höchste Verwunderung hervor. Ob er allen Ernstes diese Begründung ins Feld führen wolle? Das sei doch reinstes vorkonziliares Denken, Standesdenken im erschreckendsten Sinne, klerikalistisch-ideologischer Überbau der Pfaffen, welche sich die Hände ja nicht beschmutzen wollten, im Grunde also unchristlich, sei doch das Christentum Praxis, nichts anderes als Praxis gelebter Solidarität mit den Benachteiligten.

Genau diesen Vorwurf wollte Michael nicht auf sich ruhen lassen. So brachte er es nicht über sich, dem Klingeln keine Beachtung zu schenken. Er nahm den Anruf entgegen. Eine jugendliche, weibliche Stimme meldete sich. Sie wolle ihm mitteilen, daß sie aus der katholischen Kirche auszutreten wünsche. Michaels Blick fiel auf den Schreibtisch, wo ein Brief mit demselben Wunsch lag.

»Ich möchte nicht indiskret werden«, sagte Michael, »aber können Sie mir den Grund verraten, weshalb Sie austreten wollen.«

Sie habe den wahren Glauben gefunden und sich zu Jesus bekehrt, sagte die Stimme.

»So, wie ich meine Aufgabe verstehe, möchte auch ich nichts anderes, als die Menschen hinführen zum Glauben an Jesus Christus.« Michael ärgerte sich leise, dasselbe Sprachspiel zu verwenden, wie jene Stimme, die freundlich aber bestimmt sagte, die katholische Religion stimme nicht mit der Bibel überein. In der Bibel stünde nichts davon, daß Maria angebetet werden müsse.

»Nein, davon steht sicher nichts in der Bibel. Wir beten Maria ja auch nicht an.«

Wie oft hatte er in solchen Fällen schon versucht, auf den

Unterschied von anbeten und verehren aufmerksam zu machen, wurde aber jedesmal mit dem Vorwurf konfrontiert, das sei eben auch einer der Irrtümer der katholischen Kirche, daß sie sich in logische und philosophische Spitzfindigkeiten flüchte, statt an das reine Wort der Bibel sich zu halten.

»Unsere gemeinsame Basis ist die Heilige Schrift, das Wort Gottes«, versuchte Michael weiterzufahren trotz des inneren Gefühls, daß es jetzt für ein Gespräch bereits zu spät wäre. Die Stimme erklärte denn auch, ein Gespräch vermochte sie kaum mehr zu überzeugen von der Wahrheit der katholischen Kirche, denn sie hätte sich nun zu Jesus bekehrt, hätte deshalb den Mut gefunden, ihn anzurufen, um ihn persönlich von diesem Schritt zu unterrichten. Sie hoffe, auch er würde bald zu Jesus finden, um gerettet und nicht verdammt zu werden.

»Ich spüre, Sie legen keinen Wert auf ein längeres Gespräch. Ich kann Sie nur um eines bitten: beten Sie für mich, ich werde für Sie beten.«

Michael wünschte der Anruferin Gottes Segen und einen schönen Tag und legte den Hörer nicht mehr auf.

Vor seinem Gesicht breitete sich die Bücherwand aus, vollgestopft mit theologischer Literatur. Nicht nur ans Studium erinnerten ihn diese Bücher, sondern auch an die Freude, die er jeweils empfand, wenn er spürte, wie sich in ihm das göttliche Geheimnis entfaltete, nicht, um durchschaut zu werden, sondern um ihn weiterzutreiben im Studium.

Geheimnisvoll erschien ihm jeweils, erklärte jemand, er habe sich nun zu Jesus bekehrt. Michael mochte es nicht, sich mit der Erklärung zufriedenzugeben, solche Menschen wären einer Sekte auf den Leim gekrochen. Sicher stand meist eine freie kirchliche Gemeinschaft dahinter, doch das Motiv mochte wohl tiefer liegen. Michael kaute an den Fingernägeln, sinnierte:

›Weshalb finden Menschen zu einer Bindung an Jesus, von der ich trotz des Studiums nur etwas erahnen kann? Sicher gibt es verschiedenste Erklärungen für das Phänomen. Die sozialpsychologische Variante: in einer Zeit der allgemeinen Verunsicherung sehnt sich der Mensch nach festen Normen und Grundsätzen. Die kirchenkritische Variante konservativer Prägung: die Kirche hat es aufgegeben, den Leuten festen Halt zu geben. Deshalb suchen sie ihn anderswo. Die kirchenkritische Variante progressiver Prägung: statt die Gläubigen zur konkreten Praxis anzuleiten, hat die Kirche einer Verinnerlichung Vorschub geleistet, die jetzt zum Schwärmertum umkippt. Die religionsphänomenologische Variante: jede Religion untermauert mit der Verketzerung ihrer Gegner den eigenen Absolutheitsanspruch. Und wenn‹, dachte Michael weiter, ›jede Religion sich einfach nicht zugestehen will, daß sie vorläufig ist, einfach Phänomen von etwas Dahinterliegendem, an das niemand herankommt?‹

Der *Pantokrator*, den Michael fragend betrachtete, formte seine Rechte über dem Herzen zum Segensgestus und hielt ihm die Schrift entgegen.

›Schau in dein eigenes Herz‹, schien die Ikone Michael zuzurufen, der, in der linken Hand das Brevier haltend, mit der rechten Hand den Segensgestus imitierte. In dieser Haltung, der kleine und der Ringfinger verbunden mit dem Daumen, während der Zeige- und Mittelfinger sich abhoben, zog eine Spannung von der Außenkante der Hand, welche die Ikone dem Betrachter zugewendet zeigte, hinunter in den Ellbogen, eine Spannung, die sich erst löste, als Michael den Segensgestus Christi in die menschliche Form überführte und an die eigene Brust klopfte.

Gott kommt von Teman her,
der Heilige kommt vom Gebirge Paran.
Seine Hoheit überstrahlt den Himmel,
sein Ruhm erfüllt die Erde.
Er leuchtet wie das Licht der Sonne, ein Kranz von Strahlen umgibt ihn, in ihnen verbirgt sich seine Macht.

Schwefelgelb und rötlich zeigt sich der Himmel, der über einem Kranz von Bergen schimmerte, nicht Morgen- noch Abendrot, und dunkle Wolken zogen dahin. Die grauen Gipfel der Berge senkten sich ab zu den Tälern hin, aus denen Nebel aufstiegen und das dunkle Grün der Tannen an den Bergflanken mit einem bleichen Schleier überzogen. Die Stille erschien wie ein unvernehmbares Donnern oder Rauschen, während der Engel vorüber-

zog, weit zurückblickend, entgegengesetzt der Richtung, in die sein linker Arm zeigte, indes die Rechte SEINEN Kopf zu stützen schien. Versteinerten Blickes starrte ER auf den Zeigefinger seiner hochgehaltenen linken Hand, aus dem zwei dunkelrote Blutstropfen perlten. Mit seinen beiden Klammern hatte sich ein Skorpion in den Daumen und Mittelfinger verbissen. Der stachelbewehrte Schwanz bog sich zurück, und bald würde der Skorpion von seinem Opfer lassen und hinunterfallen auf SEINE Schultern, deren Muskeln sich bereits im einsetzenden Krampf verdickten. Mit der Rechten hielt ER ein aufgeschlagenes Buch umklammert. Doch eine Schlange wand sich an diesem Arm hoch, eine Schlange, die sich der aufgerissenen Bauchhöhle entwand, aus der schwarze Finsternis gähnte. Unbedenklich war das andere Tier, das aus der Finsternis des Inneren auf SEIN rechtes Bein hinauskroch. Form und Gestalt des Tieres waren die einer Echse, doch war es geflügelt und hob den Blick seines Kopfes hinauf zur verwundeten rechten Hand, in deren Richtung auch der Engel vorüberzog.

›War ER es wieder?‹ fragte sich Michael, während das Bild seinen Blicken entschwand.

Und er betete weiter.

Du ziehst aus, um dein Volk zu retten,
um deinem Gesalbten zu helfen.
Du bahnst mit deinen Rossen den Weg durch das Meer,
durch das gewaltig schäumende Wasser.
Ich zitterte am ganzen Leib, als ich es hörte,
ich vernahm den Lärm und ich schrie.

Noch einmal formte Michael seine Hand zum Segensgestus des *Pantokrators*, während er auf die Ikone blickte.

›Klar, schlicht und einfach ist die Gestalt und Form dieses Bildes‹, dachte er, ›und doch spüre ich in meiner einen Hand den einen Gott, der diese Hand umfängt, empfinde ich durch die aufrechtstehenden Zeige- und Mittelfinger die Verbindung der göttlichen und menschlichen Natur in Christus, nehme ich in den verbundenen anderen drei Gliedern deren Einheit wahr. Die junge Frau hatte zu Jesus gefunden, ich habe vielleicht zu komischen Spekulationen über Gott gefunden. Was soll's? Hätte ich weiterdiskutiert mit der Frau, hätte sie mir sicher vorgehalten, in der Bibel stünde nichts von der Dreifaltigkeit Gottes. Aber wie bei der Ikone, so scheint mir: Ich brauche nur die Gestalt zu schauen, und gleich nehme ich wahr, was sie ausdrücken will. Wie sagt der heilige Basilius: ›Wie man im Sohn den Vater sieht, so sieht man im Geist den Sohn. Was soll Jesus ohne Geist, ohne Beziehung zum Vater? Was soll Gott ohne Beziehung zum Menschen im Geist, ohne Sohn? Sonderbar: es gibt Menschen, die sich Christen nennen, und die mir fremd sind. Und es gibt Andersgläubige, die mir nahe sind, weil sie Gott im Menschen und den Menschen in Gott finden.‹

Michael nahm den Brief in die Hand, der ihm beim Telefongespräch wieder unter die Augen gekommen war. Auch hier dieselbe Formulierung: »Ich habe mich zu Jesus bekehrt, deshalb wünsche ich aus der katholischen Kirche auszutreten. Mit freundlichen Grüßen.«

War es Wut, Ärger, Resignation? Michael hatte Mühe mit den Empfindungen, die ihn aufwühlten und ihn an ein anderes Gespräch erinnerten:

Ob es nicht möglich wäre, die Bußfeier der Schüler zu verschieben, fragte eine Mutter, sie wisse zwar schon, daß sich die Kinder auf Weihnachten vorbereiten müßten, und etwas glauben müsse ja jeder, schließlich würde man dann noch früh genug mit der harten Realität des Lebens konfrontiert, aber der Zeitpunkt der Bußfeier sei ihr schon sehr unpäßlich, wenigstens gäbe es jetzt diese Bußfeiern, früher, da hätte man noch beichten müssen, obligatorisch, eine Qual sei das gewesen, sie hätte immer Angst gehabt irgend etwas zu vergessen, gottlob sei das jetzt vorbei, die Bußfeier wäre wirklich praktisch, läge sie nicht zeitlich so ungünstig, unmmittelbar vorher habe ihr Kind nämlich Training des Schwimmclubs und anschließend Klavierstunde, das Training dürfe es auf keinen Fall versäumen, er müsse wissen, die Bedingungen im Schwimmclub seien sehr hart, dreimal fehlen genüge, um hinausgeworfen zu werden, und die Klavierstunden müßten bezahlt werden, ob das Kind nun gehe oder nicht, weshalb man schon einigen Druck ausüben müsse; zwischen Training und Klavierstunde hätte sie gerade Zeit, mit ihrem Kind noch einige Einkäufe zu machen, eigentlich habe sie es der Tochter versprochen, nun sei sie aber enttäuscht nach Hause gekommen und habe gesagt, ausgerechnet in dieser Zeit wäre die Bußfeier, sie, als Mutter, verstehe die Enttäuschung ihres Kindes, vielleicht falle es einem ehelos lebenden Mann schwer, dies zu begreifen, und überhaupt, ob er nicht den Eindruck habe, das Verständnis eines Kindes wäre überfordert mit einer solchen Bußfeier, er mache es zwar schön, auch bei den Erwachsenen, eine Nachbarin hätte es ihr erzählt, doch ein Kind könne wohl noch nicht so recht begreifen, worum es da gehe, sie als Mutter hätte zwar auch hie und da Mühe mit ihrer Tochter, sei diese doch recht eigenständig und manchmal vorlaut, aber schließlich hätten sich die Zeiten geändert, es sei nicht mehr wie früher, da habe man noch gehorchen müssen, heute werde früh schon von den Kindern verlangt zu lernen, sich durchzusetzen, weshalb sie manchmal frech würden, schaue man jedoch in der Gesellschaft sich um, könne dies nur von Vorteil sein, mit ihrer Tochter könne sie sich in dieser Hinsicht nicht beklagen, die wisse schon, was sie wolle, im Schwimmclub sei sie eine der Besten und auch im Klavierspielen lasse sie sich leidlich anhören, manchmal müsse man, wie gesagt, ein wenig Druck ausüben, wie in der Kirche, wo ja jetzt auch wieder neue Zeiten kämen mit den konservativen Bischöfen, aber sie wäre schon froh, wenn die Bußfeier verschoben werden könnte.

Fäulnis befällt meine Glieder, und es wanken meine Schritte.
Doch in Ruhe erwarte ich den Tag der Not,
der dem Volk bevorsteht, das über uns herfällt.
Zwar blüht der Feigenbaum nicht,
an den Reben ist nichts zu ernten,
der Ölbaum bringt keinen Ertrag,
die Kornfelder tragen keine Frucht;
im Pferch sind keine Schafe, im Stall steht kein Rind mehr.

Michaels Blick fiel auf eine Lithografie der Gemeinde, in der er aufgewachsen war, ein Geschenk, das er erhalten hatte zur Priesterweihe. Und seine Erinnerungen fielen zurück. Im Horizont hob sich der Zwiebelturm der Pfarrkirche ab, und Michaels Blick fiel hinein in das Bild.

In den oberen Volksschulklassen war er Sänger im dörflichen Kinderchor. Der Totenkult im Dorf wurde förmlich gepflegt, und so hatte der Kinderchor einmal wöchentlich beim Totengedächtnisgottesdienst das *Requiem* zu singen, ungewohnt allein schon der Quadratnoten wegen, verteilt auf vier statt fünf Notenlinien wie die gewöhnlichen Lieder. Eigenartig war auch die Stimmung in der Kirche. Unten im Schiff das Volk, schwarz gekleidet, wie es sich geziemte: Trauer tragend, doch nicht mehr traurig, waren doch die, derer man gedachte, schon längere Zeit tot mit Ausnahme jener, deren Siebter oder Dreißigster begangen wurde. Da hoben sich, zumal in der kalten Jahreszeit, Nasen und Augen vermehrt rötlich ab von den Gesichtern, welche auf dem dunklen Hintergrund allemal bleich erschienen. Vorn im Chorraum der landbarocken Kirche standen St. Petrus und St. Paulus, normalerweise dominierend auf dem Hochaltar. Doch wurde anläßlich der Gedächtnisgottesdienste ihre Vorherrschaft zurückgedrängt von der Tumba, jenem hölzernen und von einem schwarzen, mit Silberfäden bestickten Tuch zugedeckten Gestell, welches die Umrisse eines Sarges vortäuschte, flankiert von vier Silberleuchten an jeder Ecke, auf denen Bienenwachskerzen brannten, Attrappen auch sie, trug doch das hineingetropfte Wachs billiger weißer Kerzen dazu bei, daß der Mechanismus klemmte, welcher für den gleichmäßigen Brand zu sorgen gehabt hätte, worauf die Kerzen spätestens bei der Opferung, wie man damals noch sagte, zu verlöschen pflegten.

Michael wußte um die Täuschung und Tücken, weil er, wenn er nicht singen mußte, Ministrant war, beim Aufstellen der Tumba zu helfen hatte, für einen guten Schluck Meßwein auch gerne bereit war, die Kerzenattrappen auszukratzen; er wußte also etwas, was die andern im Kinderchor nicht wußten, nämlich daß der dort vorne gar kein Toter war, wußte, weshalb die Kerzen brannten und doch nie verbrannten. Nur den besten Freunden flüsterte er zu, daß der glänzende Stein des Hochaltars eigentlich Marmor heißen würde, sofern er Stein gewesen wäre, doch steinern war der Altar mitnichten, konnte Michael doch zur Überraschung seiner nicht immer gläubigen Freunde aus kleinen Löchern Holzstaub herausklopfen, Spuren jener Lebewesen, die man nie zu Gesicht bekam, die aber zur Besorgnis der Kirchenpflege den Aufbau des petrinisch-paulinischen Hochaltars immer mehr gefährdeten: die Holzwürmer.

Die Frage der Echtheit wurde jedoch nie gestellt, wozu auch, war doch das Bild, das sich bot, von ernster Schönheit. Schönheit faszinierte und brauchte nicht befragt zu werden, zumal das Bild etwas Wahres ausdrückte, nämlich daß Menschen sterben. Der Kommunionvers, das ›Lux aeterna‹, klang nicht nur deshalb freundlicher in den Ohren, weil es das nahende Ende des Gedächtnisgottesdienstes ankündigte, sondern auch wegen des ewigen Lichtes, das den Toten leuchten würde: der Lehrer, der zugleich Organist war, legte Wert darauf, daß die Kinder wußten, was sie sangen. Sie mußten die deutsche Übersetzung mit Bleistift unter den lateinischen Text schreiben.

Michael fiel es schwer, aus der Kindheit zurückzukehren, aufzutauchen aus dem Bild, sehnte sich nach jener heilen Welt, die manchmal ihm heute noch heiler erschien.

Dennoch will ich jubeln über den Herrn
und mich freuen über Gott meinen Retter.
Gott, der Herr, ist meine Kraft.
Er macht meine Füße schnell wie die Füße der Hirsche
und läßt mich schreiten auf den Höhen.

Was er schrieb, wußte Michael nicht, konnte sich nur daran erinnern, wie er ein leises Klopfen gehört hatte am Fenster seines Wohnzimmers, das über eine Veranda erreichbar und durch die offene Tür mit dem Studierzimmer verbunden war. Erst hatte er dem Klopfen keine Beachtung geschenkt, glaubte vielmehr, irgendwo im Hause wäre ein Balken gesprungen, wie es in einem Holzhaus vorkommen kann. Noch viel würde er zu schreiben haben in dieser Nacht, und so wollte sich Michael nicht stören lassen. Unablässig blinkte der Cursor auf dem Bildschirm, wollte weiterbewegt werden, leuchtende Zeichenspuren hinterlassen. Das Klopfen wiederholte sich. Michael erhob sich, ging im Schutze der Wand zur Tür, die sich zum Wohnzimmer hin öffnete und schob seinen Kopf vorsichtig in die Türöffnung. Von dort her mußte das Klopfgeräusch gekommen sein, vom Fenster her, das sich zur Veranda öffnen ließ. Nichts rührte sich mehr, und Michael wollte sich eben umdrehen, als ihn ein harter Schlag ans Fensterglas zusammenzucken ließ. Doch der Schlag traf nicht das Fenster des Wohn-, sondern des Studierzimmers. Schon wollte er zum Fenster eilen, da kam ihm der Gedanke: ›Das kann nur ER sein!‹ Vorsichtig schob er seinen Kopf wieder in die Türöffnung hinein und blickte zum Fenster. ›Hatte sich nicht eben SEIN Gesicht am untern Rand des Fensters gezeigt?‹ Michael rannte hin, riß das Fenster auf, wußte nicht, ob er auf dem Kies Schritte von jemandem vernehmen konnte, der wegrannte. ›Nein, von IHM werde ich mich nicht zum Narren halten lassen‹, dachte er, ging hinaus in die Küche, holte sich ein Glas und schenkte sich im Wohnzimmer einen Cognac ein. Wie er einen Schluck genommen hatte, spürte er in sich eine unerträgliche Hitze und zog deshalb das Oberteil seines Trainers aus, fuhr sich mit der Hand über die entblößte Brust und spürte die Feuchtigkeit in seinen Händen. Er setzte sich wieder vor den Bildschirm, stellte das Cognacglas neben die Tastatur, rieb sich seine Hände an den Oberschenkeln trocken, wollte weiterschreiben. Kein Zeichen konnte er mehr erkennen. Michael erschrak, holte hastig eine andere Seite aus dem Speicher. Auch hier eine Schrift, die er nicht erkennen konnte, weder griechisch noch hebräisch, noch sonst eine ihm bekannte Schrift. Überall dasselbe. Er wollte aufschreien, doch kam es nicht dazu. Statt dessen klirrte eine Scheibe im Wohnzimmer. Michael eilte hinaus, sah die Vorhänge sich im Luftstrom bewegen, suchte den Stein, mit dem die Scheibe eingeschlagen worden sein mußte, fand jedoch nichts. Wieder kehrte er zurück zum Bildschirm, auf dem die Zeichen sich nun wild bewegten. ›Und schrieb, und schrieb mit weißer Hand Buchstaben von Feuer und schrieb und schwand.‹

Brennend heiß wurde es Michael, die Trainerhosen begannen an den Oberschenkeln zu kleben, färbten sich vom Schweiß getränkt dunkler, und Michael hörte sich weiter Heine zitieren: ›Der König stieren Blicks da saß, mit schlotternden Knien und totenblaß‹. Da krachte das Fenster des Studierzimmers. Michael konnte noch schnell die Hände zurückziehen, bevor ein faustgroßer Stein auf der Tastatur aufprallte und gleichzeitig den Bildschirm zertrümmerte. Der Cognac ergoß sich über die Oberschenkel, eine Stichflamme schoß aus dem Computer und entzündete Michaels Hosen. Schnell riß er sich die Hosen weg, trat das Feuer nieder, hörte vom Fenster her SEINE Stimme, Heine weiterzitierend: »Jehova! dir künd ich auf ewig Hohn – Ich bin der König von Babylon.« Mit einem Sprung war Michael draußen, landete auf dem Kiesweg des Gartens. »Wo bist DU?« rief er. »Wer bist DU?« schrie er. Nichts regte sich. Leichtes Frösteln schüttelte ihn. »Wo bist DU?« rief er, leise, beinahe flehend. Da traf ihn aus dem Gebüsch heraus der Lichtstrahl einer Taschenlampe, blendete ihn ins Gesicht, streifte langsam über Brust und Oberkörper, verharrte auf seiner Lende. Erst da gewahrte Michael, wie nackt er war.

Prüfend schaute Michael zum Computer hin. Er stand da, wie ehedem. Das Blut schoß ihm in den Kopf. Er spürte sich erröten. ›War es etwa möglich, daß ich schlafwandelte vergangene Nacht, nackt mich nach draußen begab?‹ Jedenfalls hatte der Pyjama neben dem Bett gelegen, als er erwachte. Die Erinnerung wollte sich nicht einstellen, ob er unbekleidet zu Bett ging, wie er das zu tun pflegte, wenn es draußen allzu warm war. ›Möglich wäre es gewesen, daß ich schlafwandelte‹, dachte Michael.

Während seiner Internatszeit kam es einmal vor. Er konnte sich nicht mehr daran erinnern, was er geträumt hatte, wußte nur noch, daß er vor dem verschlossenen Hauptportal erwachte und müde die vier Stockwerke wieder hochstieg und vorsichtig die Tür zum Schlafsaal öffnete. Säuerlich stickige Luft schlug ihm entgegen. Im schwachen Schein der blauen Nachtlampe bewegten sich die weißen Vorhänge der Kojen. Irgendwo im Raum stöhnte einer der Kameraden leise, während einige schnarchten.

Nie würde er sich an diese Luft gewöhnen, hatte er damals gedacht und die Semester gezählt, die er hier noch würde verbringen müssen. Er sehnte sich nach Hause.

Wer war ER aber, der heute sein Zuhause bedrohte, ihn aus der Behausung trieb, wenn auch nur in Nachtgesichten?

> **Ehre sei dem Vater und dem Sohn und dem Heiligen Geist. Wie im Anfang, so auch jetzt und alle Zeit und in Ewigkeit. Amen.**

Das Dröhnen schmerzte, der Schmerz dröhnte noch in Michaels Ohren, doch alles Bitten hatte nichts geholfen.

»Ist doch geil, diese Musik!« war SEINE einzige Reaktion.

Michael erinnerte sich, daß irgendwo in einem Kasten noch Kopfhörer vorhanden sein müßten aus der Seminarzeit, wo er nicht mitten in der Nacht die Zimmernachbarn mit lauter Musik stören konnte. Er fand die Kopfhörer, schloß sie wortlos an der Stereoanlage an und stülpte sie ebenso wortlos IHM über den Kopf. ER lachte, machte mit den Fingern der rechten Hand das V-Zeichen, und Michael legte sich auf die Couch seines Studierzimmers, hörte nur noch ein leises, rhythmisches Zischen, beobachtete IHN. Saß ER überhaupt da, oder schwebte ER, sich im Rhythmus bewegend, auf dem Stuhl im Wohnzimmer? Die engen Jeans ließen das Muskelspiel durchschimmern, und die Füße waren in keinem Augenblick gänzlich auf dem Boden. Wo hatte ER das lila T-Shirt her?

ER war einfach dagestanden, mitten im Studierzimmer, mit zerrissenen Hosen, verschmutzt und stinkend. ER solle erst einmal sich duschen gehen, hatte IHM Michael gesagt. ER war hinausgegangen und Michael hatte weitergelesen.

»Ich nehme mir zuerst ein kleines Bier!« hatte Michael IHN aus der Küche rufen hören, vernahm dann aber auch das Öffnen und Zufallen der Kühlschranktüre, und wie er Brot schnitt. Der kurze Schlag des Messers auf das Holzbrett hatte Michael verraten, daß ER sich auch über die Salami gemacht hatte. Ob er IHN darauf aufmerksam machen sollte, es wäre nicht mehr als An-

stand, zu fragen, hatte Michael überlegt. Eine sonderbare Verwunderung über SEINE Unverfrorenheit hatte Michaels Mund verschlossen. Mit den Augen hatte er weitergelesen, mit den Ohren die Geräusche verfolgt, die ER verursachte. Michael war es unangenehm, daß er in Gedanken bei IHM war, hatte er doch in dieser Nacht ein Buch lesen wollen. Dann hatte er die Wasserspülung gehört und wie ER vor sich hin gesungen hatte, weniger ein Lied, denn eine unbestimmte Reihenfolge von Tönen, unterbrochen von Schlagzeugimitationen. ER mußte jetzt im Badezimmer sein, dessen Tür ER aber nicht abgeschlossen hatte.

»Ich nehm' mir lieber ein Bad!« hatte ER gerufen, und Michael überlegte, daß er schon lange kein Bad mehr genommen hatte. Zeitsparend duschte er jeweils am Morgen. Der Spiegelschrank klappte auf und dann wieder zu, dann war kurze Zeit nichts zu vernehmen, bis Michael SEINE Schritte gehört hatte. Unverhofft stand ER neben Michael an der Couch, nackt. Michael hatte verspürt, wie sein Gesicht errötete, hatte leer geschluckt, während ER ihm eine Flasche vor die Augen hielt.

»Du badest wohl nie«, hatte ER gesagt, »ich bring den Verschluß nicht auf, das Badeshampoo muß eingetrocknet sein.«

Michaels Hände zitterten, und nur die Aufregung war es, welche ihm die Kraft gab, den eingetrockneten Verschluß zu öffnen. Ohne zu danken hatte ER sich umgedreht, säuerlich stickigen Duft hinterlassend. Nicht nur aus diesem Grunde hatte Michael sich von der Couch erhoben, sich eine Zigarette angezündet, nervös und hastig im Büchergestell Thomas Manns Novelle ›Der Tod in Venedig‹ gesucht, ebenso nervös darin geblättert und einige Stellen durchgelesen, mittels derer er seiner Aufregung Herr zu werden gedachte.

In vollem Strahl hatte ER das Wasser in die Badewanne einlaufen lassen, und langsam drang der Duft des Badezusatzes auch ins Studierzimmer herein. Michael hatte versucht, sich zu konzentrieren, war jedoch unterbrochen worden durch das Gedankenspiel, er könnte unter dem Vorwand, sich eine Flasche Wein zu holen, in den Keller hinuntersteigen. Dabei hätte er am offenen Badezimmer vorbeikommen müssen, hätte IHN fragen können, ob IHM noch etwas fehle und ob ER nachher einen

Schluck Wein möchte. Dann hätte er in den Keller gehen und zurückkehren können, fragen, ob IHM diese Flasche recht sei, ja, er hätte absichtlich eine falsche Weinsorte herauftragen können, hätte nochmals hinuntersteigen müssen, um zurückkehren zu können. Nebenbei hätte er IHN fragen können, wer ER denn überhaupt sei, und vielleicht hätte sich daraus endlich ein Gespräch ergeben können im Badezimmer, schließlich war ER ja auch ohne Schamgefühl nackt in sein Arbeitszimmer getreten. Dann aber war Michael erschrocken, sich überhaupt zu einem solchen Gedankenspiel hinreißen zu lassen, hatte den ›Tod in Venedig‹ liegen gelassen, war ins Studierzimmer zurückgekehrt und hatte sich wieder dem theologischen Fachbuch zugewandt, das, nachdem Michael sich wieder auf der Couch niedergelassen hatte, ihm schwer auf dem Magen gelegen hatte.

»Ich nehme mir frische Kleider aus dem Schrank!« hörte Michael aus seinem Schlafzimmer rufen. Wiederum war es die sonderbare Bewunderung SEINER Unverschämtheit, welche einen Einwand verunmöglicht hatte.

Und nun saß ER da in den engen Jeans und im lilafarbenen T-Shirt. ›Wo hatte ER dies gefunden?‹ überlegte Michael, der nach und nach die Kleider nur noch in schwarze oder weiße ausgetauscht hatte, nicht, weil er sich hätte klerikal kleiden wollen, sondern, um nicht immer die richtige Kombination suchen zu müssen. Schwarz und Weiß, das würde immer passen.

»Was für perverses Zeug liest du da?« rief ER, den liegengelassenen ›Tod in Venedig‹ durchblätternd. »Hör dir diesen Quatsch an: ›Mit Erstaunen bemerkte Aschenbach, daß der Knabe vollkommen schön war. Sein Antlitz, bleich und anmutig verschlossen, von honigfarbenem Haar umringelt, mit der gerade abfallenden Nase, dem lieblichen Munde, dem Ausdruck von holdem und göttlichem Ernst, erinnerte an griechische Bildwerke aus edelster Zeit, und bei reinster Vollendung der Form war es von so einmalig persönlichem Reiz, daß der Schauende weder in Natur noch bildender Kunst etwas ähnlich Geglücktes angetroffen zu haben glaubte.‹ So ein Schwachsinn. Richtig pervers!«

In hohem Bogen warf ER das Buch vom Wohnzimmer zu Michael ins Studierzimmer hinüber, zu Michael, der sich er-

schreckt erheben wollte, wie gefesselt und von seinem theologischen Buche niedergedrückt liegenblieb, währenddessen ER sich immer zur Musik aus dem Kopfhörer bewegte, und das mit einer Anmut, die Michael trotz aller Entrüstung ebenso fesselte. ER griff ein anderes Buch heraus aus dem Regal, diesmal einen Bildband, für den Michael einiges Geld ausgegeben hatte.

»Frommes Zeug! Noch perverser!« rief ER aus, und Michael wollte rufen, ER möge das Buch nicht werfen, vergeblich. ER schien Lust daran zu gewinnen, Bücher aus dem Regal zu reißen, erhitzte sich dabei, zog das lila T-Shirt aus, warf es auf Michael, dem der Duft des eigenen Eau de Cologne in die Nase stieg, griff Buch um Buch heraus, um es herumzuwerfen oder zu zerreißen, immer mehr dem Rhythmus folgend, riß dabei den Stecker des Kopfhörers aus, so daß der Sound in voller Lautstärke in der ganzen Wohnung dröhnte, was IHN noch mehr in Ekstase versetzte. Wie gelähmt blieb Michael liegen und starrte gebannt auf IHN, der immer wilder sich bewegte, beinahe tanzte und Michael bannte. Plötzlich wandte ER sich Michael zu, stemmte sich in die Türöffnung hinein. Der schmale, doch muskulöse Oberkörper glänzte von Schweiß und dunkle Augen funkelten Michael zu.

»Versteck dich nicht in der Tiefe«, schrie ER, »wenn an der Oberfläche alles sich aufbäumt!« Und wie Samson stemmte ER sich weiter gegen die Türpfosten.

Das Dröhnen schmerzte, der Schmerz dröhnte. Erschreckt hatte Michael sich aufgerichtet, nach dem Licht getastet und nach der Uhr geschaut. Weit weg war noch das Heulen eines Motorrades zu hören gewesen, daran konnte Michael sich jetzt noch erinnern. Der Traum selbst war Michael peinlich, und, einmal mehr hatte er IHM die Frage nicht stellen können, wer ER sei. So suchte er zurückzufinden zum Gebet.

Antiphon:
Auch wenn du zürnst, Herr, denk an dein Erbarmen.

Psalm 147,12–20

3. Antiphon:
Jerusalem, preise den Herrn; Zion lobsinge deinem Gott!

Nicht recht wissend weshalb, wurde Michael umhergetrieben zwischen Wohn- und Studierzimmer. Die Blicke schweiften über die Buchrücken, fielen auf Thomas Manns ›Tod in Venedig‹. Die gern gegebene Antwort – ›Es war ja nur ein Traum‹ – diese Antwort vermochte ihm nicht zu helfen, im Gegenteil. Gerade weil es ein Traum war, stieg in Michael eine alte Unruhe wieder hoch. Die Fingerspitze, die er zwischen die Seiten des Breviers eingeklemmt hatte, wurde warm und feucht, so daß er das Buch wieder aufschlug. Und sein Blick fiel auf eine kleingedruckte Überschrift, die er bisher übersehen hatte. Zwar hatte er damals bei der Einführung ins Stundengebet gelernt, diese Überschrift würde sich auf den Wortsinn des Psalms und dessen Lebenswert für den Gläubigen beziehen und somit eine Hilfe darstellen. Bisher jedoch hatte er diese kleingedruckte Hilfe übersehen:

Komm! Ich will dir die Braut zeigen, die Frau des Lammes (Offb 21,9).

›Immer nur sehe ich IHN‹, ging es Michael durch den Kopf. ›Ich frage mich, wer ER ist. Wo aber bleibt die Mutter, die Freundin, die Frau?‹

Er legte das Brevier auf den Schreibtisch, stellte sich vor die Ikonen hin, breitete die Arme aus zur Orantenstellung. Von einem Meditationslehrer hatte er übernommen, dies würde beitragen, um zur Ruhe zu kommen, die Mitte zu finden. Er spürte das Gewicht der Arme, die Muskeln, welche sich von den Oberarmen her über die Brust spannten und über dem Brustbein eine sonst nicht spürbare Weite eröffneten. Ganz leicht drückte er die Gesäßmuskeln zusammen und spürte, wie sich die Muskeln der Waden und der Oberschenkel spannten, nahm die Rundung der

Gesäßmuskeln wahr und wie der Rücken sich der Senkrechten entlang streckte und das Haupt locker zwischen den Schultern aufruhen ließ. In ruhigem Rhythmus ließ Michael die Bauchdecke sich heben und senken, ließ den Atem ein- und wieder ausströmen, wurde selbst Atem, spürte die Kraft, welche vom Kopf her auf die Füße wirkte. Die Augen geschlossen, wanderten seine Empfindungen den Armen entlang hinaus in die Fingerspitzen und zogen von der rechten Hand, deren Rücken nach oben gerichtet war, einen unendlichen Kreis hin zur linken, zu einer Schale geformten Hand. Das Gesichtsfeld schien wie ein Segel Strahlen der Unendlichkeit zu empfangen und nach vorne hin zu entschweben, hätte da nicht vom Hinterkopf her ein Gegengewicht Michael in der Senkrechten gehalten. Sachte öffnete er die Augen, erblickte für einen kurzen Augenblick die *Immerwährend Hilfe*, schloß die Augen wieder und verharrte einige Zeit in dieser Stellung, bis eine gedankenlose Empfindung ihn erfaßte und in die Tiefe des Sonnengeflechtes hinabzog.

Lea hatte sich in ihren verwaschenen Jeans und der grobgestrickten Jacke aufs Bett gelegt und eine Zigarette angezündet, auf ihrem Bauch die Mappe mit den Vorlesungsnotizen und darauf den Aschenbecher. Michael war es meist unangenehm gewesen, wenn sie an seinem Zimmer angeklopft hatte und ohne eine Antwort abzuwarten eingetreten war in breitbeinigen Schritten und, eingeklemmt zwischen Arme und Brust, Vorlesungsnotizen, Kopien und Bücher. Die entsprechende Frage hatte sie immer gefunden, um ihr Kommen zu rechtfertigen, Michaels Antwort meist als theologische Spitzfindigkeit abgetan, als typisch ideologischen Überbau, der das herrschende System rechtfertige.

»Träumst du nie von einer Frau?« hatte sie Michael gefragt, der grundsätzlich gegen direkte Fragen nichts einzuwenden hatte, in dieser Hinsicht aber schon, besonders wenn die Frage von Lea gestellt wurde. Michael hatte geschwiegen, mit dem Wachs der Kerze gespielt, die auf dem Schreibtisch brannte, spürte den Gedanken vorüberhuschen, er würde weniger von der Frau träumen, denn sich von ihr bedroht fühlen.

»Ich hab' ja nicht gefragt, ob du von mir träumst, sondern ob du von einer Frau träumen kannst, so richtig träumen? Du weißt schon was.« Lea drückte die Zigarette aus und richtete sich auf.

»Weshalb interessiert dich das?« hatte Michael gefragt, während Lea eine weitere Zigarette hervorklaubte und sie sich anzünden ließ.

»Schließlich werde ich als Frau, sofern es soweit kommt, später einmal mit Priestern zusammenarbeiten, und da muß ich mir ein Bild machen, wie es in so einem Mann aussieht.« Die eigenartige Betonung des Wortes ›Mann‹ hatte Michael verunsichert, ob es ihr wirklich darum gehen würde.

»Du wirst mich sicher nun der Verdrängung beschuldigen«, hatte Michael geantwortet, »doch meine ich, der Mann im Priester sollte überhaupt keine Rolle mehr spielen.«

»Daß ich nicht lache!« Lea hatte sich aufs Bett zurückgeworfen und blitzartig sich wieder aufgerichtet. »Und was ist mit unserer männerbeherrschten Kirche, was?« Ihr Tonfall war keifend geworden.

»Vielleicht«, hatte sich Michael zu einem Antwortversuch vorgetastet, »vielleicht ist unsere Kirche männerdominiert, weil der Mann im Priester noch zu sehr im Vordergrund steht. Versuch mich doch zu verstehen: der Mann spielt keine Rolle mehr als Mann, sondern nur noch als Abbild.« Michael hatte ein Unbehagen gespürt, war doch diese Antwort nicht aus seinem tiefsten Inneren gekommen, sondern eher Reproduktion jener Gedankengänge, durch welche die meisten Seinesgleichen krochen.

»So ein Quatsch! Weil Jesus einen Pimmel gehabt hätte, müßten auch seine Stellvertreter mit diesem Merkmal ausgestattet sein, aber bitte nur als Dekoration!« Lea hatte sich erhoben und ihre Vorlesungsnotizen an die Brust gedrückt. »Jesus hat die Befreiung von allen sozialen Zwängen und gesellschaftlichen Unterdrückungsmechanismen gepredigt, das ist das Wesentliche, und wenn die Kirche wirklich christlich sein will, dann sollte sie endlich ernst machen mit der Sache Jesu, aufhören mit der Unterdrückung der Frau. Jesus hat auch nicht sich selbst in den Vordergrund gestellt, sondern seine Befreiungsbotschaft.«

»Warum kannst du die Welt nur noch mit der Brille Unterdrükker Unterdrückte betrachten?« hatte Michael gefragt und dadurch Leas Wut gesteigert.

»Reiß nicht wieder so eine theoretische Diskussion vom Zaun, es geht dir ja doch nur darum, die herrschenden Zustände zu rechtfertigen.«

»Du argumentierst ebenso theoretisch, genau nach dem dialektischen Prinzip: Wer nicht für mich ist, ist gegen mich.«

»Jetzt zitierst du aber den Chef da oben persönlich«, hatte Lea gesagt, die Bibel vom Schreibtisch genommen und nervös geblättert. »Hier, Matthäus 12,30!«

»Da kannst du ebensogut die andere Stelle zitieren, Markus 9,40: ›Wer nicht gegen uns ist, der ist für uns‹. Nur bleibt da ein Problem: Wer ist da gegen wen?« Michael hatte weiter mit dem Wachs der Kerze gespielt, den nächsten Angriff Leas abwartend. Doch Lea hatte geschwiegen.

»Also«, hatte Michael das Schweigen zu durchbrechen versucht, »insofern der Priester zum Beispiel als Zelebrant auftritt, ich betone, auftritt, stellt er die Rolle Christi dar, und dessen Mannsein läßt sich nun einmal nicht wegexegetisieren. Insofern der Priester als Teil des Gottesvolkes sich in Dienst nehmen läßt ...«

»Wenn ich nur schon die Wörter ›Priester‹, ›Dienst‹ höre!«, hatte Lea dazwischengeredet, ohne Michael unterbrechen zu können.

»Insofern der Priester als Teil des Gottesvolkes agiert, verkörpert er den Menschen schlechthin, jenseits des Männlichen und Weiblichen. Darum spielt er als Mann keine Rolle mehr.«

Lea hatte ihn wieder unterbrochen. »Hör doch endlich auf mit dem Quatsch! Merkst du denn nicht, wie du dich selbst und deine künftige Machtposition zu legitimieren suchst?«

»Machtposition! Machtposition! Kannst du nicht wenigstens einmal aus deiner Gedankenschiene aussteigen?« Michael war heftig geworden. Nicht heiliger, vielmehr philosophischer Zorn hatte ihn ergriffen und in ihm wieder neu jene Wut entfacht, die ihn packte, wenn er sah, wie jemand nicht anders denken konnte als im Schema, die bestehenden Zustände müßten um einer bessern Zukunft willen permanent kritisiert werden.

»Du wirst heftig«, hatte Lea eingewendet, »und du verrätst damit, daß du etwas verdrängst.«

Michael hatte sich eine Zigarette angezündet.

»Gib mir auch noch eine!« Michael hatte ihr eine gereicht, sie angezündet und dabei in Leas Augen geblickt, gesagt: »Was willst du eigentlich?«

»Was ich will?« hatte Lea geantwortet. »Ich glaube nicht, daß du daran glaubst, was du sagst. In deiner Theorie mag es stimmen, daß der Priester jenseits des Männlichen oder Weiblichen agiert. Aber, und jetzt rede ich einfach als Frau und nicht als Emanze, als die ich manchmal erscheine: du wirst als Mann wahrgenommen werden, auch wenn du dich hinter der liturgischen Kluft verbergen willst.«

»Und«, hatte Michael gefragt, »was reizt dich so, unter unsere liturgischen Röcke zu blicken?«

Lea hatte sich wieder gesetzt, war ruhig geworden, hatte gefragt: »Könntest du dich ein wenig deutlicher ausdrücken?«

Michael hatte einen tiefen Zug genommen, mit dem Rauch versucht, eine ausgefeilte Antwort hinauszublasen, nicht mehr aber gesagt, als: »Ich fühle mich bedroht.«

»Jede Frau eine Eva? Jede Frau eine Gefahr, einen Priester vom richtigen Weg abzubringen?« Leas Stimme war sanft geworden.

»So nun auch wieder nicht, es fällt mir nur schwer, es genauer zu formulieren.«

»Gib dir keine Mühe, eine Formulierung zu finden, die ausdrückt, nicht So-wie-die-andern sein zu wollen. Nein, es geht mir nicht darum, mit einem von euch ins Bett zu steigen, auch mit dir nicht, mach dir keine Illusionen. Ich spüre einfach die Mauern eurer Rationalisierungen. Du willst eine systemkonforme Antwort geben, willst auf vernünftige Weise eine Begründung geben. Damit stehst du nicht allein. Ihr versucht allesamt, so ungeheuer vernünftig zu sein. Aber es wird wirklich ungeheuerlich. Ich spüre euch als Menschen nicht, ich spüre dich als Menschen nicht. Rede ich mit dir, so kommt es mir vor, als ob ich in einem Dogmatikbuch blätterte.«

»Aber«, hatte Michael einzuwenden versucht, »die Dogmatik ist nun einmal ein Teil meiner selbst geworden.«

»Das ist es ja. Du kommst mir vor wie Louis XIV. – ›L'état, c'est moi!‹ Aber wer bist du? Wer seid ihr Priester? In euren Predigten gebraucht ihr Begriffe wie ›Wahrheit, Ehrlichkeit, Gerechtigkeit, Liebe‹. Aber statt wahr, ehrlich, gerecht, lieb zu sein, redet ihr über Wahrheit, Ehrlichkeit, Gerechtigkeit, Liebe. Statt von euch als Subjekt auszugehen, redet ihr objektiv. Auch du bemühst dich krampfhaft um Objektivität, und diese Objektivität läßt dich wie ein Tempel erscheinen, in dessen innerstem Heiligtum eine erstarrte Statue steht, im besten Fall, vielleicht ist das Heiligtum einfach leer, nichts, ein Nichts. Vielleicht ist dieses Heiligtum ein Jauchefaß, vielleicht eine Büchse der Pandora. Begründen kann ich diese Aussage nicht, ich spüre es einfach. Kann sein, daß du dich deshalb von mir als Frau bedroht fühlst, weil ich spüre, was du in deinen Gedanken nicht wagst zuzulassen.«

Michael hatte sich die Zigarette ausgedrückt, gesagt: »Ich weiß es nicht, spüre nur, daß ich den Weg weitergehen muß.«

»Hals und Beinbruch wünsch ich dir nicht, aber viel Glück, sofern das nicht zu wenig ist«, hatte Lea, die Tür hinter sich schließend, gesagt.

Es war immer so: hatte Lea sein Zimmer verlassen, machte Michael sich Vorwürfe, ihr gegenüber eine innere Mauer aufgebaut zu haben. Und es schien ihm, Lea würde aus diesem Grunde viel kantiger reagieren, als sie eigentlich war. Ja, das Bild der Mauer würde sich tief in seiner Seele eingraben. Nur war die Mauer zwischen ihnen zu hoch, als daß er sie hätte überspringen können.

Michael schlug die Augen auf und erblickte wieder die *Immerwährende Hilfe*. Ihre Gesichtszüge erinnerten ihn an jemanden. Ja, die *Immerwährende Hilfe* hatte die Gesichtszüge von Madeleine. Wie hatte er doch von der Bühne heruntergestarrt, ob sie nicht unten sitzen würde im Publikum. Allen Ehrgeiz hatte Michael daran gesetzt, im Schülertheater die Hauptrolle zu bekommen, um für sie spielen zu können, nachdem er ihr auf verschiedenste Weise seine Sympathie ausgedrückt hatte. Doch Madeleine kam nur zur Schülervorstellung, nicht aber zu einer Samstagabendvorstellung, wo sich Gelegenheit ergeben hätte, sie im Anschluß an die Vorstellung einladen zu können. Schlank war sie, beinahe burschikos, und wenn sie lachte, bildeten sich jene zwei Grübchen in den Wangen, die er am liebsten geküßt hätte. Doch nur mit ihren Freundinnen zusammen lachte sie. Längst würde sie Kinder haben. Michael hatte einmal von ihrer Heirat vernommen.

Und er setzte sein Gebet fort.

Jerusalem, preise den Herrn, lobsinge, Zion, deinem Gott!
Denn er hat die Riegel deiner Tore fest gemacht,
die Kinder in deiner Mitte gesegnet;

Morgendlich frisch und doch angenehm hatte der Wind durch das leichte Hemd über Michaels Haut gestrichen, die Sonne sich weit schon über der Wüste Juda erhoben und Jerusalem in klares Licht getaucht, das die Häuser, Kuppeln und Türme scharfe Schatten gegen Westen werfen ließ. Keineswegs verständnislos hatte der Portier des Hotels reagiert, als Michael den Wunsch vorgebracht hatte, auf das Dach steigen zu dürfen, jeweils morgens und abends, zur Laudes und Vesper. Der Portier, ein sympathischer Palästinenser aus der Jerusalemer Altstadt, hatte ihm am ersten Morgen gezeigt, wie das Tor aufs Dach hinaus zu öffnen wäre, während er in den folgenden Tagen stillschweigend in den Schlüsselkasten griff, wenn er Michael mit dem Brevier, eingeklemmt unter dem Arm, auf sich zukommen sah. Hier, auf dem Dach des ›Knights Palace‹ hatte sich Michael jenes Bild eingeprägt, das immer in ihm aufleuchtete, wenn er diesen Psalm betete: die Hügel der Wüste Judas, die, der Stadt näherkommend, von Häusern übersät werden, welche sich gegen den Ölberg hin in ihrer Farbe kaum vom alten jüdischen Friedhof unterscheiden, der gegen die Kuppe hin in eigenartiger Weise gekrönt wird von den Rundbogen des ›Intercontinental‹, das beinahe so dominant das Bild des Ölbergs beherrscht wie die Türme der St.-Anna-Kirche und der Himmelfahrtskirche. Senkte sich der Blick, so bot sich ein Gewirr von Dächern, Türmen und Kuppeln zum Anblick, ein Gewirr, das mit ungezählten Antennen-Dächern gegen den Himmel hin ausfranst. Ob Antennen oder Türme, sie strebten zum

Himmel und schienen vom Himmel eine Botschaft einfangen zu wollen, eine Botschaft, die so leicht nicht zu entziffern war, weshalb die einen Türme als Minarett zum Himmel strebten und die anderen als Kirchtürme, und auch hier wiederum konfessionell getrennt in der Wucht der lutheranischen Erlöserkirche oder in der Dominanz der katholischen Franziskanerkirche. Wie Gewitterdonner zerrissen am frühen Morgen die katholischen Glokken auf demonstrative Weise die Stille, ganz im Gegensatz zum Ruf der Muezzin, der, obwohl lautsprecherverstärkt, sich vorsichtig zum Himmel vortastete, sich zwischendurch Zeit ließ für das Horchen auf Gottes Stimme, erneut sich erst mit dem Himmel und dann mit den andern Rufen verwob und schließlich in Harmonie mit dem frühmorgendlichen Himmel verschmolz. Wandte sich Michael gegen Norden, erblickte er unmittelbar vor sich die neugotische Kathedrale des lateinischen Patriarchats, und mit leichtem Bedauern mußte er der Feststellung recht geben, daß sich die lateinischen Kirchen vor allem durch ihre Geschmacklosigkeit auszeichnen. So strich er mit seinen Augen hinüber zum Jaffa-Tor, zur Zitadelle und der Stadtmauer entlang hinüber zum armenischen Viertel, das geheimnisvoll sich beinahe jeglichem Zutritt verschließt. Leicht außerhalb der Stadtmauer beherrschte die Kuppel der Dormitio-Abtei mit ihrer wuchtigen Architektur, die auf die Stiftung des wilhelminischen Kaiserreiches aufmerksam machte, den Zionsberg. Weiter gegen Süden hin würde Bethlehem liegen, und Michaels Blick wanderte zurück, hinunter ins Yemin Moshe, dem ersten jüdischen Wohnviertel außerhalb der Stadtmauern mit der unübersehbaren Windmühle, und dann wurden die Augen auf die Hativat Yerushalayim gezogen, deren Verkehr lautstark unten an der Stadtmauer sich die Steigung emporschleppte und sich beim Jaffa-Tor verteilte. Drehte sich Michael gegen Westen, erblickte er die modernen Hochhäuser, deren hell erleuchtete, von braun getönten Fenstern unterbrochene weiße Fronten vom stahlblauen Himmel sich abhoben, der vom Meer herauf sich wölbte, durchzogen von einigen grauen Wolken, die sich bald in der sommerlichen Glut auflösen würden. In nichts unterschied sich Jerusalems Neustadt von andern Großstädten, und doch blieb gerade dieser Teil der

Stadt Michael fremd, mochte das Gebiet um die Ben Yehuda mit den Straßencafés, Geschäften, Restaurants und Fast-food-shops noch so sehr an europäisch-amerikanische Stadtkultur erinnern. Michael zog seinen Blick zurück und ließ ihn wieder über die Stadtmauern gleiten, umkreiste die Altstadt, atmete, atmete ein in tiefen Zügen und vorsichtig wieder aus, darauf bedacht, das Bild nicht wieder auszulöschen. Wenn E. Renan mit einer Aussage recht haben sollte, dann mit dieser: die Landschaft Palästinas sei das fünfte Evangelium, und Michael suchte, soviel wie möglich darin zu lesen, schloß zwischendurch die Augen, wie er dies beim Studium getan hatte, um sich Einzelheiten einzuprägen. Er spürte eine tiefe Vertrautheit mit der fremden Welt der Altstadt, die zu seinen Füßen wie ein Steingarten zum Kidrontal sich senkte.

»Schön hier«, hatte Michael eine Stimme neben sich gehört und erschrak, »zum ersten Mal hier?«

Michael hatte verneint. Vor einigen Jahren, zu Beginn seines Studiums, war er mit einer Studentengruppe hier gewesen. Ungern erinnerte er sich jedoch an jene Reise. Wohl gab sich der begleitende Professor Mühe, die Landschaft Palästinas und das biblische Zeugnis lebendig werden zu lassen, doch Leben wollte so recht nicht aufkommen, wurde erdrückt vom Theologengezänk, von Belustigung über vorkonziliare Formen des Katholizismus, der unbiblischen Prunkentfaltung der Orthodoxen, der demonstrativ zur Schau gestellten Religiosität der konservativen Juden. Der Ruf der Muezzin war nicht mehr als eine schlechte Imitation wert, und, wäre da nicht die geistliche Autorität des Professors gewesen – wohl kaum hätte man sich zum Gebet zusammengefunden.

»Ich bin mit einer Pilgergruppe hier, alles fromme Leute, die von Kirche zu Kirche geschleppt werden wollen, von einem historischen Ort zum andern, immerzu ausgerichtet auf Vergangenheit.« Der Mann, Michael schätzte ihn etwas über dreißig, hatte weiter gesprochen, ungefragt, und der Tonfall war es, der ihn an die frühere Reise nach Israel erinnerte.

»Haben Sie da schon über die Stadtmauer geguckt?« hatte der Mann gefragt, »dort unten, wo Lastwagen um Lastwagen hinfährt, da wird Kehricht abgeladen, und Sie dürfen dreimal raten, wer diese Dreckarbeit machen muß.« Michael bekam keine Gelegenheit, zu raten. »Die Palästinenser natürlich, Araber, wer denn sonst, im besten Fall noch einige Sephardim, das sind orientalische und afrikanische Juden, müssen Sie wissen, die müssen auch noch Dreckarbeit machen, und, haben Sie gesehen, überall Militär mit angeschlagener Knarre. Keiner darf sich rühren.«

Was hätte Michael antworten sollen. Dieselben Beobachtungen mußte auch er machen, hatte sich gefragt, weshalb ausgerechnet hier Friede nie möglich sein würde.

»Aber meine Pilger«, fuhr der Mann fort, »die kümmern sich einen Dreck darum, wie es den Menschen hier geht, sind zufrieden, wenn das Essen sich nicht allzusehr von der häuslichen Gewohnheit unterscheidet. Fressen, ein kühles Bier, etwas sehen und beten: das wollen die, etwas anderes interessiert die nicht. Im Gegenteil, sie regen sich nur auf wegen der Intifada. Versucht man, die Zusammenhänge zu erklären, dann bekommt unsereins den Vorwurf, Agitation zu betreiben. Wir wollen etwas über Jesus hören und das alte Israel, bitte aber keine Politik, heißt es dann. Scheiße.«

Der Mann, in Jeans und Leinenhemd, struppiges Haar und Bart, hatte Michaels Brevier entdeckt und gefragt: »Auch Theologe? Zu einem Orden gehörig? Mit einer Gruppe hier?«

»Ja, Theologe«, hatte Michael geantwortet, »Priester, mit einer Gruppe hier, aber nicht als Begleiter.« Eigentlich war Michael durch den Theologen aus einer ganz andern Welt zurückgerufen worden, wollte erst das Gespräch nicht weiterführen. Da man aber, die gleiche Sprache sprechend, auf dem Dach eines Hotels in Jerusalem zusammentraf, konnte nicht einfach geschwiegen werden. Er ließ die Bemerkung fallen: »Sie fühlen sich unglücklich mit Ihrer Gruppe?«

»Was heißt da unglücklich? Ich muß ja zufrieden sein, einen Job zu haben, bin eben nicht Priester, habe während des Studiums geheiratet, das Studium abgeschlossen und keine Stelle gefunden. Die oben wollen nur noch Priester haben, für Pastoralreferenten ist kein Platz mehr. Mitarbeit der Laien: leeres Geschwätz. Die jungen Priester steigen wieder in den schwarzen Rock, geben sich her und lassen sich verheizen in mehreren Gemeinden, opfern sich, um den Betrieb aufrecht zu erhalten und sind glücklich, als Verteidiger der wahren Kirche angesehen zu werden. Sie pflegen das Selbstbewußtsein derer auf verlorenem Posten.« Mehr als resigniert hatte die Stimme des Theologen geklungen, und die verdrängte Wut schien Jerusalems Dächer erzittern zu lassen.

»Ich hatte ja noch Glück.« Der Theologe hatte das Gespräch wieder aufgenommen, eher ein Selbstgespräch, während Michaels Blick drüben am Ölberg die Kirche ›Dominus flevit‹ suchte. »Andere Theologen versuchen als Lektoren, Buchhändler oder Versicherungsleute unterzukommen. Einer meiner Kollegen arbeitete sogar eine Zeitlang unter Tag in der Zeche. Dort drüben, in der ›Dormitio‹, kennen Sie wohl, da hab ich ein Jahr lang studiert und bin so zum Job bei einem Pilgerbüro gekommen. Klar, irgend so ein Pfaffe muß immer auch noch mit, sonst verpassen die Leute ihre tägliche Messe, möglichst auf einem heiligen Stein, und wehe, man macht mal eine kritische Bemerkung! Schon ist man ein Ketzer und der Pfaffe ermahnt brüderlich, die religiösen Gefühle bitte nicht zu verletzen.«

Wie der Ruf eines Muezzin hatte der Wind die Klage des Theologen in den Himmel getragen, und Michael drängte es, eine Antwort des Himmels geben zu können; doch welche, da auch er zu der Kaste der Pfaffen gehörte?

»Ich höre Resignation aus Ihrer Stimme«, hatte Michael gesagt.

»Resignation?« hatte der Theologe erwidert. »Ach wo, Resignation, Wut kocht in mir. Sie sollten doch die Propheten kennen: Liebe will ich, nicht Schlachtopfer, sagt Hosea. Was soll ich mit euren vielen Schlachtopfern? fragt Jesaja. Was da unten unter den Kuppeln und Türmen der Kirchen betrieben wird, ist der reinste Opferbetrieb, unblutig, ja, so haben wir gelernt, unblutig wenigstens auf den Altären, aber geschlachtet wird weiter, und bei den Altären holt man sich die Rechtfertigung dafür. Sehen Sie dort drüben den Tempelberg? Bevor mit all den Kirchen genau dasselbe passiert, wie damals mit dem Tempel, wird sich nichts ändern. Mein Gott, wenn ich an die Bergpredigt denke! Waren Sie schon droben am See Gennesaret? Selbstverständlich mußte auch dort eine Kultstätte errichtet werden, mit Mussolinis Geldern sogar. Aber denken Sie sich die Kirche weg an jenem Ort, und Sie spüren, welche Kraft in der Bergpredigt steckt. Und was ist draus geworden? Ein neuer Kult, neue Kultstätten. Dort unten, sehen Sie, dort unten wurde Jesus gehenkt. Jeder Trottel, der einigermaßen etwas vom Evangelium abbekommen hat, müßte vor dem Kreuz spüren, daß die Henker entmachtet werden müßten, müßte spüren, daß die Machthaber entlarvt sind. Doch was hat man aus Golgota gemacht? Eine Kultstätte, wo sich zudem noch alle Konfessionen die Schädel einschlagen würden, wäre da nicht die Polizei allgegenwärtig.«

Michael hatte ratlos dagestanden, über den Dächern von Jerusalem, vermochte nichts dem Redefluß entgegenzusetzen, ließ sich alle Poesie der Dächer im Wortschwall wegschwemmen.

»Schauen Sie doch Israel an. Unsre deutschen Pilger, die kommen alle mit schlechtem Gewissen hierher, reden immer und überall gleich von Sühne, sehen aber nicht, daß die Israelis nun genau gleich gegen die Palästinenser vorgehen, wie damals die Nazis.«

Reflexartig, ohne zu wissen weshalb, hatte Michael eingeworfen: »Ich bin Schweizer.«

»Umso schlimmer«, hatte der Theologe gesagt, »eure Banken und die Waffenindustrie werden auch hier in Israel mitmischen, und das alles auf dem Buckel der Palästinenser. Die können sich kaum wehren. Eine falsche Bewegung, und schon hast du einen Schuß im Rücken. Der Imperialismus blüht hier in Reinkultur, Unterdrückung, wo man nur hinschaut.«

Michael wurde an Lea erinnert, hatte schweigend zur Kenntnis genommen, daß auch dieser Theologe nur im Unterdrückungsschema denken konnte.

»Sonderbar«, hatte Michael gesagt, »1967, beim Sechstagekrieg, da fieberten wir alle für Israel. Ich war zwar damals noch Schüler und verfolgte den Krieg wie ein Räuber-und-Poli-Spiel. Klassenweise schrieben wir aber Ermutigungsbriefe, freuten uns über die Wiedervereinigung Jerusalems und darüber, daß die

Juden nun ungehindert Zutritt hatten zur Klagemauer. Gut zwanzig Jahre später nennt man dies Imperialismus, wenn ein Land sich dagegen wehrt, ins Meer geworfen zu werden.«

»Das war doch antiarabische Propaganda«, hatte der Theologe eingewendet.

»Wer soll das überprüfen?« hatte Michael gefragt, des Gesprächs müde. »Je nach Standpunkt sieht die Antwort anders aus.«

»Für einen Christen gibt es nur einen Standpunkt«, hatte der Theologe gesagt, »den, auf der Seite der Rechtlosen zu stehen. Und diese sind heute nun einmal die Palästinenser.«

Michael fragte: »Sie glauben an den geschichtlichen Prozeß der Befreiung Unterdrückter, der einmal zum Frieden führen wird?«

»Klar, woran denn sonst. Jesus hat das Reich des Shalom angekündigt. Und Shalom kann nur dort entstehen, wo den Unterdrückten zu ihrem Recht verholfen wird.«

Michael hatte gezögert, wußte selbst keine Antwort, sagte einfach: »Wohin die Geschichte führt, wage ich nicht zu beurteilen, weiß nicht einmal, ob die Geschichte überhaupt irgendwohin führt. Sie haben eben vorhin recht negativ über die sogenannten Kultstätten geurteilt. Erfahre ich aber dort, was es heißt, beim Kreuz auszuharren, fällt es mir auch leichter, in der Geschichte auszuharren, Geschichten zu ertragen, ohne zwischen den Schichten erdrückt zu werden. Ich glaube, offen gesagt, kaum an geschichtliche Veränderungsprozesse. Wer hat hier nicht schon, wie Sie sagen würden, unterdrückt? Babylonier, Ägypter, Perser, Griechen, Römer, Türken, Kreuzfahrer, Engländer, Araber, Israelis? Fahnen und Standarten wechseln ihre Farbe, das Strickmuster bleibt dasselbe.«

»Wie kann man nur so denken? Das ist doch keine Perspektive, keine Zukunftsaussicht, strahlt keine Hoffnung aus!« hatte der Theologe erregt eingeworfen.

»Die Perspektive, auch einmal oben zu sein: ist das Hoffnung? Vielleicht bin ich nur Kultdiener, kein Christ. Ich weiß es nicht, schaue einfach Bilder und Geschichten an und denk mir: Wer mir nachfolgen will, nehme täglich sein Kreuz auf sich. Aus dem Tod blüht Leben. Doch habe ich Hemmungen, genau zu benennen, wer auf der Seite des Todes steht, wer auf der Seite des Lebens.« Michael hatte über die Stadt hinweggeblickt und einen melancholischen Tonfall bei sich verspürt.

Der Theologe hatte sich entfernt, und Michael war sich nicht sicher, ob er ihn verletzt hatte. Michael drehte sich gegen Westen, sah die Neustadt, blickte hinein in die Altstadt. Dazwischen erhob sich die Mauer. Er spürte, wie die Mauer in ihn hineinwuchs.

... er verschafft deinen Grenzen Frieden
und sättigt dich mit bestem Weizen.

Michael ließ sich wieder zurückführen auf seinen morgendlichen Weg zwischen Studier- und Wohnzimmer. Gesättigt war er, mit mehr als nur bestem Weizen. Jeden Monat wurde er gut bezahlt dafür, daß er predigte über Sätze wie: ›Verkauft eure Habe, und gebt den Erlös den Armen!‹ Mancher Familienvater hätte ihn beneiden können, nicht zu reden von den alleinerziehenden Müttern.

Unmöglich würde ihre Tochter ins Jugendlager mitreisen können, hatte eine Mutter abgelehnt, nachdem Michael angerufen und es bedauert hatte, von Chantal keine Anmeldung erhalten zu haben. Die Tochter würde lieber ihre Ferien zu Hause verbringen, und außerdem, wie er überhaupt dazu käme, ihr zu telefonieren, hatte die Mutter gefragt.

»Chantal hat mir gesagt, sie würde gerne mitkommen, wenn ... Dann habe ich jedoch nichts mehr herausgekriegt.«

Diese Tochter könne doch nie den Mund halten, hatte die Mutter in leicht verärgertem Ton gesagt, sie hätten doch abgemacht, nichts solle nach draußen dringen.

»Sie möchten über etwas nicht reden?«

Genau, hatte die Mutter in bestimmtem Ton gesagt. Nachdem Michael eine Weile hatte schweigen können, begann sie aber zu erzählen, ihr Ex-Mann sei schon längere Zeit rückständig mit den Alimenten, ja, er drohe, überhaupt nichts mehr zu bezahlen, solange ihr Freund mit ihr zusammen lebe. Dabei müsse dieser selbst für seine eigenen zwei Kinder aufkommen, die bei ihrer Mutter leben würden. Sie wisse, es sei eine verfahrene Situation, sie hätte schon gerne mal mit jemandem darüber gesprochen, nur käme ja doch nie ein Seelsorger vorbei, würden wohl auch kaum Zeit dafür aufbringen, insbesondere, wenn man nicht zu den bravsten Schafen gehöre. Nun sitze man plötzlich drin im Schlamassel, und es wäre gut, einfach mal kotzen zu können.

»Sie sind enttäuscht?«

Ach wo enttäuscht, wie sollte sie auch. Sie sei ja auch nie oft in der Kirche gewesen, besonders seit das Theater mit ihrem Mann losgegangen sei. Irgendwie hätte sie gespannt, er habe eine Freundin. Sie habe dann eben auf den Tisch gehauen, und als alles nichts genützt habe, jemanden getroffen, der ihr geholfen habe, ihren jetzigen Freund.

»Auch er war verheiratet?«

Das sei eine komplizierte Geschichte für sich, jedenfalls hätten sie sich getrennt, ihr Mann und sie, alles wäre soweit gut gegangen, nur, jetzt wäre sie in einem finanziellen Engpaß. Aber auch das lasse sich wieder regeln.

»Am Geld soll es nicht liegen, wenn Chantal ins Lager kommen möchte«, hatte Michael gesagt, war damit jedoch nicht gut angekommen. Sie würde, hatte die Mutter gesagt, ohne Unterstützung auskommen, brauche keine Hilfe, weder von der Kirche noch vom Sozialamt. Michael kannte dieses Verhalten, hatte versprochen, einmal vorbeizuschauen, sofern sie es wünsche.

Er sendet sein Wort zur Erde, rasch eilt sein Befehl dahin.

»Schon wieder ›Er‹!« hatte Lea gefaucht, »immer dieses männliche Sprachgehaben! Und dann wird dieses noch verstärkt durch den ›Befehl‹, ein Begriff aus der strategischen, aus der Militärsprache. Wo man hinblickt, Machismus, und über allem dieser göttliche Super-Macho.«

Die Luft war drückend heiß geworden im Seminarraum. Das Brennen der Sonne hatte kaum zurückgehalten werden können von den Jalousien gegen die Südseite hin. Keine Kühlung hatten die geöffneten Fenster zu bringen vermocht, trieb doch der nachmittägliche Wind die Hitze der Stadt herauf und damit auch das Gekreisch der Kinder aus dem Freibad.

»Lea, nehmen Sie sich zusammen in Ihrer Wortwahl«, hatte der Professor in barschem Tonfall gesagt, »und Sie, Michael, schließen Sie die Fenster, das Gekreisch stört mich!«

Michael war aus dem Zustand des Dösens aufgeschreckt worden, konnte sich niemals konzentrieren in den frühen Nachmittagsstunden, hatte sich für dieses Seminar allein um des Seminarscheines willen eingeschrieben, der ihm noch fehlte. Für Michael war es zwar unerfindlich gewesen, weshalb der Professor ausgerechnet dieses Seminar angesetzt hatte: ›Das Gottesbild der Psalmen – eine kritische Befragung auf dem Hintergrund einiger Tendenzen feministischer Theologie.‹ Felix, der Spötter vom Dienst innerhalb der Hochschule, hatte zu diesem Seminar bemerkt, es würde ebenso langweilig werden wie der Titel lang sei, außer der Professor würde wieder einmal ein Buch lesen, was aber eher zu bezweifeln sei.

»Macho«, und dabei hatte sich der Professor noch aufrechter hingesetzt als er schon saß, »ist kein Begriff, der in den Wortgebrauch der Psalmen hineingetragen werden darf.« Räuspernd hatte er sich links und rechts die Haare glatt an sein braungebranntes Haupt gestrichen und seine Rede mit seinen sattsam bekannten Wortanhäufungen unterstrichen: »Die Sprache der Psalmen ist knapp, scharf, klar, präzis und kühn.«

»Befragen wir die Psalmen nun kritisch oder nicht?« war Lea dem Professor ins Wort gefallen.

»Unterbrechen Sie mich nicht, Lea, jetzt spreche ich!« hatte der Professor Lea abzublocken versucht, erfolglos.

»Machos, Herr Professor, sind genau solche Typen, die nie unterbrochen werden, immer das letzte Wort haben wollen, eine Autorität demonstrieren, die ihnen gar nicht zukommt, die glauben, nur, weil sie Männer sind, hätten sie alle Rechte für sich gepachtet.«

»Lea, Sie greifen mich an!« räusperte sich der Professor mit zunehmend errötendem Gesicht, während die Studenten begonnen hatten, sich aus der schläfrigen Haltung aufzurichten. Der Dialog zwischen beiden schien zu einer Auseinandersetzung auszuarten, die während der Cafépause für Gesprächsstoff sorgen würde. Lea war inzwischen nicht mehr zu bremsen.

»Ich greife nicht Sie an, Herr Professor, und sollten Sie sich angegriffen fühlen, ist das Ihr Problem. Ich rede jetzt vom Gottesbild, das hinter einem solchen Gerede steckt. Wer ein Leben lang solche Psalmen inhaliert, internalisiert auch den Inhalt, was zu jenen psychischen Deformationen führt, wie sie in unserm Klerus offensichtlich werden.«

Blick, Schulter, Arm, Hand und Finger des Professors hatten eine Linie gebildet, die hinwies zur Tür.

»Raus, Lea, gehen Sie!«

Michael war überrascht gewesen, daß diese schulmeisterliche Wendung so schnell erfolgt war, obwohl sie fruchtlos blieb, denn Lea machte keine Anstalten, sich zu erheben, würde, wie so oft, sich auch nicht aus dem Raum entfernen. Die Szene gehörte zum Spiel.

Michael hatte sich zurückgelehnt, die hebräische Bibel zur Hand genommen, um die Zeit wenigstens fruchtbar zu nutzen. So rasch würde der Befehl nicht dahineilen, zu stark war der Macho im Professor und die Befreiungskämpferin in Lea.

Martin, der mit dem sanften Gesicht, das in den nächsten fünfzehn Jahren kaum altern würde, weil zeitlos schwebend, stets pickelübersät, Martin konnte niemals ertragen, wie zwei Menschen uneins waren, und so hatte er scheu die Frage vorgebracht, ob man nicht zum Thema zurückkehren könne, schließlich wäre Leas Anliegen einerseits ernstzunehmen, müsse andererseits entschieden zurückgewiesen werden, handle es sich doch um Gottes Wort, das nicht einfach nach willkürlichen, das heißt, nach menschlichen Maßstäben ausgelegt werden dürfe.

»Öffnet die Fenster!« hatte der Professor, nervös in seinen Notizen blätternd, befohlen, denn Martins Voten waren ihm immer aus unerfindlichen Gründen unangenehm. Doch Lea war ihm zuvorgekommen.

»Dieses Argument brauchst du gar nicht anzuschleppen, Martin, wir betreiben hier doch keinen Fundamentalismus. Das, was du Gottes Wort nennst, ist doch nichts anderes als menschliche Reflexion über Gott, damit geschichtlich bedingt, und unsere Aufgabe ist es, geschichtlich Bedingtes auszuscheiden, damit wir der Aussageabsicht näher kommen.«

Leas Stichwort ›Geschichte‹ hatte nun Michael gestochen, ihn aus seiner Beschäftigungstherapie der Übersetzung herausgerissen und in den Raum rufen lassen:

»Im übrigen bin ich der Meinung, die heilige Kuh Geschichte muß geschlachtet werden.«

»Lassen Sie Ihre dummen Einwände, Michael«, hatte der Professor bemerkt, was Michael zur Entgegnung herausforderte:

»Dummheit ist lernbar, Herr Professor. Vielleicht kennen Sie das Buch von Jürg Jegge zu diesem Thema.«

Der Professor konnte nicht wissen, daß über ihn die stehende Redewendung kursierte, er müßte wieder einmal ein Buch lesen, weshalb er das Gelächter im Raum nicht verstand, sondern brüllte: »Ruhe!«

»Ich meine es ernst, Lea«, hatte Michael sein Votum wieder aufgenommen, »was heißt schon ›Geschichte‹? Was heißt ›geschichtlich‹? Ihr gebraucht diesen Begriff wie einen Kaugummi, einmal, um jenen Geschmack herauszubringen, den ihr haben wollt, ein andermal, um ihn aufzublasen wie einen Ballon. ›Er sendet sein Wort zur Erde, rasch eilt sein Befehl dahin‹, heißt dieser Psalmvers, von dem wir eigentlich reden sollten. Da passen dir die Begriffe ›Er‹ und ›Befehl‹ nicht. Also sind sie geschichtlich bedingt und müssen eliminiert werden. Im Neuen Testament, da ist alles, was nicht zur Hypothese der ureigenen Worte und Taten Jesu paßt, geschichtlich bedingtes Beiwerk und kann ausgemerzt werden. Ihr macht eure Hypothesen zum Maßstab der Geschichte, und der Witz der ganzen Sache ist: dieselben Hypothesen verkauft ihr als Ziel der Geschichte, auf das hin alles zustreben soll im dialektisch dahinschreitenden Geschichtsprozeß. Das selbst konstruierte Ideal ist das Ziel aller Geschichte, der Mensch das Maß aller Dinge, oder: Weshalb beißt sich die Katze nicht in den Schwanz, wenn sie sich in den Schwanz beißt? Diese Dummheit ist sehr wohl lernbar, wird verkauft als dialektisches Denken, als sogenannter anthropologischer Ansatz.«

Endlich war Michael in Fahrt gekommen, aufgewacht aus seinem Siestahalbschlaf.

»Werde nicht wieder theoretisch, Michael«, hatte Lea gezischt, während Martin zerknirscht feststellen mußte, wie sein Vermittlungsversuch zu einem erneuten Zank ausgeartet war.

»Theoretisch?« hatte Michael gefragt, »eben noch hast du Martin des Fundamentalismus bezichtigt. Ich versuchte, deinen Angriff abzuwehren und zu begründen, wo es klemmt bei deinem Gedankengang.«

»Begründen!?« hatte Lea laut heraus gelacht. »Begründen? Das einzige, was du zu begründen versuchst, sind die vorhandenen sexistischen Wortspiele. Außerdem hast du nach wie vor keine Ahnung von dialektischem Denken, du Neothomist.«

»Stop it«, hatte der Professor gerufen, wie immer in englisch, wenn es ihm nicht mehr behagte.

»Also, dann kommen wir zur Sache«, hatte Lea weitergesprochen und den Professor ignoriert. »Wenn du, Michael, dich weigerst, vom geschichtlichen Standpunkt an das Thema ranzugehen, dann versuchen wir's sprachanalytisch, nur kommen wir auch so nicht ganz um die Geschichte herum. Im damaligen soziokulturellen Umfeld konnte nicht anders, als in männlichen Sprachstrukturen geredet werden. Das bedeutet jedoch noch lange nicht, daß nur die Männer damit gemeint waren. Wenn zum Beispiel nur von Männern gesprochen wurde, dann deshalb, weil die Frauen in diesen Begriffen miteingeschlossen waren. Inklusiver Sprachgebrauch nennt man das. Wenn also von zig-hundert Männern die Rede war, konnten damit Frauen und Männer gemeint sein. Heute möchten wir Frauen einfach, schlicht und einfach auch zur Sprache gebracht werden, und zwar ausdrücklich, nicht nur inklusive. Und das kann zu Recht geschehen. Zu Recht kann von Jüngerinnen und Jüngern gesprochen werden, zu Recht von Aposteln und Apostelinnen. Rein sprachlogisch ist es eben nicht gerechtfertigt, von der Nichterwähnung auf Nichtexistenz zu schließen.«

»Hören Sie auf, Lea!« hatte der Professor gesagt, »wir sind hier in einem alttestamentlichen Seminar und nicht in einem neutestamentlichen.«

Die Glocke hatte die Spannung nicht aufzulösen vermocht.

Am Abend nach der Seminarsitzung war Lea, einmal mehr ohne anzuklopfen, in Michaels Zimmer eingetreten.

»Du hast mich schön enttäuscht heute Nachmittag«, hatte sie gesagt. »Hast du denn überhaupt kein Gespür dafür, worum es mir geht?«

Michael hatte lesend auf dem Bett gelegen, die Pfeife im Mund.

»Was liest du schon wieder?« hatte Lea gefragt, Michael das Buch aus der Hand gerissen, gelesen: »Feuerbach!«

»Eine Monographie«, hatte Michael ergänzt, sich aufgerichtet und das Buch Lea wieder weggenommen.

»Besser würdest du«, und Lea hatte sich, eine Zigarette anzündend, an den Schreibtisch gesetzt, »besser würdest du dich mit wirklichen Problemen beschäftigen und nicht mit so verstaubter Philosophiegeschichte, die niemanden mehr betrifft.«

»Und, was wären die wirklichen Probleme?« hatte Michael gefragt. »Wie lese ich aus der Heiligen Schrift heraus, was nicht drin steht? Weshalb bist du so hart, Lea? Wärst du nur eine kleine Spur sanfter, ich könnte noch Feuer fangen, wenigstens ein Feuerchen. Mit deinem sprachanalytischen Argument hattest du mich beinahe zu überzeugen vermocht.«

Er sei zynisch, hatte Lea ihm vorgeworfen, müsse doch endlich einsehen, daß das Anliegen der Frau nicht unter den Tisch gewischt werden könne. Sie habe den Eindruck, es wäre manchmal kein anderer Weg eben möglich als jener mit dem Vorschlaghammer. Damit müsse auch die Kruste der Bibel aufgeschlagen werden, schließlich sei die Bibel für den Menschen da und nicht der Mensch für die Bibel. Michael hatte immer bewundert, wie es Lea auf ihre Weise verstand, Argumente zu ihren Gunsten zurechtzudrehen.

»Wenn du so argumentierst«, hatte er ihr zu erklären versucht, »kannst du die Bibel gleich vergessen. Damit untergräbst du das Fundament, auf dem wir stehen. Jeder legt sich seine Bibel so zurecht, wie es ihm ins Konzept paßt, und jeder kann sagen: Deine Bibel ist nicht meine Bibel. Wir nehmen nicht mehr Maß am Wort Gottes, sondern machen uns zum Maß für Gottes Wort. Außerdem, wie rette ich mich aus der Klemme, wenn ich ständig behaupte, das Fundament des Glaubens sei die Bibel, dann aber den Leuten weismachen will, das, was drin steht, steht nicht drin oder sei anders zu verstehen. Wer soll da noch drauskommen bei dieser intellektuellen Augenwischerei?«

»Du bist doch ein ewig sturer Bock!« war ihm Lea ins Wort gefallen. »Meinst du denn, wir Frauen hätten für immer und ewige Zeiten Maß zu nehmen an diesen patriarchalischen Wortgebilden? Geht es dir nicht in dein verstocktes Hirn, was es für uns Frauen bedeutet, uns immerzu auf männliche Sprachstrukturen einzustellen? Weshalb wehrst du dich gegen eine saubere Argumentation? Weil du nicht zu denken wagst, was nicht gedacht werden darf. Du willst stark sein, souverän darüber stehen, und doch hast du Angst, zutiefst in dir Angst, Angst davor, daß dir eine Welt zusammenbricht, Angst vor dem sogenannten Lehramt, Angst auch vor uns Frauen. Es ist die Angst, die euch uns Frauen negieren läßt. Ihr kompensiert eure Angst mit Macht und verletzt dabei unsere fraulichen Gefühle. Lies einmal einen kurzen Abschnitt aus der Bibel und ersetze alle männlichen Ausdrücke durch weibliche, und du kannst vielleicht erahnen, wie verletzt wir Frauen werden, dann spürst du, wie die Unterdrükkung bereits auf der sprachlichen Ebene ansetzt.«

Michael hatte sich erhoben, die Bibel zur Hand genommen, zufälligerweise den Psalm 103 aufgeschlagen und zu lesen begonnen: »Lobe die Herrin, meine Seele, und alles in mir ihren heiligen Namen! Lobe die Herrin, meine Seele, und vergiß nicht, was sie dir Gutes getan hat. Halt, geht ja nicht, ›Herrin‹ ist von ›Herr‹ abgeleitet, was nehmen wir da? Frau? Also: ›Lobe die Frau, meine Seele, und vergiß nicht, was sie dir Gutes getan hat.‹ Aber damit geht der Inhalt flöten, sofern der Herr der Schöpfer ist. Also müssen wir ändern: ›Lobe die Schöpferin‹, nein, geht auch nicht, schon wieder eine Ableitung von ›Schöpfer‹. Eine andere Sprache müßt ihr erfinden, ihr Frauen, oder alle geschlechtsneutralen Begriffe herausheben, vielleicht auch zurückgreifen auf alte Ausdrücke. Kennst du den ›Butt‹ von Günter Grass? Dort kommt eine Urmutter vor, die Aua. Also: ›Lobe die Aua, meine Seele, und alles in mir ihren heiligen Namen. Lobe die Aua, meine Seele, und vergiß nicht, was sie dir Gutes getan hat.‹ Doch halt, der Mann kann die Aua gar nicht loben. Weißt du warum, Lea? Der

Mann klebt nämlich an Auas Brüsten, hat dauernd den Mund voll Muttermilch, während er sein Ding, das ihn zum Mann macht, im warmen Schlund des Mutterschoßes ruhen läßt.«

Unterdessen hatte Lea, sich kugelnd vor Lachen, rücklings aufs Bett geworfen, die Beine gespreizt und sich ihre Brüste gerieben.

»Ist doch absurd«, hatte Michael, die Bibel auf den Schreibtisch legend, ausgerufen. »Und, wie soll es mit Jesus gehen? Soll etwa Gott mit einer Göttin zeugen, auf daß ein Zwitter geboren werde, weder Mann noch Frau, die personifizierte Versöhnung der Geschlechter?«

Lea hatte sich aufgerichtet und gesagt: »Immerhin noch besser als dieser homoerotische Männerbund zwischen Vater und Sohn, zwischen denen der Geist flattert!« Erneut hatte sie sich eine Zigarette angezündet und gefragt: »Du weißt ja, daß der Geist gar nicht *der* Geist ist. ›Ruah‹, der hebräische Begriff für Geist ist weiblich.«

»Du lieber Trost, willst du etwa behaupten, vom grammatikalischen Geschlecht könne auf ein Wesensmerkmal geschlossen werden? Ist der Mond männlich, weil er männlichen Geschlechts ist? Spätestens wenn ein mondsüchtiger Italiener sein Lied zum Himmel schickt, muß der Mond eine Geschlechtsumwandlung vollzogen haben: ›la luna‹.«

»Das ist doch etwas ganz anderes«, hatte Lea eingewendet, »zumindest ist es interessant, wie im semitischen Sprachraum das Empfinden für das Weibliche in Gott noch wach war und erst verkümmerte, als durch das Christentum dem Hellenismus Tür und Tor geöffnet wurde, der das Patriarchat hochstilisierte. Ich meine, das Weibliche in Gott müßte zurückgewonnen werden, der weibliche Anteil an Gott muß zurückgewonnen werden. Und ich meine, das wäre von Vorteil, auch für euch Männer!«

Kopfschüttelnd hatte Michael seine längst erkaltete Pfeife ausgeklopft, dabei einen Blick auf das Kreuz geworfen, das, von der Schreibtischlampe beleuchtet, an der Wand hing. Während er eine neue Pfeife sich stopfte, hatte er sich Mühe gegeben, Lea darauf hinzuweisen, daß sie auf das Ganze der Offenbarung schauen, die ganze Gestalt wahrnehmen sollte. Wenn sie die Beziehung zwischen Gott Vater und Sohn im Geist als homoerotischen Männerbund bezeichne, wie das in der feministischen Theologie manchmal vorkomme, dann würde sie an einem entscheidenden Punkt stehenbleiben. Einerseits drücke das Bild der Dreieinigkeit aus, wie Gott Beziehung sei, Liebe, Liebe, die überfließe, ausgreife und den Menschen hineinnehme in diese Beziehung, und zwar zuerst im Menschen, der offen ist für die Liebe, in der Frau, in Maria.

»Verstehst du, Lea, wir müssen nicht das Weibliche in Gott entdecken, sondern betrachten, wie Gott im Weiblichen, in Maria, einen vollendeten Partner findet und durch sie in Jesus Christus das Menschliche ins Göttliche wieder hereinholt.«

Michael mußte ein weiteres Reizwort für Lea getroffen haben: ›Maria‹.

»Das ist doch spitzfindige Spekulation, die du da betreibst. Und dann noch Maria. Du solltest wissen, wie lange wir Frauen mit dieser Maria unterdrückt wurden. Dauernd wurde uns diese keusche Jungfrau und Mutter vor die Nase gesetzt. Wollten wir unsere körperlichen Bedürfnisse zur Geltung bringen, wurden diese mit der Jungfrau abgewürgt. Wollten wir uns geistig von der Männerherrschaft befreien, dann wurden wir mit Hilfe Marias in die Mutterrolle gedrängt. Maria: das ist doch ein Gespinst aus eurer Männerphantasie. Ihr schlagt die Frau mit einer Frau. Die Jungfrau ist Vorwurf für all die, die nicht Jungfrauen sind. Die Mutter ist Vorwurf für alle, die nicht Mütter sind.«

»Fahr jetzt nicht schon wieder auf der Schiene Unterdrücker – Unterdrückte!« hatte Michael einzuwenden versucht. »Weshalb kannst du nicht für einmal versuchen, das Ganze zu sehen: keinen himmlischen Vater ohne Mutter Erde, keinen Sohn ohne Geist und Mutter.«

»Hör doch auf mit deinem Ganzen! Jetzt gilt es für uns Frauen, aufs Ganze zu gehen, uns von euren Männerspekulationen zu befreien, wirklich ganzheitlich zu werden. Gib mir Feuer!«

»Ohne Mann?« Michael hatte Leas Zigarette angezündet, ihr in die graugrünen Augen geblickt, und er vermeinte, eine unendliche Traurigkeit und Enttäuschung zu entdecken.

»Wir müssen«, hatte sie nach einem tiefen Zug zu referieren begonnen, »als erstes das Gottesbild von all den patriarchalischen

Zügen reinigen und damit auch die Bibel kritisch befragen. Das kann nur geschehen, wenn wir uns der eigenen Situation als Unterdrückte bewußt werden, die Unterdrückungsmechanismen durchschauen und einfach nicht mehr mitmachen. Dann gilt es, die positiven weiblichen Züge des Gottesbildes herauszuheben, das heißt, zu einem ganzheitlichen Gottesverständnis zu kommen und von da her auch Männer von eurer patriarchalischen Befangenheit befreien.«

Michael hatte die Monographie über Feuerbach zur Hand genommen und begonnen, darin nach einem Zitat zu suchen.

»Wenn ich dich anhöre, bekomme ich den Eindruck, Feuerbach hatte doch recht. Hier, hör dir das an: ›Wie der Mensch denkt, wie er gesinnt ist, so ist sein Gott. So viel Wert der Mensch hat, so viel Wert und nicht mehr hat sein Gott. Das Bewußtsein Gottes ist das Selbstbewußtsein des Menschen. Die Erkenntnis Gottes ist die Selbsterkenntnis des Menschen.‹ Verstehst du mich? All deine fraulichen Wünsche projizierst du auf Gott. Du möchtest dich mit einem Gott befreien, welcher der Brennpunkt all deiner unerfüllten Wünsche ist. Du und viele deiner feministischen Kolleginnen arbeiten mit dem Münchhausen-Prinzip: ihr wollt euch am eigenen Haarschopf aus dem Sumpf ziehen.«

»Gib mir, gib uns Frauen wenigstens ein wenig Zeit, bis wir unsere Rollen neu definiert haben. Weshalb willst du, wollt ihr Männer gleich ein ausgeglichenes, ausgeklügeltes, in sich stimmiges theoretisches Gebilde vor euch haben?«

»Du hast mir eben vorgeworfen, ich sollte mich mit den Problemen der heutigen Zeit beschäftigen und nicht mit verstaubter Philosophiegeschichte. Höre ich dich an, Lea, betrachte ich den heutigen Theologiebetrieb, dann habe ich den Eindruck, dieser verstaubte Feuerbach ist immer noch höchst aktuell.«

»Es geht hier nicht um Feuerbach, es geht hier nicht um Theorien, Michael«, und Leas Stimme wurde mit einem Male so sanft, wie sich's Michael schon lange gewünscht hatte, »wir Frauen müssen erst den Schmerz erfühlen, den wir erlitten haben und noch erleiden. Durch diesen Schmerz müssen wir hindurch, durch diesen Schmerz muß auch ich hindurch. Es hilft gar nichts, wenn du Feuerbach bemühst, daß er Wasser auf deine Mühle trägt. Bemühe dich, uns Frauen zu verstehen. Wir wollen nicht immer nur als Objekt gelten. Ich will nicht Objekt deiner Theorien und der Theorien der Kirche sein. Ich will als Subjekt ernst genommen werden, und das heißt erst einmal, zur Sprache gebracht werden. Ich will als Frau nicht immer nur inklusive mitgemeint sein, will nicht immer innerlich doppelt denken müssen, wo bin ich bei der Erwähnung männlicher Begriffe mitgemeint, wo nicht, Michael! ... Scheiße!«

Es hatte geklopft, und Robert war eingetreten mit drei Gläsern und einer Flasche Wein.

»Direktimport aus Italien. Diskussion abgeschlossen, spülen.«

Robert hatte wie Michael zwei Freisemester in Rom studiert, und wenn ihn die Nostalgie befiel, packte er eine Flasche Wein und kam herüber zu Michael, erzählte Anekdoten aus Rom, Geschichten, die Michael verpaßt hatte, weil er in Rom wirklich studierte, was er des öftern bereute.

»Hier, schau, eine Karte von Gigi. Er läßt dich grüßen.«

Michael betrachtete die Aufnahme. Blick vom Campidoglio hinunter über das Foro Romano gegen das Colosseo. Wäre er nicht des öftern dort gewesen, hätte er die Karte als Kitschaufnahme bezeichnet.

»Wenn ich das betrachte«, hatte Michael gesagt, »fließen mir die Tränen über den linken Herzflügel: ›O Roma felix‹!«

»Und mir kommen Tränen«, hatte Lea hinzugefügt, »wenn ich daran denke, wie du in Rom verdorben wurdest.«

»Da war ich doch einmal mit einer Gruppe hübscher Mädchen auf Besichtigungstour im Forum«, hatte Robert zu erzählen begonnen, die Flasche entkorkend. »Und weißt du, vorne dort, beim Haus der Vestalinnen, da haben sie mich fast ausgesogen. Jedes Detail wollten sie wissen, wie das so ging mit der dreißigjährigen Keuschheit und dem Pontifex Maximus. Kein Problem, habe ich gesagt, im Haus war es so kalt, du weißt ja, es liegt die halbe Zeit über im Schatten des Palatin, daß durch Arthritis und Rheumatismus die Keuschheit sich von selbst einstellte.«

Robert hatte sich immer an seiner eigenen Schlagfertigkeit erfreut und schenkte genüßlich den Wein ein. Sie hatten angestoßen, und Michael, ins Glas blickend und den Duft einatmend, sah vor sich das Haus der Vestalinnen. Es war tröstlich für das ganze Imperium Romanum, wenn des Tages der Rauch und des Nachts der rötliche Schein über ihrem Tempel kündete, das heilige Feuer brennt. Heiligen Dienst versahen die Vestalinnen. Ließen sie das Feuer erlöschen, bedeutete dieses Unglück das schlimmste aller dunklen Vorzeichen.

»Löscht das Feuer nicht aus!« hatte Michael vor sich hin gemurmelt, doch weder Lea noch Robert hatten ihn verstanden.

»Diese Frau gibt mir zu denken«, hatte Michael zu Robert gesagt, nachdem Lea gegangen war.

»Oh!? Wie war das noch mit der Eva?« hatte Robert bemerkt, und es war nicht klar geworden, wie ernst dies gemeint war.

»Halt den Mund, Adam!« hatte Michael erwidert, »Du kannst die Schuld nicht abschieben!«

Unwirklich rot leuchtete von der gegenüberliegenden Seite des Tales die Kette der Berggipfel herüber, bissen wie Zähne eines Bären in den dunkel werdenden Himmel hinein. Dichter Dunst bedeckte das Tal, und dunkel und schwarz erstreckten sich die Tannen Michael entgegen, der neben dem letzten Mast des Skiliftes stand. Die Gummirollen ließen das Seil über sich hinweggleiten mit einem surrenden Geräusch, das in gleichmäßigen Abständen unterbrochen wurde von einem Rattern, wenn jeweils ein Bügel über die Rollen fuhr. Eine endlose Kette von leeren Bügeln, die wie Anker durch das Weiß schürften, kamen Michael entgegen und entfernten sich wieder. Einige hundert Meter vor ihm lag der Testamal, eine große Steinplatte, die aus dem Schnee herausragte wie das Dach einer Alphütte und der dieser Alp den Namen gab.

Eine alte Geschichte erzählt, bei der Alpabfahrt nach dem Bettag habe der Hüterbub die Muttergottesfigur vergessen, die jeweils bei der Alpbestoßung mitgebracht, während des Winters in einer Kapelle des Weilers aufgestellt wurde und vom jeweiligen Hüterbuben wöchentlich mit einer Blume geschmückt werden mußte. Der Hüterbub sei deshalb zur Alp zurückgeschickt worden, was dieser widerwillig tat, hätte er doch lieber am Umtrunk teilgenommen, der von den Bauern nach der Rückkehr von der Alp den Alphirten offeriert wurde. Er habe sich auf den Weg gemacht und, gegen die Alp hinaufziehend, habe sich ein Spätsommergewitter zusammengebraut, dessen schwere Regentropfen dem Hüterbuben ins Gesicht klatschten, derweil er eben die Hütte erreicht hatte. Schnell sei er in die Hütte eingetreten, habe eilends die Muttergottesstatue genommen und kopfüber in den Rucksack gepackt, um sogleich wieder den Abstieg unter die Füße nehmen zu können. Wie er aber aus der Hütte herausgetreten sei, habe ein fürchterlicher Blitz den Himmel durchzuckt und unweit der Hütte eingeschlagen. Erst sei schwerer Regen gefallen und dann eiergroße Hagelkörner. Fluchend sei der Hüterbub in die Hütte zurückgekehrt, habe mit dem wenigen Holz, das noch vorhanden gewesen sei, ein Feuer entfacht und sich daran gewärmt. Immer kälter sei es geworden, der Hüterbub habe gefroren, und da ihn weder Wolldecke noch das spärliche Feuer zu wärmen vermochten, habe er im Zorn die Muttergottesstatue aus dem Rucksack gepackt und ins Feuer geworfen. Da habe er oben auf dem Nachtlager die unheimlich zarte Stimme einer trostlos weinenden Frau gehört. Wie er hinaufgestiegen sei, um nachzuschauen, habe ihn die Frau gebeten, er möge unten bleiben. Durch seine Untat wäre sie ihres Kleides beraubt worden. Wenn er aber drei Rosenkränze bete, würde das Feuer nicht ausgehen über Nacht und am Morgen würde er die Statue unversehrt aus dem Feuer nehmen und ins Tal tragen können. Der Hüterbub habe zu beten begonnen, doch mit der Zeit wären seine Gedanken immer mehr abgeschweift hinauf zur unbekleideten Frau, so daß sein Gebet allmählich verstummte und von hitzigen Bildern verdrängt wurde. Mit einem Male sei er überwältigt worden, habe die Wolldecke von sich geworfen und sei die Leiter hochgestiegen, ungeachtet der nochmaligen Warnung der Frau. Wie er sich auf die Frau habe werfen wollen, habe mit gewaltigem Getöse eine Steinlawine sich vom Piz Dur gelöst und die Alp mit ihrem Geröll übersät. Dort, wo die Alphütte gestanden habe, hätte sich die Steinplatte in den Hang gegraben, die genau der Form der Hütte entsprach. In wundersamer Weise habe man am andern Morgen das Muttergottesbild an seinem angestammten

Platz in der Kapelle gefunden, während der Hüterbub unter dem Testamal sein Grab gefunden hatte.

Dunkler war es geworden, das Geräusch des Skiliftes war verstummt. Bläulich schimmerte der Schnee. Michael begann langsam zu gleiten. Eine bittere Kälte spürte er, je mehr er sich dem Testamal näherte.

Mit einem Male hörte er einen Jauchzer, nicht fröhlich, schauerlich. Michael hielt an, blickte sich um. Niemand war zu sehen, niemand war auszumachen gewesen hinter den kleinen Föhren, die aus dem Schnee herausragten. ›Das war SEINE Stimme‹, dachte Michael, und frostige Kälte kroch vom Hinterkopf her seinen Rücken hinunter. Seitlich würde er den Testamal umfahren müssen, um nicht auf das haushohe Dach zu kommen und in die Tiefe zu stürzen. Kaum war Michael losgefahren, schneller als gewohnt, hörte er hinter sich das gleitende Knirschen von Skiern. Ein gellender Jauchzer ließ ihn reflexartig sich umwenden. ER war es, raste auf Michael zu, drängte ihn so von der Fahrtrichtung ab, daß er sich in bedrohlicher Weise dem Testamal näherte.

»Laß mich!« rief Michael, doch sein Ruf ging in einem weiteren Jauchzer von IHM unter, und unmittelbar vor ihm lag der Testamal. Michael wollte schnell abdrehen, doch ER fuhr ihm quer vor den Skispitzen über die Fahrbahn, so daß Michael IHN über den Testamal hinausgedrängt hätte, hätte er abgebremst. So fuhr ER hart an der Kante des Testamal entlang, während es Michael hinaustrug. Und er fiel, fiel unendlich langsam, unendlich weit, und je näher der Aufprall, desto mehr verzögerte sich die Zeit, die gefüllt wurde von einem weiteren gellenden Jauchzer. Endlich schlug Michael auf, blickte wie aus einer Gletscherspalte hinauf zur Kante des Testamal. Und oben stand ER, formte SEINE Hände zu einem Schalltrichter, rief herunter:

»Was treibst du da unten, in der Hütte?«

Auf dem Rücken liegend, gab der Untergrund nach, und Michael fiel eingeklemmt zwischen zwei Eiswänden immer tiefer in den Schlund.

»Wo ist die Frau?« hörte er SEINE Stimme, die vervielfacht wurde durch hallendes Echo.

Mit letzten Kräften rief IHM Michael durch den Schlund hinauf zu:

»Du läßt sie mich verschlingen.«

Und der eisige Schlund wurde erfüllt mit schauerlichem Lachen, während ER von oben herab Michael zuwinkte.

Michael blickte zur *Immerwährenden Hilfe*, fragte sich: ›Wer ist ER?‹ Ihr Blick schien ihn auf das Stundenbuch zu verweisen. Michael erwiderte den Blick, fragte: ›Wer bist eigentlich du?‹

Er spendet Schnee wie Wolle, streut den Reif aus wie Asche.
Eis wirft er herab in Brocken,
vor seiner Kälte erstarren die Wasser.
Er sendet sein Wort aus, und sie schmelzen.
Er läßt den Wind wehen, dann rieseln die Wasser.

Er liebe diese Kirche, hatte Giuseppe Michael zugeflüstert, während sie hinten beim Eingang stehengeblieben waren, den Raum auf sich wirken ließen. Nichts Überflüssiges störe den romanischen Bau, klar sei die Struktur der dreischiffigen Basilika, nüchtern das Backsteinwerk, deren kleine Rundbogenfenster nur wenig Licht hereinließen, das zudem gedämpft würde vom dunklen Holz des offenen Dachstuhles, hatte Giuseppe geschwärmt.

Des öftern waren sie hier nach Tre Fontane hinausgefahren, in diese grüne Oase hinaus, duftend von Eukalyptusbäumen, mit deren Hilfe der malariaverseuchte Sumpf entwässert und den likörbrennenden Zisterziensermönchen zu einem Einkommen verholfen wurde. Kaum etwas war mehr zu hören vom Verkehr, der auf der Laurentina dahinraste, welche von der Cristoforo Colombo abzweigt, bei der Terme di Caracalla ihren Anfang nimmt, hinaus führt zum E.U.R. und schließlich bei Castel Fusano das Meer erreicht.

Nach einem Tag ermüdenden Vorlesungs- und Seminarbetriebs in der römischen Hitze war der Besuch der Komplet, des kirchlichen Nachtgebetes, bei den Mönchen von Tre Fontane eine wohltuende Unterbrechung, bevor das nächtliche Studium aufgenommen wurde. Bereits um zwanzig Uhr sangen die Mönche ihr Nachtgebet, und dieser Gesang hatte etwas Rührendes an sich. Stillschweigend zog das gute Dutzend in den Chorraum, hinkend und humpelnd die meisten, wenige noch aufrechten Ganges, und zuletzt folgte einer, der eine Art Zither hereintrug, sich hinter dem Altar in der Apsis niederließ, in einem Arpeggio den Akkord anschlug, worauf der Prior den Eröffnungsvers anstimmte, heiser, verstimmt und doch inbrünstig sein – »O Dio, vieni a salvarmi – O Gott, komm mir zu Hilfe« – im Raum verhallen ließ, worauf die Mönche auf dieselbe Weise antworteten: »Signore, vieni presto in mio aiuto – Herr, eile mir zu helfen.«

Lange noch, als Michael nicht mehr in Rom, sondern Rom in seinen Erinnerungen lebte, eröffnete er in Gedanken sein Stundengebet in derselben Art, und irgendwie schien ihm die Last des Tagewerks in diesem Eröffnungsruf aufgefangen zu sein.

Ein älteres Ehepaar hatte jeweils in der Bank vor Michael und Giuseppe Platz genommen. Kurz vor dem Einzug der Mönche wischte die Frau ihrem Mann mit der Hand über den Rücken, zupfte ihm klebengebliebene Haare von der Schulter, schlug ihm das Psalmenbuch auf, während sie mehr seufzend als singend in die Psalmodie der Mönche einfiel, lächelnd nach hinten blickte, wenn Michael mitsang, während Giuseppe seinem Glauben treu blieb, er könne nicht singen; zudem würde die Atmosphäre gestört, weshalb sich auch Michael zurückhielt mit seinem Gesang. Am Schluß der Komplet wurde alles Licht in der Kirche gelöscht, die Mönche drehten sich zum flach abschließenden Chor, der durchbrochen wurde von einem Glasfenster aus dem 13. Jahrhundert, die ›Mater Misericordiae – die Mutter der Barmherzigkeit‹ darstellend. Durch einen kleinen Scheinwerfer wurde von außen her das Fenster zum Leuchten gebracht, und dann hoben die Mönche an zu ihrem letzten Gesang, dem ›Salve Regina‹, immer gesungen in der feierlichen gregorianischen Weise. Dann zogen die Mönche aus, vorbei am Prior, der ihnen mit dem Wedel das Weihwasser reichte, auch den wenigen Gästen, die er mit einem leichten Kopfnicken in die anbrechende Nacht hinaus entließ.

»Eigentlich geschmacklos, dieser Madonnenkult am Schluß«, hatte Giuseppe eines Abends bemerkt, während sie noch ein wenig unter den Eukalyptusbäumen spazierten.

Was er daran geschmacklos fände, hatte Michael Giuseppe

gefragt, schließlich gehöre die Verehrung der Mutter Gottes zum Glauben wie die Erde zum Himmel, mindestens in der katholischen und orthodoxen Tradition. In den Eukalyptusbäumen zwitscherten die Vögel, sanfte Windstöße trieben immer wieder leisen Hauch von Eukalyptusduft in den abendlichen Himmel, der die Backsteinmauern der Abteikirche nochmals im warmen Okkerton erglühen ließ.

»Es ist doch einfach unmöglich«, hatte Giuseppe zu reden begonnen, »wie eine Gruppe von Männern, alten zwar, arthritischen, aber immerhin Männern, allabendlich ihre Andacht verrichteten vor einem süßlichen Glasfenster mit einem Madonnenbild. Anstelle einer realen und menschlich erfüllten Beziehung mit einer Frau flüchten sich Horden von geistlichen Männern in eine vergeistigte Beziehung zu einem Bild.«

Er wäre, hatte Michael entgegnet, verwundert, diese Aussage gerade von ihm, Giuseppe, zu hören. Noch mehr wäre er verwundert, daß er eine Argumentationsweise übernehme, die stark an die kritische Theologie erinnere, die er ja vom wissenschaftstheoretischen Standpunkt aus nicht akzeptieren könne wegen des postulierten Widerspruchsprinzips. Zudem stünden in der Heiligen Schrift einige Aussagen über Maria, die durchaus genügend Fundament ergäben für die gepflegte Marienverehrung.

Die Fassade der Kirche S. Paolo alle Tre Fontane leuchtete in der Abendsonne, und noch stand das Tor zu dieser Kirche offen. Feuchte Kälte hatte die beiden umfangen, als sie eintraten; und leise war das Rauschen der Quellen unter dem Boden zu vernehmen, drei Quellen, die entsprangen, als das Haupt des Apostels Paulus, durch das Schwert vom Körper getrennt, fiel und in drei Sprüngen über den Boden kollerte. So jedenfalls erzählt die Legende, und wenn Wasser Symbol ist für das Leben aus dem Geist, dann fließt die Quelle des Paulus überreich, nicht nur eine Quelle, sondern die Quellen von Glaube, Liebe, Hoffnung. Schlürfende Schritte hatten sich der Kirche genähert, schwere Schlüssel wurden in ein Schloß gesteckt.

»E chiuso!« Die Stimme hallte nicht im Raum, vermischte sich eher mit dem Rauschen des fernen Verkehrs. Unter der Tür hatte einer der Mönche gewartet, bis Giuseppe und Michael sich zum

Ausgang begaben. Während die eine Hand sich am Türknauf festhielt, hing in der anderen Hand der schwarze Rosenkranz, und die Lippen des Mönches bewegten sich unablässig im Gebet. Still neigte er sein Haupt und lächelte zum Abschied, und da der Mönch die Kapuze über den Kopf gezogen hatte, sprachen ihn die beiden nicht an. Die Kapuze sei die tragbare Zelle eines Mönchs, hatte Michael einmal gehört. Da dürfe nur noch der Heilige Geist eintreten.

Giuseppe hatte das Gespräch wieder aufgenommen und erklärt, gerade vom wissenschaftstheoretischen Standpunkt aus erscheine die gesamte Mariologie überflüssig, denn ein klar aufgebautes Denksystem müsse mit möglichst wenigen Axiomen auskommen. Die Mariologie, die Lehre über die Muttergottes sei, abgesehen von ihrer äußerst schwachen Begründung in der Schrift, unfruchtbar, sie bringe überhaupt nichts an weiteren Aussagen ein, die gemacht werden können über Gott, sofern unsere menschlich bildhafte Rede über Gott überhaupt als Aussage bezeichnet werden könne. Eine Aussage sei schließlich ein Satz, von dem es sinnvoll sei zu fragen, ob er wahr oder falsch ist, was aber bei theologischen Sätzen ohnehin niemals zu entscheiden sei.

Die Abendsonne hatte den Himmel mit einem rötlichen Hauch überzogen, und auf dem Parkplatz vor der Abtei begannen sich Autos zu sammeln. Die Diskretion verbot es, weiter hinzuschauen. Dröhnende Disco-Musik in den Autos gab den Rhythmus an, so daß selbst die Katzen nicht wagten, sich unter die Autos zu verkriechen.

»Weshalb liegt dir denn soviel daran, einige Male wöchentlich herauszufahren nach Tre Fontane zur Komplet?« hatte Michael gefragt, der bei Giuseppes wissenschaftstheoretischen Exkursen immer überfordert war, sich ärgerte darüber, weniger, weil die Theologie angegriffen wurde, sondern weil er Giuseppe nicht folgen konnte.

Langsam näherten sie sich der Einfahrt zur Laurentina. Eine Statue des hl. Bernhard von Clairveaux hob sich in marmornem Weiß ab vom satten Grün des Gebüsches, unter dem verstreut Papierfetzen, Zigarettenstummel und Cola-Dosen vermoderten.

»›De Mariam numquam satis – Von Maria niemals genug‹«, hatte Michael vor sich hingemurmelt, ein Zitat, das dem hl. Bernhard zugeschrieben wird.

»Poesie!« hatte Giuseppe den Gedanken weitergeführt, »reinste Poesie. Schau dir doch das Bild an: Mönche, die sich täglich in den Chor schleppen, scheppernd singen, den Raum mit ihrem scheußlich schönen Klang erfüllen, der an architektonischer Klarheit nichts zu wünschen übrig läßt. Alles in diesem Raum hat seinen Sinn, und seine Funktion ist zudem in aller Einfachheit schön.«

»Gut«, hatte Michael einzuwenden versucht, »Poesie. Dann mache auch ich Poesie, Bilder. Gott wurde Mensch, damit der Mensch vergöttlicht werde; auch das ein altes patristisches Axiom. Und wo wird Gott Mensch? In Maria. Ich betrachte Maria als Typos der menschlichen Natur. In Maria als Geschöpf Gottes, in der begnadeten Schöpfung wird die Natur verehrungswürdig. Wenn Christus die ganze Schöpfung erlöst hat durch die Menschwerdung, dann dürfen auch wir Zuflucht nehmen zu Maria, zur Natur. In der Schlußbitte des ›Ave Maria‹ beten wir: Heilige Maria, Mutter Gottes, bitte für uns Sünder. Wir könnten auch bitten: Heilige Natur, bitte für uns Sünder, besser, geheiligte Natur, bitte für uns, denn nur über die geheiligte, die begnadete Natur führt der Weg zum Heil. Darum singen die Mönche jeden Abend vor dem Madonnenbild ihr ›Salve Regina‹. Nur wer etwas vom Geheimnis dieser Frau erfaßt hat, vom Zusammenwirken von Natur und Gnade, kann Erlösung verstehen.«

Michael hatte sich ereifert, während Giuseppe händeringend nebenher ging.

»Poesie! Alles Poesie! Fromm, aber Poesie!« hatte er gesagt.

Auf der Laurentina brauste der Verkehr. Giuseppe hatte einen herannahenden Bus der ATAC erblickt und gerufen:

»Nehmen wir den 223er. Der fährt nach S. Paolo. Dort gibt's eine Bar für einen Kaffee. Ich muß diese Nacht noch ein Buch lesen!«

»Poesie oder Logik?« hatte Michael gefragt.

»Logik ist Poesie; die einzig sinnvolle«, war Giuseppes Antwort. Die hintere Tür des Busses hatte sich genau vor der hingestreckten Hand geöffnet, und noch während des Einsteigens in den halbleeren Bus fuhr dieser ab, S. Paolo entgegen.

Er verkündet Jakob sein Wort; Israel seine Gesetze und Rechte.
An keinem andern Volk hat er so gehandelt,
keinem sonst seine Rechte verkündet.

Michael blickte auf den Hörer, der neben dem Telefonapparat kaum hörbar, jedoch unablässig sein Besetztzeichen von sich gab. Hatte er in Rom den Klerikalismus noch dekorativ empfunden, so erinnerte ihn genau dieses Besetztzeichen an ein Gespräch mit einem Studienkollegen, der sich der neuesten Bischofsernennungen wegen Sorgen machte um die Zukunft der Kirche, nicht weniger um die eigene Zukunft: er war inzwischen verheiratet, ein Ungeweihter, Nichtkleriker, ein Theologe, aber Laie, einer, der im Kirchenrecht als Objekt erscheint.

In Zukunft, hatte Walter besorgt sich geäußert, hätten wohl Laien nichts mehr zu sagen, und wenn dieser zunehmende Zentralismus innerhalb der römischen Kirche anhalte, dann gäbe es zwei Möglichkeiten; aussteigen oder gehorchen.

Michael hatte versucht, Walter zu beruhigen, erhielt als Entgegnung jene Aussage, die jeglichen Beruhigungsversuch im Keime erstickte, nämlich, Michael stünde auf der Seite der Macht, sei Priester.

»Wenn du es aus dieser Perspektive betrachtest, dann hast du recht«, hatte Michael gesagt, »aber ich wehre mich dagegen, die Frage der Bischofsernennungen einfach zu reduzieren auf die Frage, wer da die Macht in Händen hält. Ich wehre mich dagegen, die Struktur der Kirche, die hierarchische Verfassung allein aus der Optik Machthaber – Machtlose zu betrachten.«

Es gehe aber nun einmal um Macht. Zu offensichtlich sei dies. Rom wolle das Rad der Zeit zurückdrehen, restaurativ die Kirche in die vorkonziliare Zeit zurückbefördern. Es sei aus mit dem Kirchenmodell des wandernden Gottesvolkes. Die Schafe müßten nun wieder Schafe, die Hirten Hirten sein, im Gleichschritt mit den Oberhirten. Zwar sei in Rom gerade ein alter Begriff in Mode gekommen: ›Communio – Gemeinschaft‹. Schön und gut, möchte man meinen, doch genau besehen gehe es bei dieser ›Communio‹ allein um die Gemeinschaft zwischen Papst, Bischöfen und Klerikern. Gemeinschaft sei dann gegeben, wenn alle sich orientierten an den lehramtlichen Weisungen. Mit diesem Begriff sei es wie beim schlechten Weihrauch, nehme man einen tiefen Atemzug an Wohlgeruch, beginne es bald im Hals zu kratzen. Was anfänglich schöngeistig klinge, entpuppe sich letztlich als Lehramtsideologie.

Michael schmerzte es, wie Rom nur noch als Synonym für Traditionalismus, Konservativismus, Rückschritt, Machtballung und Verständnislosigkeit verwendet wurde: das zarte Blau des römischen Himmels, in den die Wärme der ockerfarbenen Häuser und das blasse Gelb des Travertin, kontrastiert durch das satte, dunkle Grün der Pinien, sich mischte, wurde übermalt mit breiten Pinselstrichen, die nur noch ein Schwarz oder Weiß zuließen. So hatte Michael versucht, Walter abzulenken.

»Soll ich dir aus einem Brief vorlesen, den mir Felix – du erinnerst dich an ihn? – aus Rom geschickt hat?«

Ohne die Zustimmung abzuwarten, hatte er aus dem Brief zitiert: »Die Schweiz harrt eines Gnadenwasserfalls; mögen darin all die vielen Übeltäter an der Römischen Kirche ersäuft werden (mag sich mancher denken). Verstehst Du jetzt, warum eine Weihe immer mit einer Salbung (d. h. fetthaltigen Substanz) verbunden ist: Fett schwimmt oben auf. Dabei sind wir scholastisch genug, um glaubend zu bekennen: Gratia supponit naturam ...« Und dann fährt er weiter unten fort. »Übrigens ist an dieser Stelle ein Dementi angebracht: Es stimmt nicht, daß der neue Bischof ausgerechnet in der Zeit nach Ostern als solcher ausgerufen worden ist, um damit den Gläubigen bei der Präsentierung des neuen Prälaten eine Möglichkeit zu geben, sich von ihren ungebrauchten und damit auch nicht mehr so legefrischen Ostereiern zu trennen. Alles Lügen, alles Lügen. Wahr ist hingegen, daß gerade jetzt ein großer Teil der Geistlichkeit fast vollständig von der Sommervorbereitung absorbiert ist (Reifen-, Garderoben-, Krawattenwechsel), so daß das Protestpotential z. Z. auf ein Minimum eingeschmolzen ist. Und die Hurrabrüller – die tragen ganzjährig den ›römischen Kragen‹.«

Vom andern Ende der Leitung war keine Reaktion zu hören gewesen, außer der, die Lage sei zu ernst, um darüber noch Witze machen zu können. Die Entwicklung der Kirche für die Zukunft sei gefährdet.

»Napoleon«, war Michael Walter ins Wort gefallen, »soll einmal zum Staatssekretär, Kardinal Consalvi, gesagt haben, ob es ihm klar sei, daß er die Kirche zerstören könne, worauf Consalvi erwidert habe: ›Sire, das haben in achtzehn Jahrhunderten selbst wir Priester nicht fertiggebracht.‹«

Es sei wirklich nicht an der Zeit, Anekdoten und Bonmots weiterzugeben, vielmehr müßten alle fortschrittlichen und kritischen Kräfte aufbrechen, um Rom die Stirn zu bieten.

»Ich bin ja auch nicht gerade begeistert von der Art und Weise, wie neuerdings Bischöfe ernannt werden«, hatte Michael gesagt, »doch gehe ich davon aus, daß nach wie vor die Kirche vom Heiligen Geist ...«

Michael hatte nicht ausreden können, wurde unterbrochen von der Frage, ob er wahrhaftig auch noch daran glaube, daß solche Bischofsernennungen vom Heiligen Geist gewirkt wären. Der Geist wehe, wo und wie er wolle, und nichts spreche dagegen, daß er auch an der Basis wehen könne.

Michael hatte sich mißverstanden gefühlt: »Versteh mich recht: ich meine, diese an sich unangenehmen Vorgänge in der Kirche führen dazu, daß in der Kirche wieder über das Kirche-sein gesprochen wird. Ich frage mich weniger, welche Partei hat jetzt recht, sondern, was hat der Heilige Geist mit diesen Vorgängen in der Kirche vor?«

Dies sei doch spirituelle Augenwischerei, mit deren Hilfe den wirklichen Problemen aus dem Weg gegangen werde, hatte Walter gesagt. Es wäre doch an der Zeit, die hierarchischen Machtstrukturen der Kirche zugunsten von mehr Demokratie aufzulösen. Gerade die Kirche, welche sich immer als Verteidigerin der Menschenrechte aufspiele, sollte bei sich selbst beginnen, das Grundrecht demokratischer Mitbestimmung zu verwirklichen.

»Und, wie stellst du dir diese demokratische Mitbestimmung vor? Kirchenvolkswahlen der Theologen, Priester und Bischöfe?«

Über die konkrete Form müßte wohl noch diskutiert werden,

doch erst gelte es, sich gegen die Fremdbestimmung von oben zur Wehr zu setzen.

»Mag sein, es klingt ketzerisch: aber ich halte von Demokratie in der Kirche nicht viel. Was ist Demokratie? Die beste aller schlechten Regierungsformen. Alle Macht derjenigen Minderheit, die am lautesten brüllen kann! Weiter, als bis zur Demokratur, kommen wir auch in der Kirche nicht.«

Er solle nicht simplifizieren, hatte Walter sich zur Wehr gesetzt, eine demokratische Gesellschaftsform müsse auf dem Konsens basieren und folglich auch nach dem Konsens suchen, und darin hätten die Christen beispielgebend zu wirken.

»Mein Gott, bist du ein naiver Idealist! Schau dir unsere erzdemokratische Schweiz an! Da herrscht mehr Kompromiß denn Konsens. Demokratie führt nicht weiter als bis zum Mittelmaß.« Michael hatte begonnen, sich zu ereifern. »Mittelmaß war weder das Maß Jesu, noch kann es das Maß der Kirche sein. Immerhin heißt ›Hierarchie‹ heiliger Ursprung, und dieser heilige Ursprung allein kann unsere Richtschnur sein. Wir müssen uns, ungeachtet ob Kleriker oder Laie, Frau oder Mann, auf diesen heiligen Ursprung, auf die eigentliche Hierarchie zurückbesinnen.«

Er wäre enttäuscht, hatte Walter gesagt, hätte eigentlich gehofft, Unterstützung zu finden, doch müsse er feststellen, daß auch Michael zu sehr vom Machtdenken der herrschenden Strukturen befangen und in kürzester Zeit bereits der klerikalistischen Immunisierungsstrategie zum Opfer gefallen sei, wo der Personkern ersetzt wird durch die Totalidentifikation mit dem Amt.

»Es geht doch nicht allein um Machtstrukturen, Herrgott nochmal! Wenn du einen demokratischen Konsens willst, dann mußt du alles der demokratischen Diskussion ausliefern, mit eingeschlossen die Bibel. Und dann? Soll abgestimmt werden: was wir verstehen, das akzeptieren wir, was wir nicht verstehen, das schmeißen wir raus? Schau dir doch nur die exegetische Literatur an! Wie oft wird da behauptet, es stehe eigentlich nicht da, was da steht. Schau dich doch in der theologischen Literatur um. Ich blicke gerade auf meine Bücherwand: wieviel theologischer Schrott steht hier. Wenn einer in Freiburg dies schreibt, muß der andere Professor, ich weiß nicht wo, eine Entgegnung schreiben, die ihn widerlegt. Ist ja klar, der Lehrstuhl muß verteidigt werden. Schließlich sägt man sich nicht gerne den Ast ab, auf dem man sitzt. Bedeutet intellektuelle Schaumschlägerei schon Demokratie?«

Es sei sinnlos, weiter zu diskutieren, hatte Walter bemerkt und den Hörer aufgelegt.

Das Besetztzeichen summte unaufhörlich. Mit dem traurig stimmenden Gefühl, einmal mehr versagt zu haben, betete er weiter.

Ehre sei dem Vater, und dem Sohn, und dem Heiligen Geist. Wie im Anfang, so auch jetzt und alle Zeit und in Ewigkeit. Amen.

Stumm, regungslos, vielsagend schweigend hingen der *Pantokrator* und die *Immerwährende Hilfe* an der Wand. Das Licht der Lampe flackerte leicht. Trauer, schwermütige Trauer machte sich in Michael breit. Immer, wo über die Gemeinschaft der Kirche gesprochen wurde, machte Trennung sich bemerkbar.

Michael schob eine CD in den Player: ›Panichida – Russisches Totengedächtnis‹. Eigentlich mochte er es nicht, so nebenbei Musik zu hören, und auch diesmal ging es ihm durch den Kopf, welche Verachtung es bedeutete, sänge draußen im Wohnzimmer ein Chor, während er etwas anderes täte, als zuhören. Ein Organist hatte ihm einmal erzählt, er würde sich schon gar keine Mühe geben, ein anständiges Schlußspiel einzuüben: zur Vertreibung der Gläubigen aus der Kirche könne er auch einige beliebige Akkorde drücken. Zuhören würde ohnehin niemand.

In diesem Augenblick jedoch brauchte Michael die akustische Stütze des Gebetes, brauchte er den harmonischen Hintergrund, wie er ihn jeweils am Samstagabend im ›Collegium Russicum‹ in Rom erleben durfte. Dies war jeweils sein Abschluß einer arbeitsreichen Studienwoche gewesen. Da fuhr oder spazierte er jeweils hinauf, vorbei an S. Maria Maggiore, zur Kirche des ›Russicum‹, ließ, eingehüllt von Weihrauch und Wohlklang, die vergangene Woche an sich vorüberziehen, hineinfließen ins gesungene Gebet, das er nicht verstand und doch verstand, weil es ihn hineinnahm in die Harmonie himmlischer Geborgenheit.

Zurückgekehrt ins Wohnzimmer, nahm Michael sein Brevier wieder zur Hand, stellte fest, wie sehr seine Gedanken abschweiften, zurück nach Rom. ›Bin ich eigentlich je einmal aus Rom zurückgekehrt?‹ dachte er. ›Wäre ich dort geblieben, so wäre ich möglicherweise ein klerikaler Salonlöwe oder eine schwarze Türvorlage.‹

Und er betete die Antiphon des letzten Laudespsalmes:

Antiphon:
Jerusalem, preise den Herrn; Zion, lobsinge deinem Gott!

In der regennassen Fahrbahn ertrank das Licht der Scheinwerfer, während schwere Tropfen unablässig auf die Windschutzscheibe prasselten und das Motorengeräusch übertönten. Michael fuhr dahin, ohne zu wissen, wo er sich befand, suchte mit vorsichtigen Lenkbewegungen zu einem Mittel-, dann zu einem Seitenstreifen sich vorzutasten, fuhr weiter in gähnend schwarze Leere hinein, drosselte die Geschwindigkeit, um nicht über die Fahrbahn hinauszugeraten, suchte mit dem Scheinwerfer das Dunkel auszuleuchten. Doch nichts im Horizont warf das Licht zurück. Kurz und stockend ging der Atem, während das Gesicht sich erhitzte, Schweiß aus den Poren trieb, die Windschutzscheibe sich beschlagen ließ. Die Hand griff ins Leere, als er das Gebläse einschalten wollte, glitt rasch zurück ans Lenkrad, wagte aus Angst nicht mehr, sich vorzutasten zum Knopf der Fensteröffnung. Der Motor brummte, es prasselte der Regen, und aus den Lautsprechern erklang leise sonderbare Musik, die Michael noch nie gehört hatte, er suchte sich zu entsinnen, was dies sein könnte, suchte sich zu besinnen, woher er kam, wohin er wollte. Vor ihm jedoch tat sich allein schwarze Nässe auf, darauf der Wagen dahinglitt. Wieder suchte er mit dem Scheinwerfer den nicht vorhandenen Horizont auszuleuchten, erschrak, als er weit vorne eine Gestalt mitten auf der Fahrbahn stehen sah, war erleichtert, den Weg nicht mehr allein fortsetzen zu müssen. Immer stärker spiegelten sich die weißen Turnschuhe der Gestalt, die Michael durch die beschlagenen Fenster hindurch nicht genau erkennen konnte, auf der regennassen Fahrbahn und näherten sich dem Wagen, der unmittelbar neben ihr anhielt. Bevor Michael sich nach rechts hinüberbeugen konnte, um die Tür zu öffnen, wurde diese aufgerissen.

»Hab' doch gedacht, du würdest mich suchen!« sagte ER in triumphierendem Tonfall, ließ sich, triefendnaß wie ER war, auf den Sitz fallen.

Michael blickte IHN staunend verwirrt an: an der schwarzen Windjacke perlten Wassertropfen nieder, die nassen Haare klebten an Gesicht und Stirn und wurden umkreist vom Bogen des Kopfhörers, aus dem harte Rhythmen schepperten. Funkelnd reflektierten die kastanienbraunen Augen das Licht der Scheinwerfer.

»Fahr schon los, stehen bleiben ist zu gefährlich!« befahl ER, bewegte die Rücklehne in die Liegestellung, schob den Sitz soweit zurück, daß ER die Beine auf das Armaturenbrett legen konnte. Auf die Frage, wohin ER denn gefahren werden wolle, zuckte ER mit den Achseln, sagte dann:

»Doofe Frage, du Depp! Ist doch egal, wohin wir fahren, Hauptsache, wir fahren, und du hast mich auf dem Trockenen.«

Michael schob den Wählhebel auf ›D‹, trat aufs Gaspedal und fuhr weiter hinein ins Schwarze.

»So was von abgeschlafft! Fährt Automat! Nicht einmal einen anständigen Knüppel hast du. Da müssen wir doch Power in die Karre bringen!« sagte ER, klaubte die Cassette aus dem Walkman, schob sie ins Autoradio und drehte voll auf. Wie Michael die Lautstärke zurückdrehen wollte, spürte er, wie der nasse linke Turnschuh sich unter die Hand schob und sie wieder zum Lenkrad führte. Michael gab mehr Gas, spürte Wut in sich aufsteigen, zuckte zusammen, als er plötzlich erst zur Rechten etwas wie eine Böschung wahrnahm, dann auch zur Linken. Sie mußten sich auf einer engen Straße befinden, und das zunehmend reflektierte Licht ließ eine Schlucht sich öffnen vor ihren Augen. ER lag auf dem Sitz neben ihm, bewegte wild den Kopf

zum Rhythmus der Musik, grinste zwischendurch vor sich hin. Michael erschrak, als er plötzlich SEINE Hand in der Jackentasche spürte.

»Wo hast du die Zigaretten?« rief ER durch die Musik hindurch.

SEINE Unverfrorenheit ängstigte Michael ebenso, wie sie ihn faszinierte, und er reichte IHM aus der anderen Tasche eine Zigarette.

»Zünd sie mir an!« befahl ER.

Michael entzündete die Zigarette, nahm einen tiefen Zug und reichte sie IHM und spürte, wie ER ihm den Rauch immer wieder ins Gesicht blies. Michael zündete eine Zigarette für sich an und blies ebenfalls den Rauch aus dem rechten Mundwinkel heraus in SEIN Gesicht, hörte erst damit auf, als ER rief:

»Sauhund! Was ich darf, darfst du schon längst nicht mehr!«

Die Lautstärke der Musik wurde immer dröhnender, der Rhythmus immer stampfender. Plötzlich tastete ER sich mit dem linken Fuß zum Lenkrad vor und versetzte es in die rhythmischen Bewegungen der Musik. Er solle aufhören damit, bat Michael und verkrampfte sich ins Lenkrad, kämpfte gegen den Druck SEINES Fußes, schrie, da vorne komme ein Tunnel.

»Ein Tunnel? Ein Loch! Fahr zu! Fahr ein!« ER hob SEINEN Oberkörper leicht an, sang mit der Musik mit, schrie vielmehr, gab zunehmend Druck auf das Lenkrad, so daß der Wagen immer bedrohlicher ins Schlingern kam. Michael versuchte, im Gegentakt gegen IHN anzukämpfen.

»Geil, was!?« rief ER, »so reinzubohren in ein Loch.«

Die Felswände des Tunnels warfen unregelmäßig den Lichtschein zurück. Der Tunnel mußte aus dem nackten Felsen herausgehauen worden sein. Vereinzelt lagen heruntergefallene Steine auf der Fahrbahn, die in die Radkästen hineinschlugen. Michael versuchte, die Mitte zu halten, doch drückte ER mit seinem Fuß auf das Lenkrad. Michael blickte kurz auf den weißen Turnschuh vor sich auf dem Lenkrad, sah die Sehnen der Fesseln SEINES angespannten Fußes, der den Wagen immer mehr gegen die linke Felswand zu drängen suchte, während der Lärm der Musik in unerträglichem Schmerz auf das Trommelfell schlug. Mit einem Mal gab der Druck des Fußes nach, Michaels Gegensteuern riß den Wagen auf die rechte Seite. Bedrohlich näherte sich die Felswand, während ER laut aus sich heraus lachte.

»Keine Ahnung, wie man sich im Loch verhält, was!? Immer mit Klarsicht auf ebenen Pfaden fahren wollen! Was krumm ist, soll gerade werden, Michael!«

Und schon zeichnete sich die unregelmäßige Felsstruktur vor Michaels Augen ab.

Mit dem Gedanken, in der Frühe müßte auf der Straße ein Auto vorbeigefahren sein, in welchem sich einer bei geöffneten Fenstern mit Hilfe von Musik wachzukriegen suchte, wich Michael dem Traum aus, wich er IHM aus.

Kurzlesung

(Eph 2,13–16)

Jetzt seid ihr, die ihr einst in der Ferne wart, durch Christus Jesus, nämlich durch sein Blut, in die Nähe gekommen. Denn er ist unser Friede. Er vereinigte die beiden Teile (Juden und Heiden) und riß durch sein Sterben die trennende Wand der Feindschaft nieder. Er hob das Gesetz mit seinen Geboten und Forderungen auf, um die zwei in seiner Person zu dem neuen Menschen zu machen. Er stiftete Frieden und versöhnte die beiden durch das Kreuz mit Gott in einem einzigen Leib. Er hat in seiner Person die Feindschaft getötet.

Michael entsann sich sich eines Gespräches mit Eltern eines Erstkommunikanten. Er war eingeladen worden zu diesem Gespräch, verbunden mit einem Nachtessen, hatte sich an einem Hund vorbei zur Haustür vorarbeiten müssen, was ihn für die folgende Viertelstunde beinahe gesprächsunfähig machte. Die hausgemachten Ravioli und ein hervorragender Chianti classico lockerten dann aber doch seine Zunge. Er wunderte sich zwar darüber, daß der Teig der Ravioli aus Vollkornmehl hergestellt war, wurde aber von der Hausfrau darüber aufgeklärt, dies wäre gesünder, überhaupt würden sie darauf achten, sich vollwertig zu ernähren und gesund zu leben. Als Architekt, referierte nun der Hausmann, würde er sehr auf biologische Bauweise achten, und da Michael sich nichts darunter vorstellen konnte, kam es zu einer Hausführung. Er wurde eingeführt in die Vorteile einer Bodenheizung, gespeist von Warmwasser aus Sonnenkollektoren, wurde informiert über den K-Wert des Holzes und Michaels erstaunter Blick entlockte dem Hausherrn die Aussage, dies sei der Wärmeleitwert, auf den auch bei den Fenstern zu achten sei, die möglichst viel Sonneneinstrahlung auffangen, gleichzeitig aber auch nach außen hin isolieren müßten. Die vielen Grünpflanzen trügen nicht nur bei zu einem natürlichen Kohlendioxid-Sauerstoffaustausch, sondern würden auch den Feuchtigkeitshaushalt im Wohnbereich regulieren und hätten luftreinigende Funktion, was jedoch nur gewährleistet werden könne, wenn keine chemischen Dämpfe von Lösungs- und Imprägniermitteln sich im Raum befänden, weshalb nur natürliche Mittel wie Bienenwachs und Absud von Pflanzen und Wurzeln verwendet würden. Michael mußte nicht darauf aufmerksam gemacht werden, hier würde nicht geraucht. Und so mußte er auf seine Zigarette oder die Pfeife, die nach dem Essen gut getan hätte, verzichten, was ihm, dem Nikotinsüchtigen, schwerfiel und ein leichtes Zittern verursachte. Glücklicherweise lud ihn der Hausherr zu einer Außenbesichtigung des Hauses ein, so konnte Michael wenigstens eine seiner Zigaretten rauchen.

Inzwischen hatte die Hausfrau die Kinder bereit gemacht für's Zubettgehen. Ein Bub und ein Mädchen verabschiedeten sich mit einem Gutenachtkuß. Der Hausherr begann, das Geschirr wegzuräumen, erzählte, sie würden sich die Hausarbeit teilen, und als Michael beim Aufräumen mithalf, hatte er nichts dagegen. Michael war eigentlich erleichtert über die Unkompliziertheit, warf einen Blick auf die reichhaltige Bibliothek im Wohnzimmer und bemerkte dann beiläufig – inzwischen war auch die Hausfrau zurückgekehrt – gesundes Leben würde bei ihnen eine große Rolle spielen.

Beide Elternteile entwickelten nun im Gespräch einen Lebensentwurf, der höchste ethische Grundsätze enthielt, für Michael zwar ein wenig beengend, wenn er an soviel bewußte Lebensführung dachte, doch mußte er dem Ehepaar alle Achtung zusprechen. Da er katholischer Priester sei, wolle er aber doch die Gretchenfrage stellen, wie sie es mit der Religion halten würden, schließlich würde ihre Tochter bald einmal die Erste Heilige Kommunion empfangen. Selbstverständlich sei er nicht derjenige, der die Gläubigkeit am Kirchenbesuch messen würde, stelle aber doch fest, sie selten im Gottesdienst anzutreffen. Die Atmosphäre wurde entspannter, hatte Michael nun jenen Punkt angetippt, den das Ehepaar zur Sprache bringen wollte. Selbstverständlich hätten beide einiges mitbekommen vom Religionsunterricht und vom Elternhaus. Sie könnten nicht einmal behaupten, religiös verdorben worden zu sein. Sie hätten kein religiöses

Trauma mit sich herumzuschleppen. Doch sei es schwierig zu formulieren, was ihnen Mühe mache.

Jesus, vor allem der Jesus der Bergpredigt, sei wirklich eine faszinierende Figur, überhaupt die Art und Weise, wie Jesus umgegangen sei mit den Problemen der Zeit müsse heute noch als modellhaft angesehen werden. Sie hätten sich in ihrer Lebensführung, wenn nicht ausschließlich, so doch auch von den Evangelien inspirieren lassen. In einem Punkt aber hätten sie Mühe und damit auch Schwierigkeiten, die Kinder zu sehr mit christlicher Religion zu belasten. Michael ahnte, daß es sich um mehr handeln würde als um die üblichen Probleme mit der Kirche, Hierarchie, Sexualmoral, zuwenig Demokratie und andere Strukturprobleme. Ihr Problem mußte einen wirklich zentralen Punkt berühren. Sie habe, begann die Mutter zu erzählen, letzthin im Religionsheft ihrer Tochter geblättert und die Zeichnung eines Kelches und eines Brotes entdeckt, unter der gestanden habe: ›Das ist mein Leib. Das ist mein Blut.‹ Und hier bekomme sie als Mutter einfach Gewissensbisse, nicht nur, weil sie es der Tochter kaum zu erklären vermöge, sondern weil sie grundsätzlich Schwierigkeiten habe. Man könnte die Schwierigkeit so formulieren, fuhr der Vater fort: die ganze Geschichte ist zu blutrünstig. Vielleicht habe er, Michael, bemerkt, im ganzen Haus hänge kein Kreuz. Der Grund läge tiefer als in einer Areligiosität. Sie hielten den Anblick dieses derart geschundenen Menschen für unerträglich und unerträglicher noch, daß ein solcher bluttriefender Mensch den Menschen Gott näher bringen solle. Wenn sie als Eltern den Kindern nun auch noch zu vermitteln hätten, sie würden bei der Kommunion das Fleisch dieses Jesus essen und sein Blut trinken, dann grenze dies an Geschmacklosigkeit. Da würde man die Kinder dahingehend erziehen, keiner Fliege etwas zuleide zu tun, die Gewaltlosigkeit als hohes Ideal hinstellen, was schwer genug sei in unserer Zeit, immerhin aber ein Ideal auch der Bergpredigt, und was würde geschehen? In der Kirche würden sowohl Kinder als auch Erwachsene mit einem Symbol tödlicher Gewalt konfrontiert. Betrachte man nur einmal die religiöse Kunstgeschichte, so müsse doch zugegeben werden, diese sei weitgehend von religiösen Brutalos geprägt.

Michael atmete tief durch. Da ging es nicht mehr einfach um belanglose Fragen, welcher Bischof nun progressiv oder konservativ, welche Theologie traditionalistisch und welche fortschrittlich sei. Hier ging es um den Kern des Glaubens. Ein weiterer Weg war zurückzulegen als nach Emmaus, wo der Herr, ausgehend von Mose und allen Propheten, den Jüngern darlegte, was in der gesamten Schrift über ihn geschrieben steht.

Mit der Aussage, es wäre unmöglich, in einem Abend die angesprochene Problematik zu erörtern, versuchte Michael Zeit zu gewinnen, sagte nicht nein, als der Hausherr fragte, ob er nochmals einen Schluck Wein möchte. Michael beobachtete, wie der Wein aus der Flasche ins Glas floß und fragte die Mutter, ob sie beobachtet habe, was eben geschehen sei. Ihr Mann habe Wein eingeschenkt, sagte sie. Michael erwiderte schmunzelnd, damit er voll werde, müsse die Flasche sich entleeren. Damit er hier sitzen könne, hätten sie ihre Zeit gegeben, damit ihre Kinder ein wohnliches Zuhause hätten, würden sie als Eltern ihre Kraft und Arbeit einsetzen, damit Menschen in gutgebauten Häusern wohnen könnten, würde der Vater als Architekt einigen Ärger auf sich nehmen, damit die Kinder auf die Welt kämen, würde die Mutter Schmerz auf sich nehmen, bei dem übrigens auch Blut fließe. Wir könnten, fuhr Michael fort, nur einatmen, wenn wir vorher ausatmen würden, könnten nur empfangen, wenn wir vorher die Hände leer machen würden, könnten nur leben, wenn wir bereit wären, den Tod auf uns zu nehmen. Michael kam in Fahrt, sagte, er habe aufmerksam zugehört, wie wichtig dem Gastgeber biologisches Bauen sei, und dazu gehöre doch, sich mit den Lebensgesetzen vertraut zu machen, sich einzuschwingen in die Gesetze des organischen Wachstums. Wer sein Leben verliere, gewänne es verwandelt zurück, wenn das Weizenkorn nicht in die Erde falle und sterbe, um einmal biblisch zu sprechen, brächte es keine Frucht.

Dies wäre ihm einigermaßen klar, sagte der Hausherr. Trotzdem könne er sich nicht damit abfinden, daß diese Lebensgesetze so blutrünstig illustriert werden müßten. Michael versuchte zu entgegnen, im Kreuz wären diese Lebensgesetze in Verdichtung abzulesen: das Leben entspringe dem Tod. Nicht umsonst würde in den antiken Mosaiken immer unten am Kreuz eine Quelle entspringen, welche den Lebensbaum tränke, so daß dieser sich in reichem Rankenwerk entfalten könne. In der biblischen Symbolik würde Blut ›Leben‹ bedeuten, und wenn ihr Kind bald einmal zur Kommunion gehe, das Fleisch esse und das Blut trinke, so würde damit ausgedrückt, diese natürlich-göttlichen Lebensgesetze müßten ins eigene Fleisch und Blut übergehen.

Alles schön und gut, hatte der Gastgeber gemeint. Schleierhaft sei ihm trotzdem, weshalb das alles in solch schauerlichen Geschichten beigebracht werden müsse. Viel einfacher wäre es doch, diese Lebensgesetze klar zu formulieren und gewissermaßen in ethische Prinzipien zu fassen, die gelernt werden könnten.

Ethische Prinzipien seien vernünftig und führten zur Moral, entgegnete Michael, und Moral verderbe den Menschen. In der Weisung am Sinai, in den zehn Geboten, wie man gemeinhin sage, wären diese ethischen Prinzipien formuliert, seien im alttestamentlichen Gesetzeswerk erweitert worden, und doch müsse die ganze Geschichte hindurch festgestellt werden, wie der Mensch immer wieder versuche, sich vor diesen Prinzipien zu drücken. Jedes Gesetz reize dazu, umgangen zu werden, weil Gesetze nur die Vernunft ansprechen würden. Dies sei wohl auch der Grund für das Zusammenbrechen des hochethischen Moralsystems des Kommunismus gewesen. Gesetze würden allein die Vernunft ansprechen, nicht jedoch den ganzen Menschen, der unergründlich sei, ein Geheimnis, ein Rätsel, mehr als Vernunft.

Dann hätten wir eben die Aufgabe, die Unergründlichkeit des Menschen weiter zu erforschen und immer mehr in Klarheit zu überführen, meinte der Hausherr.

Michael wunderte sich nicht, hier bei seinen Gastgebern an eine Grenze gestoßen zu sein, die zu überwinden er selbst lange brauchte. Was wir im Kreuz glauben, sagte er noch, ist das Geheimnis der Liebe, und diese gehe tiefer, als einfach lieb zu sein miteinander, einander nichts zuleide zu tun. Die Liebe gehe ans Lebendige, sei tödlich. Immer komme ihm das Bild der Drohnenschlacht der Bienen in den Sinn, wenn er an die geheimnisvoll tödliche Kraft der Liebe denke, erntete für diese Bemerkung jedoch nur verwunderte Blicke, gefolgt von peinlichem Schweigen.

Michael erschien es selbst, solche Sätze würden ihm zu leichtfüßig über die Zunge gleiten, zumal die zweite Flasche Wein zur Neige ging. Während die Hausfrau den Kaffee bereit machte, stand Michael auf und betrachtete das Bücherregal, fragte den Gastgeber, ob er sich oft mit philosophischen Fragen auseinandersetzte, Wittgensteins ›Tractatus logico-philosophicus‹ hätte wohl nicht jeder im Regal stehen. Solche Fragen würden ihn schon beschäftigen, sagte der Hausherr, dies werde Michael sicher bemerkt haben. Vielleicht mache ihm deshalb die Religion Mühe, bevorzuge er doch klare Aussagen vor blutrünstigen Geschichten. Michael entdeckte Umberto Ecos ›Name der Rose‹ und fragte, ob er ihn gelesen habe. Klar, antwortete der Architekt: mit Genuß. Dann habe er im Klappentext wohl auch gelesen: Wovon man nicht theoretisch sprechen kann, muß man erzählen.

Der Kaffee stammte aus biologischem Anbau, sagte die Frau des Architekten, sie nehme diesen nicht nur, weil keine Spritzmittelrückstände die Gesundheit schädigen könnten, sondern vor allem, weil durch den biologischen Landbau die Umweltbelastung des Bodens vermindert und der Bodenverseuchung Einhalt geboten werde.

Nochmals fiel Michaels Blick auf den Satz der Kurzlesung:

Jetzt seid ihr, die ihr einst in der Ferne wart, durch Jesus Christus, nämlich durch sein Blut, in die Nähe gekommen.

Wie gewohnt, war Michael frühzeitig bei der Kirche, um die Abendmesse zu feiern. Beim Aufgang zur Kirche, am Kreuzweg, vor dem zum zweitenmal gefallenen Christus, da traf er jene Witwe an, die durch häufigen Gottesdienstbesuch, mittels Pilgerfahrten und Kursbesuchen über den Tod ihres Mannes hinwegzukommen versuchte, öfters jedoch zurückgeworfen wurde in Depressionen. Sie wußte um ihren Zustand und vermochte wenigstens um die Kraft zu beten, durchhalten zu können, bis das größte Tief vorbei war.

Michael sprach sie an, fragte, wie es ihr ergangen wäre auf der Assisi-Reise. Erschreckt drehte sie sich vom gefallenen Christus ab und blickte Michael mit ihren vom Weinen geröteten Augen an.

»Sagen wir mal so: durchzogen, wie der Speck«, antwortete sie in ihrer eigenen Art, verschlüsselt zu reden, welche aber immer Gelegenheit bot, daran anzuknüpfen. Deshalb fragte Michael, ob sie lieber vom magern oder fetten Teil des Specks reden wolle.

»Wissen Sie, ich war ja schon öfters in Assisi. Vor fünf Jahren war ich zum letztenmal mit meinem Mann dort. Da habe ich ein wenig Erinnerungen aufgefrischt. Tat zwar weh. Aber so ist das Leben. Man muß darüber hinwegkommen, fragen warum, hat keinen Sinn. Item: Assisi ist wunderschön, kann ich Ihnen sagen. Aber wem sag ich das. Sie waren ja auch schon dort. Wenn man so durch die Gassen schlendert, glaubt man, gleich müsse einem der Franz oder die Klara begegnen.«

Für kurze Zeit tauschten sie Erinnerungen aus, zogen von San Francesco hinauf bis zur Rocca Maggiore, durch die Porta Capuccini hinaus zum Monte Subasio und den Carceri, kehrten dann zurück in die Stadt, streiften hin und her: S. Rufino, S. Chiara, Tempio di Minerva, S. Stefano, zogen weiter durch die Gassen hinunter zu S. Pietro und ließen von dort die Blicke hinausgleiten über die weite Ebene bis nach S. Maria degli Angeli.

»Und hier, bei S. Pietro wurde der Speck ranzig«, sagte die Witwe. »Wissen Sie, ich war ja mit einer Gruppe in Assisi. Und wenn es mir gut geht, dann kann ich schon lustig sein, halte mich nicht zurück. Da waren also der Reiseleiter und ein junger Priester als geistlicher Begleiter. Das ganze Programm war ein wenig improvisiert, das müssen Sie wissen. Jeden Tag wurde darüber diskutiert, ob man die Messe feiern könne und wo. Da war, ich glaub', es war am dritten Tag, abgemacht, wir könnten drunten in S. Pietro eine Messe feiern. Item: ich spazierte allein für mich, wissen Sie, manchmal, da muß ich einfach allein sein, ich spazierte also an der Piazza S. Chiara vorbei. Es war am frühen Nachmittag, gleich nach der Siesta. Da hörte ich, wie nach mir gerufen wurde. Der Reiseleiter und der Priester saßen da bei einem Kaffee vor der Bar, genossen die Sonne. Da haben sie mich also gefragt, ob ich nicht hinuntergehen könne nach S. Pietro, um mitzuteilen, wir würden keine Messe feiern. Ich war schon ein wenig erstaunt und fragte, weshalb denn nicht. Da sagte der Priester recht kaltschnäuzig, er könne in einer solchen Kirche nicht Eucharistie feiern. Er müßte erhöht über der Gruppe am Altar stehen, und das decke sich nicht mit seinem Gemeinde- und Eucharistieverständnis. Er betrachte die Eucharistie als Freundesmahl, das Jesus mit seinen Jüngern gehalten habe, und da habe er sicher nicht erhöht über den andern gestanden. Außerdem erinnere ihn dieser Altar in S. Pietro an einen Opferstein, und mit dem Opfergedanken könne er nichts anfangen. Also, ich muß sagen, ich war platt. Ich konnte nicht widersprechen, zog einfach los, ging hinunter und erklärte den Sachverhalt dem Sakristan, so gut es ging mit meinem Italienisch. Da sind übrigens Benediktiner, haben Sie das gewußt? Sie hätten diesen Pater, vielleicht war es auch ein Bruder, hören sollen. Der hatte geschimpft wie ein Rohrspatz. Es gäbe keine unmöglicheren Pilger als diese Schweizer, die hätten immer Sonderwünsche und sonstige komische Ideen. Sie können sich kaum vorstellen, wie peinlich mir dies war. Am liebsten hätte ich mich unter einer Bank verkrochen. Was sagen Sie dazu?«

Ohne eine Antwort abzuwarten, fuhr die Witwe fort: »Also: ich bin ja nicht studiert, aber den Katechismus, den habe ich gelernt, und da war immer die Rede vom unblutigen Kreuzesopfer. Selbstverständlich haben auch wir nicht geglaubt, Jesus würde vom Priester am Altar nochmals gekreuzigt. Aber wenn wir unter dem Wort Opfer uns vorstellen, Jesus habe sich freiwillig für uns dahingegeben, dann ist das doch nicht falsch. Auf alle Fälle war für mich gerade der Hintergrund des Opfers Christi ein Grund, durchzuhalten. Verstehen Sie? Wenn ich nicht immer daran gedacht hätte, daß ich mit Christus den Verlust meines Mannes und all die andern Schmerzen, Sie wissen, wovon ich rede, aufopfern könnte – ich glaub', ich hätte Schluß gemacht.«

Michael war der Gedankengang des Kollegen fremd, glaubte aber, ihn, den er nicht genauer kannte, in Schutz nehmen zu müssen, erklärte der Witwe, daß durch das Konzil der Opfergedanke nicht abgewertet worden, sondern dahingehend korrigiert worden sei, die Eucharistie sei das gemeinschaftliche Mahl des Volkes Gottes mit Jesus Christus. Nicht allein der Priester wäre es, der an Stelle des Volkes das Opfer Christi vollziehe. Die ganze Gemeinde würde in Einheit mit der ganzen Kirche sich hineinbegeben in das eine Opfer Christi. Daß der Priester daraus die Konsequenzen gezogen habe, wie sie ihm eben beschrieben worden seien, halte er auch nicht für ganz glücklich.

»Schauen Sie«, unterbrach ihn die Witwe, »ich bin nicht studiert. Ich kann Ihnen zwar einigermaßen folgen, aber vergessen Sie eines nicht: verletzen Sie in Ihrem theologischen Eifer die Gefühle der Gläubigen nicht! So, und jetzt müssen Sie gehen. Es bleiben nur noch zehn Minuten bis zur Messe, und Sie und ich, wir müssen uns darauf einstimmen.«

Michael betrat den Raum der Kirche, bekreuzigte sich zur Erinnerung an die Taufe mit Weihwasser, machte als Zeichen des Grußes eine Kniebeuge und kniete sich vorne in eine Bank. Vom Kopf her spürte er sein Gewicht auf die Knie drücken, sah vor sich das Kreuz und nahm von hinten die Blicke der eingetretenen Gläubigen wahr.

Weit entfernt schien ihm der Satz:

Er vereinigte die beiden Teile (Juden und Heiden) und riß durch sein Sterben die trennende Wand der Feindschaft nieder.

›Keine Wände werden niedergerissen‹, dachte Michael, ›die Risse verstärken alle Mauern.‹ Seine Gedanken blieben nicht haften, sondern wanderten weiter.

Regnerisch war es draußen und kalt. Selbst im gutgeheizten Schulzimmer trugen die Schüler ihre Windjacken zugeknöpft bis oben, am Hals umklammert von den Hörern des Walkman, mit ausladenden Kieferbewegungen Kaugummi kauend, verschlafenen Blickes.

Der reformierte Kollege hatte zu einer gemeinsamen Stunde eingeladen, weil er den Katholizismus, Michael gleichzeitig die Reformation auf dem Themenplan hatte. Der reformierte Kollege wollte singen, schlug als gemeinsames Lied ›Liebster Jesu, wir sind hier, dich und dein Wort anzuhören‹ vor. Gemeinsam sangen Michael und sein Kollege. Die Schüler schwiegen. Gleichermaßen war das Lied allen unbekannt. Während also die Geistlichkeit sang, wurden unter den Bänken CDs ausgetauscht.

Sie hätten sich hier zusammengefunden, hob der reformierte Pfarrer zu reden an, um sich kennenzulernen.

»Aber wir kennen uns doch schon«, bemerkte eine Schülerin, »schließlich gehen wir miteinander zur Schule.«

Es gehe hier, fuhr der Pfarrer weiter, darum, sich auch konfessionell kennenzulernen, hätte doch die Kirchenspaltung einen tiefen Graben ins christliche Bekenntnis gerissen, der nur durch gegenseitiges Verständnis überwunden werden könne.

»Was interessiert mich das!« rief ein Schüler dazwischen.

Es können ihnen doch nicht gleichgültig sein, warf der Pfarrer ein, daß gleichzeitig verschiedene Kirchen zum Gottesdienst zusammenläuten würden.

»Weshalb denn nicht?« fragte einer der Schüler Michaels. »Ich gehe ohnehin nie zur Kirche, höchstens an Weihnachten. Und die Reformierten, die gehen auch nur so lange, bis sie konfirmiert sind.«

Michael beobachtete die gelangweilten Gesichter, sah sich von seinem reformierten Kollgen aufgefordert, selbst Stellung zu nehmen, wollte aber gar nicht mehr näher auf die konfessionelle Frage eingehen. Wirklich, zu weit weg war die Problematik, die da vor die Schüler getragen wurde, ein Problem höchstens der Interessierten und der mittleren bis älteren Generation.

›Irgendwo muß doch eine religiöse Ader fließen‹, dachte Michael, suchte, danach zu graben, suchte, zur religiösen Sehnsucht sich vorzutasten. Draußen klatschte der Regen an die Fenster und perlte langsam, der Schwerkraft folgend, dem Fensterrahmen zu. Gähnend machte sich nur eine Sehnsucht breit: die Stunde möge bald ein Ende haben. Rasch wurde der Aufforderung Folge geleistet, zusammenzuräumen. Verschiedenste Jugend- und Musikmagazine wuden unter den Bänken zusammengeschlagen und in die Mappen gesteckt oder ausgetauscht oder zurückgegeben. In den fallenden Regen draußen mischte sich Schneegestöber. Die

Kragen wurden hochgeschlagen und die Kopfhörer über die Ohren geschoben.

Noch einmal blieb Michael bei einem Satz hängen:

Er stiftete Frieden und versöhnte die beiden durch das Kreuz mit Gott in einem einzigen Leib.

›Ich muß heute Lea eine Antwort zukommen lassen‹, dachte Michael, als er auf einem Stapel unerledigter Post einen Brief entdeckte.

»Lieber Michael,

eigentlich erstaunt es mich sehr, daß ich Deinen Namen nicht auf der Liste des Förderkreises im ›Aufbruch‹ gefunden habe. Ich weiß nicht, was für Illusionen ich mir machte, als ich Dir ein Probeexemplar des ›Aufbruch‹ zusandte. Vielleicht dachte ich mir, die Praxis in der Pfarrei hätte Dich hellhöriger gemacht für die wirklichen Probleme in der Kirche. Dagegen scheinst Du nach wie vor immun zu sein. Du hältst es nicht einmal für nötig, Dich solidarisch zu erklären mit der freiheitlichen Bewegung von der Basis her. Dir scheint es egal zu sein, wie die Mächtigen der Kirche mit der Basis umspringen. Doch Du, als Priester, hast ja nichts zu befürchten. Im besten (schlimmsten?) Fall hast Du mit Deiner unterwürfigen Haltung ebenfalls Chance, innerhalb der Hierarchie Karriere zu machen. Sollte es einmal soweit kommen, werde ich Dich ebenfalls daran erinnern: Lieber eine Basis ohne Bischof als ein Bischof ohne Basis.

Gruß
Lea«

Leas Sprache, so schien es Michael, wies Verwandtschaft auf mit einem Leserbrief, den er in einem Ansichtsexemplar des ›Katholischen Monatsblattes‹ fand, welches, unverlangt ins Haus geflattert, gelesen wurde und nun im Stapel alter Zeitungen auf die nächste Altpapiersammlung wartete. Michael konnte sich nicht zurückhalten, klaubte die Zeitung aus dem Stapel hervor und las:

»Wiederum haben die papst- und kirchenfeindlichen Kräfte zugeschlagen: diesmal mittels eines Druckerzeugnisses mit dem unverfänglichen Namen ›Aufbruch‹. Im Namen der Basis (Welcher Basis? Wurde sie gefragt?) wird zu mehr Demokratie in der Kirche aufgerufen. Kann denn die göttliche Wahrheit demokratisch verwaltet werden? Einmal mehr zeigt sich, wie wichtig es ist, dem Papst und der wahren Kirche den Rücken zu stärken und für die Bekehrung der Feinde der Kirche zu beten, zumal diese wie Wölfe im Schafspelz in den eigenen Reihen wüten. ›Seid nüchtern und wachsam! Euer Widersacher, der Teufel, geht wie ein brüllender Löwe umher und sucht, wen er verschlingen kann« (1 Petr 5,8f).

E. H. in G.«

Stampfend und stoßend, dem koitiven Rhythmus folgend, stieß in gleichmäßigen Wellen Disco-Musik aus der Boutique hinaus auf die Bahnhofstraße. Drinnen ordnete eine Verkäuferin gelangweilt T-Shirts der Farbskala folgend auf den High-Tech Regalen, während lila-pistache-türkis flackerndes Neonlicht das dunkle Rot ihrer glänzenden Lippen aus dem weißen Gesicht hervortreten ließ.

Vor einer Spiegelsäule brachte ein junger Mann – schwarze Bundfaltenhosen, schwarzes Jacket, weiße Socken, weißes Hemd, schwarze Lederkrawatte, schwarze Lackschuhe – seine schwarz glänzenden Locken der Stirnpartie in Ordnung, wippte in sanfter Bewegung näher zum Spiegel heran, überprüfte mit sanftem Streicheln den Zustand der Rasur, drückte an der rechten Wange kurz an einem Pickel herum, der in seinem entzündeten Rot im bleichfarbenen Neonlicht intensiv aus dem Weiß der Haut hervortrat.

Aus ›Mama's-Food-Shop‹ strömte ein Hauch von verbranntem Öl und Zwiebelduft herüber, vermischte sich mit dem Zigarettengeruch des Jungen, der sich draußen, in hautengen, zebragemusterten Jeans ans Schaufenster lehnte, während ein Mädchen sich zu seinen Füßen gesetzt hatte.

Michael sah sich weiterschlendern, vorbei an flimmernd beleuchteten Schaufenstern des Video-Shops, wo waffenstrotzende Muskelhelden neben lasziv gestreichelten rosafleischigen Busen plakativ bewegungslos auf die Straße stierten. Ein Kaufhaus suchte das andere mit noch grellerer Beleuchtung auszustechen, eine Lichtreklame die andere mit noch mehr Geflacker in gleißenden Schatten zu stellen. Vor der hölzern rustikal getrimmten Dorfbeiz stand ein Senn aus Pappmaché, die Speisekarte schwenkend. Schwaden von Rauch und Bierdampf stießen aus der geöffneten Tür des Lokals, zusammen mit diesen Fetzen poppig gestylter Volksmusik.

Immer dichter wurde das Gedränge. Michael stieß überall auf Leiber, die den Stoß nicht beachteten, sondern je nach Aufprall ihre Richtung wechselten, einzig festgeklammert an ihre Plastiktaschen, die allein ihnen noch Standfestigkeit zu vermitteln schienen. In den Augen der Leiber spiegelte sich das funkelnde Licht der Bahnhofstraße, und diese Augen schienen in weite Ferne zu blicken, haschten von Lichtreklame zu Lichtreklame, von Firmenschild zu Firmenschild, auch dann, wenn die Zungen leckend nach dem Eis in der Hand tasteten, die Rachen sich öffneten, um den Hot-Dog oder den Hamburger zu verschlingen.

Mit einem Male sah sich Michael vor ein Kleidergeschäft versetzt, welches einige seiner Schaufensterpuppen über das Trottoir verteilt hatte. In den Schaufenstern waren Video-Geräte installiert, in denen Mannequins und Dressmen ihre Modelle vorführten, begleitet auch sie von Disco-Musik. Michael warf einen kurzen Blick hinein ins Schaufenster, wollte eben weggehen, als er zusammenzuckte.

Das war ER.

Michael blickte nochmals auf den Video-Bildschirm. Da war ER, stand da in Tanga-Slip und T-Shirt, dessen Markenzeichen IHN umschwebte, zog langsam SEINE Socken über, nicht bevor ER das Markenzeichen hingehalten und geküßt hatte, wurde umhüllt vom Markenzeichen des Hemdes, das ER dann anzog. In gleicher Weise stieg ER schließlich in Hose und Jacket, stylte zuletzt SEIN Haar mit Gel und bewegte sich in lässigem Schritt auf den Zuschauer zu, indem ER mit dem Finger in rhythmisch hastiger Bewegung aufs Trottoir zeigte. Alle Zuschauer wandten sich um, auch Michael.

Und da stand ER, zusammen mit anderen Modellen, als

Schaufensterpuppen. Die übrigen Zuschauer wandten sich sofort anderen Schaufenstern zu, suchten neue Reize, während Michael sich vorsichtig auf IHN hin bewegte, überprüfen wollte, ob ER es wirklich sei. SEIN Blick war starr ins Nichts gerichtet. Michael wandte sich ab, drehte sich aber nochmals um, spürte, daß SEIN Blick ihn verfolgen würde, sah die Iris SEINER Augen auf sich gerichtet, wollte weggehen. Seine Schritte begannen schwer zu werden. Wie er sich erneut umdrehte, zückte ER ein blankes Messer, das aufblitzte im grellen Licht der Schaufensterbeleuchtung.

Weiter oben, an einer Seitenstraße der Bahnhofstraße würde die Kirche sein. Dorthin würde er fliehen können, überlegte Michael kurz. Inzwischen war ER heruntergestiegen vom Sockel, stieß die Tafel ›elektronisch gesichert‹ um. Alarmsignale heulten auf. Der Ladenbesitzer rannte heraus auf die Straße, schrie:

»Haltet ihn!«

Die zähen Leiber mit ihren Plastiktaschen stellten sich Michael in den Weg, ließen ihn nicht wegkommen. Er wandte sich nochmals um: ER hatte sein Messer bereits hoch erhoben, und die Menschenleiber bahnten IHM den Weg und verdichteten sich vor Michael zur trägen Masse. Immer näher kam ER, bereitete mit lustvoll verzerrtem Gesicht sich vor, zuzustechen. Keuchend schwer ging der Atem. Die Schritte schienen magnetisch vom Boden angezogen zu werden.

Bisher hatte Michael sein liturgisches Gewand, die Tunika, nicht beachtet, das er trug. Die Stola flatterte unter den Armen hindurch. Kleine Kinder zu beiden Seiten ergriffen sie, klammerten sich fest, so daß Michael nun auch an den Schultern gebremst wurde, während das Brockatband der Stola sich in seinem Genick einschnitt.

›Ich muß zur Kirche zurück‹, dachte Michael.

ER stand unmittelbar hinter ihm. In ewiger Sekundenschnelle stach das Messer zu, bohrte sich hinein in den Rücken zwischen den Schulterblättern.

»ER hat ihn!« schrie die Masse, kreischte, gröhlte, und die Glocken der Kirche läuteten zusammen. Ihr Klang vermischte sich mit dem Disco-Sound.

Responsorium

Das ›Russische Totengedächtnis‹ war inzwischen verstummt. Und Michael konnte nun nicht anders, mußte sich hinsetzen ans Harmonium, das in seinem Arbeitszimmer stand. Besucher lachten zwar oft, wenn sie in Michaels Arbeitszimmer dieses Instrument sahen, fragten ihn, wie er dazu gekommen sei. Das Harmonium, dieser Bastard von verkümmerter Kirchenorgel und Ziehharmonika, flach röchelnd oder jungfräulich säuselnd im Klang, im besten Falle verwendbar als Psalmenpumpe in frömmelnden Bethäusern oder verstaubten Mädcheninternaten des vergangenen Jahrhunderts, passe doch überhaupt nicht in Michaels Umgebung, außer er wäre noch sentimentaler, als es manchmal den Anschein erwecke.

Michael strich mit den Fingern über die Tasten, streichelte Vergangenes wach.

Fahles Blau hatte durch das Fenster hereingeleuchtet, helles Licht, zurückgeworfen vom Schnee, welcher das Abendlicht reflektierte. Michaels Mutter hatte ihn mitgenommen ins Frauenkloster, wollte dort etwas besprechen mit einer Nonne, was, wußte Michael nicht. Jedenfalls war er mit freundlichem Lächeln in ein Zimmer geführt worden, wo genau dieses Harmonium stand. Die Mutter wollte zwar ihren Buben dabei haben bei der Besprechung, doch die Nonne mit runder Nickelbrille meinte nur, sie sollte den Buben nicht so verzärteln, er könne wohl einige Zeit für sich allein sein, und die Nonne legte ihm Bücher hin mit dem Versprechen, die Mutter würde bald wieder da sein.

Für einige Zeit hatte ihn die Bilderbibel mit den Stahlstichen interessiert. Von vorn nach hinten, von hinten nach vorn hatte er sie durchgeblättert. Selbst ein asthmatisch schwächlicher Bub, hatten es ihm die starken Gestalten, deren Muskelspiel im Kampf hervortrat, besonders angetan: Kain, den Abel erschlagend, die ums Überleben kämpfenden Menschen bei der Sintflut, David, Goliat erschlagend, Absalom, der mit seinen Haaren an einem

Baum hängen blieb, die Enthauptung Johannes' des Täufers, die Geißelung Jesu, die Steinigung des Stefanus, Pauli Bekehrung, der Sieg Michaels über den Drachen. Kräftig und stark waren diese Gestalten, und so kräftig und stark wollte auch er einmal werden, obwohl die Aussicht dazu nicht zum Besten stand.

Nach und nach war es dunkler geworden im Zimmer, die Bilder nur noch schwach erkennbar. Erst hatte Michael rufen wollen, und wenn dies nichts genutzt hätte, weinen wollen. Doch dann erinnerte er sich daran, stark werden zu wollen wie die Gestalten in der Bilderbibel, und er schwieg, zwar schweren Herzens, aber er schwieg. So hatte er die Bilderbibel zur Seite gelegt, war ans Harmonium herangetreten, hatte vorsichtig auf die Tasten gedrückt. Kein Ton war zu hören, auch dann nicht, wenn er fest preßte. Die beiden Platten, die unten angebracht waren, erinnerten ihn an das Gaspedal beim Postauto, und so hatte er begonnen, draufzudrücken. Schwer schnaufendes Geräusch hatte er gehört, ähnlich seinem Atem, wenn er einen Anfall hatte. Da er immer fester drücken wollte an den beiden Pedalen, mußte er sich abstützen auf den Tasten. Da: der Raum füllte sich mit einem Gemisch verschiedenster Töne, und wie er nur noch einen Finger hatte auf einer Taste liegen lassen, blieb nur noch ein Ton übrig, der sich veränderte, wenn er auf eine andere Taste drückte. Nach und nach hatte sich Michael eine Melodie zusammengesucht, war enttäuscht gewesen, wenn zwei nebeneinanderliegende Tasten nur einen Mißklang ergaben, war darüber erfreut gewesen, wie er herausgefunden hatte, daß bei der Verbindung von jeder dritten Taste ein angenehmer Klang sich entfaltete.

Dunkel war es geworden im Zimmer, und Michael hatte sich immer mehr zu den verschiedensten Klängen vortasten müssen, wurde schließlich erschreckt durch das eintretende Licht aus der sich öffnenden Tür. Die Nonne war hereingetreten, hinter ihr die Mutter. Beide hatten Michael in die Arme genommen, ihn geküßt, sich entschuldigt dafür, ihn beinahe vergessen zu haben. Doch sei er ja ein ganz braver Bub.

Michael wollte nichts anderes, als den beiden Frauen zeigen, was er herausgefunden hatte. Wie die Nonne meinte, Michael müßte unbedingt lernen Klavier zu spielen, hatte er gesagt, dies würde er nicht können, da ihm ein Instrument fehle. Mit großen Augen hatte Michael gehört, wie die Nonne zur Mutter sagte, dann müßten sie eben das Harmonium mit nach Hause nehmen, es würde ohnehin nur noch unbenutzt herumstehen, seit sie die neue Orgel in der Kirche hätten. Michael hatte seine Mutter am Mantel gezupft, als diese meinte, sie dürften dieses Geschenk niemals annehmen, schließlich wisse man nicht, wie schnell so eine erste Begeisterung verfliegen könne, hatte dann aufgeatmet, als die Nonne ihr Angebot nicht zurücknahm.

Noch anderntags hatte sich der Vater einen Anhänger geborgt, Michael gebeten, er solle dicke Decken bereit machen. So waren sie zum Frauenkloster gegangen, hatten vorsichtig das Instrument aufgeladen. Zuhause wurde ihm gesagt, an diesem Abend dürfe er noch nicht spielen, das Instrument müsse sich erst an die warme Luft der Wohnung gewöhnen. Die Nacht war lang geworden, und am nächsten Morgen hatte Michael weitere Tonverbindungen gesucht, nicht ohne erst zu fragen, ob das Harmonium nun genügend eingeatmet habe von der Luft der Wohnung.

Michael intonierte auf dem Harmonium das Responsorium so, wie er es oft gehört hatte im Seminar, in den verschiedensten Klöstern. Es war ein Wechselgesang zwischen einem Vorsänger und dem Chor. Der Vorsänger hob an zum ersten Vers des Responsoriums, der wiederholt wurde vom Chor.

›Eigentlich‹, dachte Michael, ›eigentlich lebt das Stundengebet vom abwechselnden Singen, von der Gemeinschaft. Dieses einsame Beten im stillen Kämmerlein ist eine Kümmerform, weitergeführt von Einzelgängern, die nicht fähig sind, in einer Gemeinschaft zu leben.‹

So sang er eben mit sich:

Ich rufe zu Gott, dem Höchsten, zu Gott, der mir beisteht.

Kein Antwortchor nahm seinen Ruf auf. Er war allein. Nur die Flamme flackerte zwischen den beiden Ikonen. Dies gab ihm das Gefühl, doch nicht ganz allein zu sein, erinnerte ihn an den Römerbrief:

»Ihr habt den Geist empfangen, der euch zu Söhnen macht, den Geist, in dem wir rufen: Abba, Vater!«; erinnerte ihn an den Galaterbrief:

»Weil ihr aber Söhne seid, sandte Gott den Geist seines Sohnes in unser Herz, den Geist, der ruft: Abba, Vater.«

Trotzdem war er allein, murmelte:

»Abba, Vater, Pater, Padre«, verband auf seinem Harmonium Akkorde miteinander und ließ sich wieder forttragen.

Der blaue Schleier zog ihr Haar von der Stirn weg straff nach hinten. Ihr volles, rundliches Gesicht glänzte rötlich und mit dem Ellbogen streifte sie sich den Schweiß von der Stirn. Sie schöpfte sich mit einer Holzkelle eine Spaghetti aus der Pfanne, blies kurz daran, ließ sie in den Mund gleiten und kauend fragte sie mit ihrer tiefen, leicht heisern Stimme:

»Du wirst also Priester?«

So Gott wolle, hatte Michael geantwortet, ja. Mit einer Gruppe von Jugendlichen war er nach Rom gekommen, hatte Unterkunft gefunden in diesem Haus an einer Verbindungsstraße zwischen der Appia Nuova und der Tuscolana. Das Haus wurde von zwei Ordensschwestern geführt, die, was nicht selbstverständlich ist, sofort das Gefühl vermittelten, willkommen und zu Hause zu sein. Sonst hätte sich Michael nicht vorgewagt in die Küche, um zu plaudern.

»Santo o terra santa – heilig oder Friedhof«, war Suor Angelas lakonische Bemerkung.

Was sie damit meine, hatte Michael gefragt.

»Das, was es besagt«, war die Antwort von Suor Angela. »Entweder läßt du als Padre die Menschen spüren, daß sie getragen, beschützt, geliebt werden vom Vater im Himmel, oder es ist besser, du läßt es bleiben. Und wenn du schon dastehst, dann pack mit an, damit wir die Spaghetti abschütten können, die sind al dente.«

Michael packte an, und während der Dampf die Küche füllte, sprach Suor Angela weiter:

»Wir müssen die Beziehung, den Glauben zu Gott dem Vater wieder wecken. Wir haben einen Vater im Himmel, der sorgt für uns. Gott ist nicht abstrakt. Er ist Vater, und zwar Vater für alle. Gefällt dir unsere Ausmalung der Kapelle? Manche sagen, sie sei kitschig, aber für uns zeigt sie, worauf wir achten müssen: auf den Vater, der alle annimmt, ob Nichtgläubige, Katholiken, was wir ja sind, aber auch Andersgläubige. Wenn Gott Vater ist, dann Vater für alle. Und unsere Zeit braucht den Vater wieder. Schau dir die Jugendlichen an in der Stadt, die herumlungern, sich an nichts orientieren können und deshalb haltlos werden. Mein Gott, was für Mädchen kommen da manchmal ins Haus. Sie kennen keinen Vater, weder hier auf Erden noch den im Himmel, und dann fallen sie jedem beliebigen Mann um den Hals. Und erst die Drogensüchtigen. Sie spüren eine tiefe Sehnsucht in sich und bleiben bei der Sucht stecken. Halt mal die Schüssel hin, damit wir die Spaghetti verteilen können.«

Michael beobachtete Suor Angela. So sehr sie vom Vater im Himmel erzählte, so sehr war sie Mutter, kräftig, stark, offen und doch schien sie immer im Gebet versunken zu sein.

»Kannst den Parmeggiano über die Spaghetti verteilen«, sagte Sour Angela, Michael eine Schüssel mit Käse hinstreckend.

Ob sie nicht glaube, fragte Michael, ›Vater‹ sei einfach ein Bild für Gott, schließlich sei Gott unerforschlich, größer als alles, was man sich denken könne. Da dürfe man ihn nicht mit einem Geschlecht behaften.

»Mein Gott! Womit kommst du mir? Ich bin eine einfache Schwester, habe nicht studiert, bete und arbeite hier im Haus. Aber eines ist sicher: Gott hat sich als Vater geoffenbart, kannst es in der Heiligen Schrift nachlesen. Wenn ihr Studierten die Schrift auflösen wollt, meinetwegen, dann macht aus Gott eine Schildkröte. Aber damit verliert ihr den Vater und konstruiert irgendeinen Phantasieglauben. Ob der euch weiterhilft?«

Die Schwester hatte Michael eine Schüssel in die Hand gedrückt.

»Die Jungen warten draußen, gib ihnen zu essen! Die brauchen was Festes!«

Kurz schweiften Michaels Gedanken ab, formten ein Bild des Speisesaals eines Bildungshauses. Die Kursleiterin stand an einem Tischende, sagte:

»Wir singen, aber nicht ›Segne, Vater, diese Gaben‹. Das ist sexistisch. Deshalb singen wir: ›Segne, Gott, nun diese Gaben‹.«

Und Michael sah die strafenden Blicke auf sich ruhen, als er grinsen mußte.

»Wenn du unbedingt helfen willst«, hatte Suor Angela gesagt, »dann nimm dort das Geschirrtuch!«

Tagtäglich würden die Schwestern sich mit kochen, putzen, waschen, einkaufen, abwaschen und dergleichen abrackern. Dazwischen Anbetung, Stundengebet und Heilige Messe. Hie und da vielleicht eine Fahrt hinaus aufs Land oder zu einem Kirchenfest in die Stadt, hatte Michael sich überlegt, gedankenversunken an einem Glas reibend. Inzwischen war auch Suor Maria dazugekommen.

»Woran studierst du wieder herum?« hatte Suor Maria ihn gefragt. »Komisch, ihr Schweizer habt immer Probleme, studiert, überlegt. Freut euch doch am Leben. Es ist so schön! Wir haben zu essen, ein Dach über dem Kopf und einen Vater im Himmel, der so für uns sorgt, daß wir auch für andere sorgen können.«

Ob sie nie den Wunsch verspürt hätten, hatte Michael mit einem Male gefragt, Priesterinnen zu werden. Steinboden und -decke der durch das Neonlicht hell und doch fahl erleuchteten Küche ließen das Gelächter der Schwestern zu einem Dröhnen anschwellen.

»Priesterin! Hast du gehört, Suor Angela, Priesterin?« Suor Maria hatte sich am Tropfbrett aufgestützt, während Suor Angela den Geschirrlappen ins Wasser klatschen ließ, die Arme in die Hüften ihres breiten Beckens stemmte und sagte:

»Hör zu, Michael: erstens gab es bei uns nie Priesterinnen, zweitens, wenn Jesus Priesterinnen gewollt hätte, dann hätte er solche auserwählt unter den Aposteln. Das sind aber nur Argumente an der Oberfläche. Hör zu! Ich hab' dir vor dem Essen gesagt, wie wichtig der Glaube an Gott den Vater ist, und dieser Vater zeigt sich im Sohn, wird – wie soll ich sagen? – dargestellt im Sohn. Und was tut der Sohn? Was? Schau aufs Kreuz!« Suor Angela hatte das Kreuz auf ihrer Brust ergriffen und es Michael entgegengestreckt. »Er stirbt am Kreuz. Er gibt sich hin, gibt sein Leben hin. Verstehst du? Das ist Priester sein.«

Wenn er sie als Schwestern so beobachte, hatte Michael einzuwenden versucht, dann würden sie diese Hingabe viel besser leben als die Männer. Die Frauen wären also viel geeigneter für das Priestertum.

»O nein!« hatte Suor Angela entschieden eingewendet, »wir Frauen spielen die Rolle der Empfangenden, die Rolle der Maria, verstehst du? Wir Frauen sind so stark im Geben, weil wir viel besser wissen als ihr Männer, was empfangen heißt. Der himmlische Vater hat den Heiligen Geist gesandt, Maria hat empfangen, geboren wurde Christus. Es brauchte beides, den Gott und den Menschen, den himmlischen Vater und die irdische Mutter, damit Christus, der einzige Hohepriester, geboren werden konnte.«

Suor Angela hatte sich wieder zum Waschtrog gebeugt, den Spüllappen herausgefischt, damit sie den Stapel von Tellern abwaschen konnte und vor sich hergebrummt:

»Priesterin werden! Was für Ideen man heutzutage haben kann!«

Suor Maria war mit dem Rest des Geschirrs aus dem Speisesaal gekommen und sagte:

»Wenn ich es mir so recht überlege, dann sind wir Frauen von Natur aus Priesterinnen.«

Wie sie das meine, hatte Michael gefragt.

»Wozu hat der himmlische Vater seinen Sohn gesandt? hatte Suor Maria gefragt. »Er ist doch unser Erlöser, das heißt, er schenkt uns das Leben wieder, dient dem Leben. Priester sein heißt, dem Leben dienen. Und das tun wir Frauen intuitiv von Natur aus. Wenn der Priester ein Mann sein muß, dann vielleicht deshalb, damit die Männer an Christus die mütterliche Seite des Mannseins entdecken können. Ich weiß nicht. Ich bin eine einfache Schwester. Aber ich glaube daran.«

Nach dem Abwaschen und der Siesta war Michael hinaufgegangen nach S. Maria Maggiore, hatte der Gruppe Architektur und Symbolik der Bilder erklärt, dabei auch einen Abschnitt aus dem ›Te Deum‹ vorgetragen.

»Du König der Herrlichkeit, Christus.
Du bist des Vaters allewiger Sohn.
Du hast der Jungfrau Schoß nicht verschmäht,
bist Menschen geworden,
den Menschen zu befreien.
Du hast bezwungen des Todes Stachel
und denen, die glauben,
die Reiche des Himmels aufgetan.«

›Du hast der Jungfrau Schoß nicht verschmäht‹, hatte Michael sich zitieren gehört und gedacht: ›Welch flache, purifizierte Übersetzung. Wie heißt es doch im Lateinischen? ›Tu, ad liberandum suscepturus hominem, non horruisti Virginis uterum – Die Gebärmutter der Jungfrau erweckte in dir keinen Horror.‹

Michael hatte der Gruppe eine halbe Stunde Zeit gegeben, um selbständig Einzelheiten nachgehen zu können, war nach hinten zum Eingang geschlendert, fragte sich beim Blick nach vorn, wie die Gruppe wohl reagieren würde, erklärte er ihr, sie müßte die Kirche sich als riesige Vagina vorstellen, in die alle hineinkröchen, hinein in die wohlige Wärme und Geborgenheit, umfangen von der Mutter Kirche, der Mutter Maria, der Mutter Erde. Irgendwie wurde es ihm verständlich, weshalb sich immer mehr Frauen denn Männer in der Kirche aufhalten. ›In der Kirche ist die Mutter Erde mit ihren Töchtern unter sich. Die Mutter, die Frau birgt ihr Geheimnis in sich. Der Mann muß sich entblößen, damit er als Mann erkannt werden kann. Nackt ist seine Blöße ausgestellt.‹

Langsam war Michael nach vorn geschlendert, hin zur ›Confessio‹, zur Krypta, und er schämte sich seiner Oberflächlichkeit wegen, weil er bisher den Gruppen in leicht ironischem Ton erzählt hatte, hier unten würde ein Teil der Krippe von Betlehem verehrt, von der man wohl annehmen könne, sie stamme nicht aus Betlehem, die Volksfrömmigkeit sei jedoch süchtig nach dinglicher Anschauung, was nur vom Wesentlichen ablenke, im übrigen wäre da noch der Opferkasten interessant, da es sich um ein typisches Beispiel handle für Opferkästen, welche die Reformatoren mit dem Spruch – ›Wenn das Geld im Kasten klingt, die Seele in den Himmel springt!‹ – angeprangert hätten. Michael hatte verspürt, wie sein Gesicht ob all der vergangenen Oberflächlichkeiten errötet war und sah sich von seiner Gruppe umstellt. Er ließ die Restlichen herbeiholen und begann zu reden:

»Könnt ihr da unten diese silberne Krippe sehen? Da drin wird ein Teil der Krippe Betlehems aufbewahrt. Ob es sich wirklich um die Krippe handelt, ist unwesentlich. Reliquien sind nicht als Gegenstand wichtig, sondern einzig und allein als Auslöser von Assoziationen. Die Krippe steht in einer Marienkirche. Maria: wir könnten auch sagen, das ist der Mensch schlechthin oder die Mutter Erde. Wo wir uns nach oben ausrichten, wie dieser Baldachin über dem Hauptaltar und der Krypta, da kann Gott von oben herabsteigen, sich einsenken in den Schoß der Mutter Erde, in den Menschen. Wir sind ja immer in Gefahr, Gott ganz groß und den Menschen ganz klein, oder den Menschen ganz groß und Gott ganz klein machen zu wollen. Denken wir aber von Christus her, dem menschgewordenen Gott, dann gilt: je göttlicher, desto menschlicher, humaner. Je mehr wir Gott in uns hereinlassen, ihn sich einsenken lassen in unsere Natur, wie die Krippe hier versenkt ist in der Höhle der Krypta, desto menschlicher wird der Mensch. Vom christlichen Glauben her können wir nicht anders, als das Göttliche und das Menschliche zusammendenken. Wir können nur vom himmlischen Vater reden, wenn wir ihn zusammen mit der Mutter Erde sehen: aus dieser Verbindung entsteht das Ganze. Deshalb hier vorn das Apsismosaik aus dem 13. Jahrhundert. Einige erschrecken zwar manchmal: Christus und Maria in gleicher Größe und auf gleicher Ebene? Aber, seht ihr: Christus und Maria sind eingebettet in einen Kreis. Der Kreis, das Runde ist Symbol der Ganzheit, Vollkommenheit. Im Kreis ist alle Polarität aufgehoben. Dies deutet auch die Hand an, die sich aus dem Himmel streckt. Gott, der himmlische Vater, verbindet sich durch den Heiligen Geist mit der Mutter Erde – hier unten in der Krypta – und holt den Menschen zu sich hinauf – dort, im Mosaik, versinnbildlicht in der Mutter Maria, die durch Christus, den menschgewordenen Gott gekrönt wird. Ihr spürt: hier können wir ablesen, was die Kirchenväter immer so ausgedrückt haben: ›Gott wurde Mensch, damit der Mensch vergöttlicht werde.‹«

Michael war ins Schwitzen gekommen, hatte das Gefühl, all den Unsinn, den er bisher erzählt hatte, wiedergutgemacht zu haben. Da die Gruppe still dastand, hatte er ihr vorgeschlagen, hinunterzusteigen in die Krypta, dort das ›Magnificat‹ zu singen.

»Was ist mit dir geschehen?« hatte einer aus der Gruppe draußen auf dem Platz gefragt, »als ich das letzte Mal mit dir hier war, hast du noch ganz anders geredet. Ich habe zwar nicht viel davon verstanden, doch es klang überzeugend.«

Er sendet mir Hilfe vom Himmel; zu ihm flüchte ich.

›... flüchte ich. Flüchte ich?‹ überlegte sich Michael. ›Wie oft bin ich in meinen Gedanken in Rom? Ich lasse mich von den Psalmen entführen nach Israel, wandere vom Toten Meer hinauf nach Jerusalem, erreiche die Stadt nie, rutsche wieder den Berg hinunter, wie weiland Sysiphos. Flüchte ich? Vor mir liegt ein Tag, der weiß was bringt: Lohnarbeit Religionsunterricht, Besprechungen, religiöse Meinungsverschiedenheiten, Depressive, Geschiedene, Bettler, Hausierer, Ausgebrannte, Übersättigte, Durchtriebene, Suchende, Zweifelnde, Rechtgläubige, Kranke, Sterbende, Verwaltung. Flüchte ich?‹

Zu Gott, der mir beisteht.

»Kommst du jetzt zur Solidaritätskundgebung für die chilenischen Flüchtlinge?«

Lea hatte unter der Tür von Michaels Zimmer gestanden, den Mund verbissen nach unten gezogen.

Er müsse dringend an seiner Diplomarbeit weitermachen, bald wäre Abgabetermin und er sei auf besten Wegen, den Termin einhalten zu können.

»Scheißdiplomarbeit«, zischte Lea. »Verkriech du dich nur hinter deinen Büchern! Das sind die typischen Theologen.

Während Menschen vor die Hunde gehen, wälzen Theologen ihre Theorien. Gib mir wenigstens eine Zigarette!«

Er sei nicht gegen die chilenischen Flüchtlinge, habe nicht einmal etwas dagegen, aus christlicher Motivation sich für eine politische Sache zu engagieren, aber alles zu seiner Zeit. Er habe sich nun einmal in den Kopf gesetzt, diese Arbeit zu Ende zu führen, habe das Studium ergriffen, um zu studieren, und nicht, um zu demonstrieren, und außerdem, auf einen mehr oder weniger käme es auch nicht an, hatte Michael gesagt, in der Hoffnung, Lea so bald wie möglich loszuwerden.

»Das sind mir die Rechten! Und ob es drauf ankommt, ob einer mehr oder weniger dabei ist. Hast du eigentlich irgendein Gespür dafür, was Solidarität heißt?«

Lea hatte beinahe begonnen zu kreischen, was Michael herausforderte, zynisch zu werden nach all den Jahren der Auseinandersetzung, und so sagte er, Solidarität heiße, im Strom der am lautesten schreienden Minderheit mitzuschwimmen, um nicht als konservativ verschrien zu werden. Solidarität heiße, den guten Ruf progressiven Denkens nicht gefährden.

»Du bist mir ein Christ! Dauernd flüchtest du dich vor den Problemen der Welt. Aber das ist typisch Theologe: wenn er handeln sollte, dann studiert er, und wenn er denken sollte, dann betet er. Ihr lebt allesamt in einer Scheinwelt.«

Lea drückte die halbgerauchte Zigarette aus, während Michael fragte, was denn Schein und Wirklichkeit sei. Er frage sich, ob es bei dieser Kundgebung um die Wirklichkeit des Flüchtlingsproblems gehe oder darum, sich gegenseitig in ideologischen Scheinwelten zu bestärken.

»Du bist ein intellektualistischer Feigling!« schrie Lea.

Michael war umso ruhiger geworden, je lauter Lea geschrien hatte, meinte nochmals, sie würde sich ebensosehr in einer Scheinwelt bewegen, denn was Wirklichkeit wäre, das würde von ihrer Ideologie her definiert, und wenn die Wirklichkeit nicht so sei wie die Ideologie: umso schlimmer für die Wirklichkeit. Vielleicht würde auch er sich irren, aber er sei der Ansicht, christlich sein heiße nun einmal nicht unbedingt, sich total in der Welt verlieren.

»Und was ist mit dem Philipperhymnus, du Theologe?! ›Jesus Christus war Gott gleich, hielt aber nicht daran fest, wie Gott zu sein, sondern entäußerte sich und wurde wie ein Sklave, und den Menschen gleich.‹ Siehst du, ich kann schon ein paar Bibelsprüche herausspucken, wenn es sein muß.« Lea hatte ein triumphierendes Leuchten in die Augen bekommen.

Damit sie die Realität des Philipperhymnus in der Wirklichkeit der Welt, oder was man so nennen wolle, auf diese Weise erkennen könne, setze eben voraus, zuerst die Heilige Schrift studiert zu haben. Er sei noch nicht so weit wie sie, deshalb müsse er jetzt weiterstudieren und wünsche ihr eine erfolgreiche Demonstration und möglichst große Wirklichkeitsnähe.

Lea hatte Michael die Zunge rausgestreckt und die Tür zugeknallt. Michael hatte wieder weiterarbeiten wollen, war durch diese Unterbrechung jedoch ganz aus dem Konzept gekommen. Er war in den Gang hinausgetreten, hatte den erst Besten, den er angetroffen hatte, gefragt:

»Bist du auch in die Theologie hineingeflüchtet, um dich nicht der Welt stellen zu müssen?«

»Diese Frage«, hatte Robert geantwortet, »ist es wert, bei einem Gläschen Vecchia Romagna besprochen zu werden.«

Ebensogut hätte Michael zur Demonstration gehen können. Der Vecchia Romagna hatte nicht geschmeckt, und Robert wäre der Letzte gewesen, mit dem er hätte die Frage besprechen können, wie ein Gespräch mit Lea möglich würde. Ungeachtet dessen ging die Flasche zur Neige, während sich die verbalen Belanglosigkeiten anhäuften. In der Tiefe des Unausgesprochenen suchte sich der Gedanke zu formulieren, ob Lea letztlich nicht recht haben könnte, Theologie wäre eine idealistisch verbrämte Form von Narzismus, geistige Selbstbefriedigung. Michaels Gedanken wanderten mit an der Demonstration, und mit einer leisen Bewunderung für Lea war er eingeschlafen, nachdem er in sein Zimmer zurückgekehrt war. Ernüchtert war er erwacht und hatte sich erneut seiner Diplomarbeit zugewandt.

Ehre sei dem Vater und dem Sohn, und dem Heiligen Geist.
Ich rufe zu Gott, dem Höchsten, zu Gott, der mir beisteht.

Mit einem langen Vorhalt beendete Michael die letzte Zeile des Responsoriums, ließ den Akkord ausklingen, bis die Luftreserve im Blasebalg erschöpft war. Dann erhob er sich.

Benedictus

Canticum des Zacharias (Lk 1,68–79)

Michael hatte sich erhoben, drückte stehend noch einmal auf den Blasbalg des Harmoniums, intonierte jene ostkirchliche Singweise des ›Benedictus‹, die er damals im Priesterseminar seinen Mitstudenten und Mitstudentinnen beigebracht hatte. Unten, in der Krypta, hatten sie sich jeweils versammelt zur ›Laudes‹: Professoren, Studenten, Schwestern, auch Leute aus der Stadt, welche an der Frühmesse teilgenommen hatten. Es roch nach Kerzen und erkaltetem Weihrauch in dieser Krypta, nach Meßwein und feuchter Erde. Zu beiden Seiten des Altares führten zwei Gänge zur karolingischen Ringkrypta, die wiederum durchbrochen wurde und den Weg öffnete zu zwei weiteren tonnengewölbten Kapellen, geweiht dem heiligen Luzius und der heiligen Emerita. Eine der Kapellen war nach hinten abgeschlossen durch ein Eisentor, das den Zugang eröffnete zu einer Gruft, und wohl niemand wäre erschrocken, hätten sich deren Wände geöffnet zu weiteren Grüften, Nischen und Gängen. Der Klang der Orgel oder der Gesang in die Kirche solle hinten in den Seitenkapellen der Ringkrypta in besonders seltsam eigenartiger Weise ertönen, wurde erzählt.

Seltsamer war es nach Mitternacht, wenn das knarrende Schloß des Seitenausgangs der Kirche schwach durch die Gänge hindurch zu vernehmen war, die Schritte vom Chor herunter ins Kirchenschiff, vom Schiff herunter über die Treppe in die vordere Krypta, und dann von der vorderen Krypta nach hinten. Der eigene Atem schwoll an wie das Rauschen eines Wasserfalles, das Klopfen des Herzens schien wie ein Beben die karolingische Ringkrypta zu erschüttern. Die Angst davor, zu dieser Stunde hier entdeckt zu werden, verdichtete sich zur Frage, welche der Grüfte der andere sich auserwählen würde, um seinen Kummer auszuschütten. Und dann war in der Stille leises Beten zu hören, oder Schluchzen, und die Tränen vermengten sich mit der feuchten Erde, die schon geweinte Tränen in sich barg, Tränen der Angst vor kommenden Aufgaben, Tränen der Trauer über das eigene Versagen, Tränen der Liebe über entbehrte Umarmungen, Tränen der Last der Lust, Tränen der Verzweiflung an sich selbst, Tränen des Zweifels an Gott. Wo der Raum göttlicher Weite nicht durchzuhalten war, da wurde Zuflucht gesucht in der Mutter Erde, die aufsog, was nicht auszuhalten war. Am Morgen jedoch erfüllten die Klänge des ›Benedictus‹ die Gänge, Himmel und Erde verbindend.

Frank, ein Freund aus der Schulzeit, der nie und nimmer hatte begreifen können, weshalb Michael das Theologiestudium aufgenommen hatte, Priester werden wollte, hatte sich einmal unverhofft zu Besuch angemeldet, wollte einen Tag und eine Nacht im Seminar verbringen, einfach so, wie er sagte, nahm an Vorlesungen teil, wunderte sich während einer Dogmatikvorlesung, was alles über Gott ausgesagt werden könne, korrigierte sich später dahingehend, er wundere sich darüber, mit wieviel Worten eigentlich nichts ausgesagt werden könne. Nach den ›Laudes‹ war er mit Michael das Treppengewirr hochgestiegen, von der Krypta hinauf in die Kirche, von der Kirche hinauf in den oberen Chor, von dort durch einen Seitenausgang an der alten Bibliothek vorbei, den Überrest des alten Klosterkreuzganges aus dem 12. Jahrhundert überquerend, hinauf zum Speisesaal, gebaut um die Jahrhundertwende, vollgehangen mit Ölgemälden verblichener Bischöfe, Regenten und Prälaten, die mit starrem Blick herabschauten auf die Essmanieren der Studenten und ständig das Gefühl vermittelten, sie würden zuhören, nach geheimen Zimmergeschichten und Häresien lauschen, weshalb im Speisesaal entweder gelärmt oder geflüstert, selten aber in normalem Umgangston gesprochen wurde. Frank und Michael hatten sich etwas abseits gesetzt, tranken stark nach Zichorie schmeckenden Kaffee, kauten ihr Brot mit Konfitüre, dazu ein Stück Käse.

»Eigentlich paßt du gar nicht in dieses Haus«, hatte Frank plötzlich das Schweigen durchbrochen, das Michael sich zur Gewohnheit gemacht hatte nach dem Morgenlob unten in der Krypta.

»Wie kommst du darauf?« war die verwunderte Rückfrage Michaels.

»Ich mache so meine Beobachtungen.« Frank hatte leise vor sich hingelächelt. »Ist dir schon aufgefallen, wie viele der Studenten hier in leicht nach vorn gebeugter Haltung herumgehen? Hier kommt gerade einer. Schau, welch servile Haltung, kriechend, ständig sich verneigend, schleimig.«

Michael hatte unauffällig hochgeblickt, während Heinrich wahrhaftig an seinen Platz kroch und den Gruß mit zittrigem Kopfnicken erwiderte.

»Und gestern, während der Vorlesungen; hast du schon bemerkt, wie viele der Studenten, aber auch der Professoren, mit schräg nach innen eingewinkelten Füßen dasitzen?« Frank schien Freude daran zu bekommen, seine Beobachtungen loszuwerden, gab auch gleich die Deutung mit. »Die Körpersprache verrät sie. Verklemmt sind sie. Nicht alle natürlich, aber viele. Das zeigt sich auch an der gesprochenen Sprache. Hör mal genau hin! Nimmt jemand einen singenden Tonfall an und vor allem, fällt er am Schluß eines Satzes nicht in seinen Grundton zurück, dann muß man davon ausgehen, ein Teil der Persönlichkeit ist abgespalten. Es wird etwas verdrängt. Dasselbe zeigt sich in der oft stockenden Redeweise. Ständig habe ich den Eindruck, die Leute sagen nicht, was sie eigentlich sagen wollen. Übrigens: auch dein Tonfall hat sich verändert.«

Früher schon hatte sich Michael gewehrt gegen Franks Art und Weise, Leute schnell abzuurteilen. Eine gewisse Treffsicherheit ließ sich aber nicht von der Hand weisen.

»Da kommt wieder einer. Depressiv? Zumindest fühlt er sich nicht wohl hier.«

Dies sei Carol, hatte Michael einzuwenden versucht, ein recht guter Violinist, habe eine Zeitlang Musik studiert.

»Ein wenig verwachsen. Da kann er zwar nichts dagegen. Probleme mit sich selbst, dann mit den Frauen, schließlich mit der Violine. Ob's ihm in der Theologie wohl besser geht?«

Er möge nicht so zynisch sein, hatte Michael seinen Gast gebeten. Ihm komme es vor, so ein Priesterseminar sei wie ein Mikrokosmos: einige sonderbare, aber auch einige durchschnittliche Menschen würden auf engstem Raum zusammenleben, studieren, auch beten und meditieren. Klar färbe dies ab. Unter den Studenten und Studentinnen sei oft die Kritik zu hören, im Seminar lebe man wie in einem Glashaus, abgeschnitten von der Welt. Doch sehe man genauer hin, dann könnten hier auf engstem Raum alle möglichen seelischen Krämpfe studiert werden. Frank lachte heraus:

»Also stimmt es doch: wer mit sich selbst nicht zurecht kommt, studiert entweder Psychologie oder Theologie.«

Man könne den Spieß auch umdrehen, hatte Michael entgegnet, wer Psychologie oder Theologie studiere, übrigens zwei Fächer, die unter ständiger Berührungsangst litten, gebe wenigstens öffentlich zu, daß er mit sich selbst nicht zurecht komme.

»Nur besteht das Problem darin«, hatte Frank ergänzt, »daß Theologen und vielleicht auch Psychologen ihr Problem zum Ideal hochstilisieren.«

Lea in ihren zerschlissenen Jeans und mit dickem Wollpullover war vollbepackt mit Material für die Vorlesungen eingetreten und sofort zu Michael und Frank gekommen, hatte sich hingesetzt mit der Frage:

»Was hast du da für einen Typen zu Besuch? Noch sympathisch. Lea ist mein Name. Bliebest du länger in diesem Laden, wovon ich dir abraten möchte, würdest du mich noch kennenlernen. Ist der Kaffee trinkbar?«

Michael hatte ihr die Tasse und den Krug zugeschoben. Sie trank, zündete sich eine Zigarette an, während die anderen Studenten ordentlich das Geschirr hinausbrachten ins Office.

An den Wänden hingen unbeweglich die Monsignores und ließen einen neuen Tag in die Ewigkeit hinübergleiten.

Die leicht flackernde Flamme und die daneben hängenden Ikonen drängten. Immer war hier an dieser Stelle Michaels Gebet an einen toten Punkt gekommen. Dieses ›Benedictus‹, das sich jeden Morgen wiederholte, konnte Michael schon längst auswendig. Und weil er es auswendig konnte, wurde es inwendig trocken. Außerdem waren die Klänge des ›Benedictus‹ in der Krypta, gesungen vom gemischten Chor der Studentinnen und Studenten, bereits Historie geworden, das Priesterseminar Chur mit seinem ›Churer-Modell‹ in ein ›reines Priesterseminar‹ zurückgeführt worden. ›Was in Diktaturen mit Säuberung bezeichnet wird‹, dachte Michael, ›nennt sich kirchenamtlich Anpassung an die kirchenrechtlichen Normen.‹ Es war ein sonderbares Gefühl, das ihn mit einem Male beschlich. ›Bin ich eigentlich auf den falschen Dampfer aufgestiegen? Hans Küngs ›Christ sein‹ war für mich ein wesentliches Trittbrett, um wieder einsteigen zu können in die Kirche. Hans Küng wurde die kirchliche Lehrbefugnis entzogen. Das ›Churer-Modell‹ eines Priesterseminars, wo die Zusammenarbeit von Priestern, Ordensleuten, Theologen und Theologinnen eingeübt werden konnte, war für mich überzeugend, so daß ich bewußt die Ausbildung dort absolvierte. Dieses Modell darf nicht mehr sein. Nach dem Studium las ich einige Bücher von Drewermann und mein Horizont, wie Gottes Wort zu mir sprechen kann, wurde entscheidend geöffnet, mein dogmatisches Denken herzhaft erweitert. Drewermann wurde die Lehr- und Predigtbefugnis entzogen. Bin ich auf dem falschen Dampfer, bin ich in einen Zug eingestiegen, der in eine andere Richtung fährt, als ich wollte?‹

Michael wollte nicht mehr weiterdenken, wurde aber gerade dadurch daran erinnert, wie einer zu ihm sagte, schlimm sei nicht, daß viele Menschen in der Kirche nicht mehr wagten zu sagen, was sie denken, schlimmer sei, daß sie nicht mehr zu denken wagten.

In diesem Augenblick wollte auch Michael nicht mehr denken, sondern beten.

Benedictus-Antiphon:
Durch die barmherzige Liebe unseres Gottes hat uns besucht das aufstrahlende Licht aus der Höhe.

»Angela!« hatte Michael spontan ausgerufen.

Mitten im Feierabendgedränge des Zürcher Hauptbahnhofs wurde Michael gestoßen. Er hatte in der Stadt eine Sitzung hinter sich gebracht, wollte erst einen Film sich anschauen, hatte aber dann doch beschlossen, sofort den Zug nach Hause zu nehmen.

Und da hatte sie neben ihm gestanden, sich für den Zusammenstoß entschuldigen wollen. Magerer war sie geworden. Ihr schwarzes Haar glänzte fahl im Neonlicht der Bahnhofshalle und umrahmte trauerkartengleich ihr bleiches Gesicht, aus dem ihn zwei dunkle Augen beinahe entsetzt anstarrten.

Als Michael ihr die Frage gestellt hatte, wie es ihr gehe, wußte er, die Antwort konnte nur negativ sein. Und das schmerzte ihn, schmerzte ihn seit damals, als er ihr im Seminar zu nahe getreten war.

Michael hatte bei der Aufnahme des Studiums nicht mehr damit gerechnet, ein Mensch könnte ihn erotisch so in Bann schlagen, daß er die Selbstbeherrschung verlieren würde, hielt sich für abgeklärt. Anfänglich war es ja noch gut gegangen. Noch hingen die Ideale so hoch, daß er sich ständig daran aufrichten konnte. Im zweiten Jahr aber hatte er Angela entdeckt, sich von ihrer ruhig freundlichen Art angesprochen gefühlt. Durch ein Seminar, das sie gemeinsam besuchten, waren sie miteinander auch privat ins Gespräch gekommen, hatten des öfteren gemeinsame Wanderungen und Spaziergänge unternommen, und Michael hatte verwundert bei sich festgestellt, welche Phantasie er entwickeln konnte, um Angela zu sich ins Zimmer zu locken oder aber bei ihr vorbeizuschauen. Zwar war ihm die ausgeprägte Ordnungsliebe Angelas eher unangenehm: niemals befand sich ein Blatt oder Buch zuviel auf dem Schreibtisch, als sie gerade benötigte. Sie hatte keinen Geruch an sich, legte Wert auf modische und doch schlichte Kleidung, bemühte sich nach allen Seiten hin um Ausgeglichenheit, vermittelte, wo es Unstimmigkeiten gab, empörte sich in ruhig bestimmter Art über Ungerechtigkeit im Haus, in Kirche und Welt. Und doch war es neben ihrer Schönheit und Intelligenz die Perfektion, die Michael fasziniert hatte. Niemals hatte er das Gefühl gehabt, er würde Angela lästig sein, hatte vielmehr den Eindruck, ihm würde ebenfalls mindestens Sympathie entgegengebracht. Je mehr Michael versucht hatte, das Eis ihrer Zurückhaltung zu durchbrechen, desto unruhiger wurde Angela, bis er an einem späten Nachmittag unter dem Vorwand, ein Buch ausleihen zu wollen, zu ihr ins Zimmer trat, ein wenig lässiger, als er es sonst tat. Kaum war er eingetreten, stand sie auf, zitternd, sprach mit leise vibrierender Stimme, er komme ihr zu nahe. Michael war erschrocken, hatte versucht, in unbeholfener Nonchalance die Situation zu überspielen. Schweigend hatte Angela vor ihm gestanden, ihn tief angeblickt mit ihren dunklen Augen. Ihre Mundwinkel hatten gezittert, und noch einmal sagte sie ruhig, wohlüberlegt:

»Du kommst mir zu nahe. Unsere Wege müssen sich trennen.«

Michael hatte verspürt, dieses Wort würde ein endgültiges Wort sein. Eine Mauer würde sich aufgerichtet haben, die nicht mehr zu überwinden sein würde. Die folgenden Jahre hatten sie aneinander vorbeigelebt, kein Wort mehr als nötig ausgetauscht. Und – Angela verfiel in Depressionen, brachte kaum mehr Kraft auf, zu arbeiten, schloß das Studium ohne Diplomarbeit ab. Dann hatte er sie aus den Augen verloren, nur einmal gehört, halbtags würde sie in einer Buchhandlung arbeiten, zu mehr brächte sie die Kraft nicht auf.

Und nun hatte sie neben ihm gestanden, Michael angestarrt, während aus den Lautsprechern des Hauptbahnhofes Ansagen durchgegeben wurden, die Anzeigetafeln schepperten, Hubstapler hupend sich den Weg durch die Menschenmenge bahnten.

Michael hatte Angela angeschaut, und ihn beschlich das Gefühl, ihr gegenüber schuldig zu sein.

»Darf ich dich zu einem Kaffee einladen?« hatte er gefragt.

Lange hatte sie gezögert. Sie hatten eines der Bahnhofrestaurants betreten und sich einen freien Tisch gesucht. Angela hatte sich einen Kaffee bestellt, Michael ein Bier. Die lange Sitzung hatte ihn ausgetrocknet, noch mehr die Begegnung mit Angela. Sie trug einen der gelben Pullover von damals, dazu einen karierten Rock, weiße Bluse und einen grünen Mantel. Wie sich Michael eine Zigarette angezündet hatte, hüstelte sie, fragte:

»Du bist also Priester? Und rauchst immer noch?«

Diese Frage hatte Michael in Verlegenheit gebracht.

»Ein Laster muß ich mir noch zugestehen.«

»Noch immer rechtfertigst du deine Schwächen, wie damals.«

Michael hatte geschwiegen. Er hatte nicht gewußt, wie Angelas Vorwurf abzuwehren gewesen wäre. Angela war es, die das Gespräch wieder aufnahm.

»Man kann auch an sich arbeiten.«

»Wie meinst du das?« hatte Michael gefragt.

Angela hatte geschwiegen, währenddessen die Serviererin den Kaffee und das Bier brachte.

»So, wie ich es sage«, hatte sie geantwortet. »Man kann die eigenen Schwächen überwinden, an sich selbst arbeiten, aufarbeiten, was man verdrängt, zum Beispiel durch Sucht.«

»Noch immer bist du sehr vernünftig, korrekt, moralisch.«

»Und?« hatte Angela gefragt.

»Moral verdirbt den Menschen.« Michael war diese Formulierung, einer seiner Standardformeln, einfach herausgerutscht. »Moral zählt auf die Vernunft des Menschen und unterschätzt den inneren Sauhund, die Bestie.«

»Was hast du für ein Menschenbild, Priester?« hatte Angela ruhig eingewendet. »Das ist nicht christlich. Wozu ist denn Jesus auf die Welt gekommen, wenn nicht dazu, daß wir lernen, an uns zu arbeiten, immer menschlicher zu werden.«

»Glaubst du. Aber das ist nur die eine Seite.« Eigentlich war Michael zu müde gewesen nach einer ganztägigen Sitzung, sich auf eine weitere Diskussion einzulassen. Deshalb verfiel er in große Worte. »Gott ist doch Mensch geworden, um uns zu erlösen. Eine gigantische Entschuldigung Gottes für uns Menschen. Nie werden wir vollkommen sein, außer Gott entschuldigt uns.«

»Genau das ist die Heuchelei von euch Kirchenleuten. Ihr beruft euch auf die Erlösung und legitimiert so euer falsches Verhalten.« In Angelas Stimme war jenes Vibrieren gekommen, das Michael an jenen späten Nachmittag erinnerte.

»Man kann es auch so sehen«, hatte Michael eingewendet. »Ich sehe es anders. Reduziert man die Botschaft Jesu zu einer Morallehre, dann wird sie zur Selbsterlösungstheorie des Menschen, vergleichbar dem Idealismus, der von einem grundlegend positiven Kern des Menschen ausgeht. Dem kann ich nicht folgen. Denk an den Sündenfall. ›Simul iustus et peccator‹, sagte Luther, und ich meine, er hatte recht. Als Sünder sind wir gerechtfertigt, entschuldigt von Gott her. Nur – wir müssen daran glauben.«

Michael mußte heftig geworden sein. Die Blicke der anderen Gäste hatten sich Michael und Angela zugewandt.

»Ihr macht die Botschaft Jesu zu einem leeren Geschwätz, haltet euch für erlöst und legt die Hände in den Schoß, seht zu, wie andere unterdrückt werden, unterdrückt das Volk, uns Frauen, tretet alle demokratischen Regeln mit Füßen. Ihr zementiert mit eurer gigantisch göttlichen Entschuldigung, wie du sagst, eure Lebenslügen. Hätte ich dir damals die Gelegenheit geboten, wärst du sicher mit mir ins Bett gestiegen, ohne öffentlich dazu zu stehen. Du hättest zwar kein gutes Gewissen gehabt. Nicht wegen mir, sondern deinetwegen. Doch ebenso hättest du dich seelisch selbstbefriedigt, indem du gesagt hättest: durch Christus bin ich entschuldigt.«

»Angela!« hatte Michael gerufen, und erst jetzt war ihm aufgefallen, wie sie in neutralen Formeln von ›ihr‹, ›Kirchenleuten‹, ›Priester‹ gesprochen hatte. Angela hatte sich zur Uhr umgewendet.

»Mein Zug ist abgefahren.«

Michael hatte geschwiegen. Er fühlte sich schuldig, gehörte zu diesen Kirchenleuten, war Priester.

»Wie recht du hast, Angela! Doch kann ich nicht anders.«

»Ich bin«, hatte sie Michaels Geständnis kommentiert, »aus der Kirche ausgetreten. Ich konnte nicht mehr anders.«

Michael hatte nichts mehr beizufügen. Sie hatte die Konsequenz ihrer Logik durchgehalten. In zwanzig Minuten würde sein Zug abfahren.

Gepriesen sei der Herr, der Gott Israels!
Denn er hat sein Volk besucht
und ihm Erlösung geschaffen;
er hat uns einen starken Retter erweckt
im Hause seines Knechtes David.
So hat er verheißen von alters her
durch den Mund seiner heiligen Propheten.

Seit Tagen schon hatte es geregnet. Michael, der sonst unempfindlich war gegen Witterungseinflüsse, hatte Unlust verspürt, die Mappe zu packen, sich vorzubereiten für den Religionsunterricht, hätte sich lieber mit einem theologischen Buch auf die

Couch gelegt, gelesen, einfach wieder einmal gelesen, Worte, Sätze, Gedanken in sich aufgesogen.

›Alle Kraft entspringt dem Ausatmen‹, dachte er, erinnerte sich damit an einen Satz, den er in einem Meditationskurs gehört hatte. Doch an diesem Morgen wollte die Kraft sich nicht einstellen. Sätze hallten wider: ›Im Einsatz wächst neues Leben, aus der Hingabe wächst die Kraft zur Befreiung, zur Erlösung, das Kreuz ist Ostern.‹

Michael hatte sich in sein Auto gesetzt, tief ausgeatmet, immer wieder, die Fenster geöffnet, obwohl es kalt war, vom Bauch her versucht, seine Mißstimmung zu vertreiben, sie herauszukotzen. Die Scheibenwischer hatten die Regentropfen zur Seite gewischt. Mehr hatten sie nicht vermocht.

Kurz hatte er einen Blick auf den Kreuzweg geworfen. Der Kreuzweg führte hinauf zur Kirche. Er mußte hinunter in den kirchlichen Untergrund, hatte Religionsunterricht zu halten, von unten her die Schüler auszurichten nach dem, was oben ist.

Sie hatten auf dem Boden gesessen, die Schüler, Aufgaben lösend, Magazine lesend. Hinter einen Stützpfeiler hatte sich Dani verkrochen, Kopf und Hände im Rhythmus bewegt, der aus dem Kopfhörer zischte, kurz aufgeschaut, als er Michael erblickt hatte und gerufen:

»Heavy!«

»Darf ich mal?«

Dani hatte ihm den Kopfhörer gereicht. Michael ließ die Musik an sein Gehör donnern, bat Dani, ein wenig leiser zu drehen, vernahm rhythmisch hartes Rauschen, dröhnende Bässe und dazwischen Gekreisch. Die anderen Schüler hatten Michael umringt, gespannt seine Reaktion abgewartet. Michael hatte gefühlt, wie sein Puls anstieg, die Muskelspannung sich erhöhte, der Atem sich verkürzte. Lange hatte er es nicht ausgehalten, Dani den Kopfhörer zurückgereicht.

»Und, was meinen Sie?« hatten die Schüler gefragt.

»Offen gestanden«, hatte Michael geantwortet, »ich komme mir vor wie in einem Zug auf der Toilette in einem langen Tunnel, wo jemand draußen um Hilfe schreit. Doch das ist die Meinung eines Gestrigen.«

»Sie müßten erst den Text kennen«, hatte Ralf hinter Michaels Rücken bemerkt.

»Spinnst du«, hatte Dani gerufen, »das erträgt doch ein Pfaffe nicht. Der liest nur die Bibel und sonstiges frommes Zeug!«

»Habt ihr den Text?«

»Haben wir als Englischübung übersetzt«, hatte Dani gesagt, während er Michael den Text reichte.

Michael hatte die Tür zum Unterrichtszimmer geöffnet und zu lesen begonnen:

›Eine rachsüchtige Leiche steigt aus dem Grab um zu morden.
Rieche den Gestank. Umher verstreut sind deine Eingeweide.
Kotze deine Seele. Maden zerfressen deinen Schwanz.
Mit ihrer Axt wird eine Leiche dich zerhacken.

Starre in ihre Augen.
Jetzt bist du in ihrem Bann.
Küsse das verrottende Fleisch.
Du bist jetzt in der Hölle.
Trinke vom Becher, vom Becher des Blutes.
Die Droge der Zombies versuche. Du willst mehr,
driftest ab von den Lebenden, folgst dem Tod.
Von Maden bewohnte Zombies ergreifen deinen Kopf.

Zombie Ritual.
Zombie Ritual.

Die Zeremonie ist komplett,
der Erwählte krepiert.
Ficke, schlage die Huren der Zombies!
Morde und feiere ohne Reue!

Starre in ihre Augen.
Jetzt bist du in ihrem Bann.
Küsse das verrottende Fleisch.
Du bist jetzt in der Hölle.‹

Michael hatte dagestanden, in der Hand den Zettel, im Kopf die Absicht, über Luthers Frage: ›Wie kriege ich einen gnädigen Gott?‹, mit den Schülern zu diskutieren.

Zu weit weg war diese Frage, zu weit weg der gnädige Gott. Er mußte in der Hölle beginnen. Und – für kurze Zeit wurde er zurückversetzt in den Clubraum des Priesterseminars.

Man war bei einem Bierchen zusammengesessen, hatte über dieses und jenes gequatscht: Feierabendstimmung in St. Luzi. Lustlos hatte Walter in einer sogenannten konservativen Wochenzeitung geblättert, hie und da daraus zitiert, als würde er einen Witz vorlesen. Der Lacher konnte er sicher sein.

»Habt ihr gelesen, was für Gebete hier abgedruckt werden? Ein Gebet zum Schutzengel: ›Laß nicht zu, daß der arglistige Feind auf dem Wege der Lust meines sterblichen Fleisches über mich herrsche.‹«

Angela hatte dagesessen, in ihrem Kamillentee gerührt.

»Da wird wieder auf den Schutzengel und den Teufel abgeschoben, wo der Mensch selbst handeln sollte«, hatte Lea, die ebenfalls dasaß, bemerkt. »Und überhaupt, was soll das? Lust des sterblichen Fleisches? Schön ist die Lust, solange das Fleisch noch lebt.«

Michael hatte nicht die Absicht gehabt, sich in dieses Gespräch einzulassen, sagte dann doch:

»Was will ein solches Gebet? Zwar stammt es nicht aus unserer Vorstellungswelt, doch formuliert es einfach, daß das Böse, sagen wir der Teufel, eine übermenschliche Macht ist. Dagegen kann nur mit Hilfe, ich betone mit Hilfe positiver geistiger Mächte angegangen werden. Ob wir nun von positiver und negativer geistiger Energie oder von Schutzengel und Teufel reden: gemeint ist dasselbe.«

Mit diesem Einwand hatte er Öl ins Feuer gegossen, die Diskussion über die furchteinflößende Personifizierung in der Gestalt des Teufels angeheizt. Nach Worten ringend, hatte Angela versucht, die Argumente gegen den Teufel auf einen Nenner zu bringen.

»Durch den Glauben an einen Teufel wird der Mensch nur

abgelenkt. Besser wäre es, er würde vernünftig darüber nachdenken, worin das Böse besteht, wie es sich auswirkt und was dagegen getan werden kann. Ich halte es für eine Heuchelei der Kirche, wenn sie den Menschen ablenkt von den Möglichkeiten einer wirklichen Befreiung und solche Gebete überhaupt zuläßt.«

Michael hatte sich in die Enge getrieben gefühlt, was ihn reizte, noch mehr die Gegenposition einzunehmen, sich schwärzer als schwarz zu geben.

»Das Gebet ist schon recht. Der Teufel, der Diabolos, der Durcheinanderbringer vermag selbst die Vernunft für seine Ziele einzuspannen. Machen wir uns doch keine Illusionen. Mit wieviel vernünftigen Argumenten wurde Abschied genommen vom Teufel. Hier aber liegt der Trick. Der Mensch ist mehr als Vernunft. Dort, wo der Mensch in der Vernunft sich sicher wähnt, da schafft er Raum für das Teuflische. All das Böse, Schlechte, das mit der Vernunft nicht benannt werden kann, wird durch das Bild des personifizierten Teufels gebunden. So paradox es klingen mag: durch die Benennung mit dem Begriff ›Teufel‹ wird die Existenz des Unwesens wenigstens in Erinnerung gehalten.«

»Mit dir kann man überhaupt nicht reden«, hatte Angela protestiert. »Dauernd legitimierst du die bestehenden Mißstände, indem du von ihnen ablenkst. Du postulierst den Teufel und sprichst damit dem Menschen die Fähigkeit ab, sich gegen Ungerechtigkeit zu wehren. Frag dich einmal, wie ernst du den Menschen nimmst, und dann frag dich, ob das noch christlich sein soll!«

Noch einmal hatte Michael angesetzt zur Verteidigung.

»Sonderbar, in der Psychologie sucht man, Traumbilder zu entschlüsseln, in der Theologie werden sie eliminiert. Befreiung durch Eliminierung.«

Angela war aufgestanden, hatte sich verabschiedet, sichtlich erregt. Auch Michael war aufgestanden.

»Also gut, schaffen wir den Teufel ab, glauben wir an die befreiende menschliche Vernunft. Aber schließt die Hintertür gut ab, sonst kommt er von hinten wieder herein.«

Er hat uns errettet vor unsern Feinden
und aus der Hand aller, die uns hassen;

Von hinten gedrängt, von vorne gebremst, ließ Michael sich treiben von der Menge, atmete Gerüche ein von Schweiß, in Kleidern verhangenem Zigarettenrauch, Rasierwasser und süßlichem Parfum. Durch den langen, dunklen Gang drang, abgedämpft von der Menge, Musik, Orgelmusik, unterlegt mit stampfendem Baß und überdröhnt von Schlagzeug, verzerrt durch elektronisch erzeugten Hall, der sich im überhalligen Raum zu überschlagen schien. Blitze funkelten in den Gang hinein, ließen die Erregung der Menschenmenge anschwellen, die sich, dem Eingang sich nähernd, immer schneller fortbewegte. Mehr Luft erhielt Michael nicht, als er eintrat in den riesigen Raum, dessen Konstruktion im Dunkeln entschwand, der aber umgeben war von unzähligen Spiegeln, welche die bunten Lichtblitze in den Raum hinaus reflektierten. Vorne im Raum drehte sich in ungeheurer Schnelligkeit eine große, silbrig blitzende Scheibe, eine überdimensionierte CD, die abgetastet wurde von einem grellen, feinen Lichtstrahl, sich auflösend in regenbogenfarbenen Blitzen. Unterhalb der CD stand ein verchromter Stahlrohrtisch und unweit dieses Tisches, zur linken Seite, auf einer metallenen Säule ein Monitor, den Bildschirm von der Menge abgewandt, welche weder der CD, noch dem Tisch, noch dem Monitor Beachtung schenkte, sondern sich um die Spiegel drängte, hier eine Locke zurechtdrückte, dort mit den Fingern sachte über die geschminkten Lippen strich, die Krawatte oder das Jacket in Ordnung brachte.

Mit einem Male verbreitete sich im Raum ein einheitlicher Geruch, weder aufdringlich noch lästig, aber spürbar. Allmählich beruhigte sich die Menge und wandte sich nach vorn zum Tisch. Über der CD leuchtete ein Schriftband auf:

›Ihr könnt nichts dafür,
so sagt Ihr.
Tut was dagegen,
ergreift das Leben.‹

Unterstützt von stoßendem Rhythmus und elektronischer Orgel begann ein Kantor zu singen, forderte mittels eines Zeichens die Menge auf, den Gesang zu wiederholen. Lustlos folgte die Menge der simplen Melodie, wiederholte den Gesang, und erst jetzt gewahrte Michael, daß er sich in einer Kirche befinden mußte. Die Menge wandte sich einem Vorhang zu, der sich öffnete. Michael folgte dem Blick der Menge.

›Das ist ja Lea!‹ durchzuckte es seinen Kopf, als er die Zelebrantin eintreten sah, begleitet von drei Pärchen Ministrantinnen und Ministranten, gefolgt von einem Lektor.

›In dem Himmelreich
sind wir alle gleich!
So sagt Er:
Setzt euch zur Wehr!‹

Der Kantor hatte einen weiteren Gesang angestimmt, dessen Schüttelreim Michael nur ein müdes Lächeln zu entlocken vermochte, und wiederum folgte die Menge lustlos der Aufforderung, mitzusingen. Wie die Zelebrantin sich erhoben hatte, suchte die Menge die bereitstehenden Fauteuils auf, und wer keinen ergattern konnte, setzte sich auf den Boden, während die Zelebrantin die Menge anklagte, sie würde noch immer nicht dafür sorgen, allen Gleichberechtigung widerfahren zu lassen. Noch immer würden Menschen gezwungen, sich auf den Boden setzen zu müssen, und noch immer, was besonders schlimm sei, sähe man Frauen am Boden, die, von der Sache Jesu her besehen, nun endlich gleichberechtigt sein sollten. Hätte man endlich erreicht, daß sich für den Begriff ›Gott‹ die transpersonale Form ›Gotta‹ durchgesetzt habe, so müsse dieser begrifflichen Einigung auch die Einigung in der Tat folgen. Und wieder folgte ein einfacher Gesang.

›Gotta, aller Menschen Größtes,
laß uns tun für alle Bestes!‹

»Was für ein Stumpfsinn!« entglitt es Michaels Lippen, erhielt aber gleich von einer Nachbarin Schelte:

»Noch nie was von Toleranz gehört, wie!?«

Inzwischen hatte sich der Lektor vor dem Monitor aufgestellt. Blaßblau schimmerte sein Gesicht vom Widerschein des Bildschirms, und mit monotoner Stimme begann er zu lesen:

»Lesung aus der bereinigten Fassung der Sache Jesu: ›In jenen Tagen begegnete Jesus, der Stellvertreter Gottas, einer Frau, Maria Magdalena, die aus soziokulturellen Gründen gezwungen war, sich der Männerherrschaft anzupassen und sich zu prostituieren. Wohl kritisierte Jesus aus historisch bedingter Unkenntnis heraus die gesellschaftlichen Mißstände nicht, sah aber doch das Elend dieser ausgebeuteten Frau, urteilte vom Kontext der grundsätzlichen Gleichheit aller Geschöpfe Gottas heraus und handelte, indem er das sexistisch-ausbeuterische Verhalten der Vertreter der herrschenden Klasse und ihre Selbstrechtfertigung einer radikalen Kritik unterzog‹.«

Nach der Lesung rieselte Musik über die Menge, die nun Gelegenheit bekam, sich zu bewegen. Michael sah blinkende Pfeile mit der Aufschrift: ›Toleranznischen‹. Er bewegte sich in die angezeigte Richtung und entdeckte an der Seite der Kirche angebrachte kleinere Räume. Vorwiegend ältere Frauen knieten im vordersten Raum. Über ihre Ohren hatten sie Kopfhörer gestülpt, und ihre Augen funkelten vom Licht des Großraummonitors, auf dem das Video einer traditionellen Messe abgespielt wurde. In der nächsten Nische saßen gut gekleidete Männer im besten Alter, die ebenfalls einen Kopfhörer trugen und anscheinend der Aufzeichnung einer theologischen Diskussion folgten. In einer nächsten Nische saß eine Gruppe eher jüngerer Frauen und Männer auf dem Boden, meditierend im Kreis, in dessen Mitte in einer Glasschale eine Kerze flackerte und ein labyrinthartiges Muster auf den Teppich zeichnete. Zwischendurch hörte Michael Wortfetzen aus der Predigt, hörte von Unterdrückung und Gleichheit, von Strukturen und Befreiung, von Macht und Toleranz. Michael sah sich hinten an die Kirchenwand gelehnt, hörte die Zelebrantin sprechen:

»Vor Gotta sind alle Menschen gleich. Wer dies aber nicht

einsehen will, dem soll nicht mit Macht begegnet werden, sondern mit Toleranz. Warum, so frage ich, haben wir mit eurer Zustimmung in einer demokratischen Abstimmung Toleranznischen eingerichtet? Können die Uneinsichtigen nicht die sexistische traditionelle Männerliturgie verfolgen, die wöchentlich aus dem Vatikan überspielt wird? Können die Intellektualisten nicht ihrer Überheblichkeit frönen durch das Anhören theologischer Diskussionen? Können die unverbesserlichen Individualisten nicht durch Meditation ihrem Egotrip nachgehen? Zwar sagt uns die Sache Jesu genau: vor Gotta gibt es kein individuelles Ich, sondern nur ein kollektives: Gotta, das sind wir. Aber nur durch Toleranz kann das individualistische Ich zum kollektiven Ich heranreifen und befreit werden von der Egozentrik.«

Michael hatte nicht bemerkt, daß unweit von ihm, angelehnt an eine Tür, ER stand, gebannt nach vorn blickte und immer unruhiger wurde. Plötzlich drängte ER sich nach vorn. Unter einem lilafarbenen Leibchen trug er einen gelben Tanga-Slip, in dessen Wölbung sich der erigierte Penis abzeichnete. Immer weiter drängte ER sich nach vorn, schob die Menschen zur Seite, die sich IHM in den Weg stellten. Die Menschen machten sich nicht viel daraus, kauten gelangweilt an ihren Fingernägeln. Wie ER sich vor der Zelebrantin aufstellte, winkte sie einem Ministrantenpaar zu, das IHN sanft an den Armen faßte und wegführte in einen Nebenraum. Niemand schien Anstoß zu nehmen. Die Gottafeier nahm ihren gewohnten Fortgang, drängte dem Höhepunkt entgegen. Die Zelebrantin ließ sich ein Glas mit rotem Traubensaft und eine Schale mit kleinen Brötchen reichen, sagte etwas von Begeisterung, nahm die Schale mit den Brötchen und sprach:

»In der Sache Jesu wird überliefert,
Jesus habe in der Nacht, bevor er in die Hände
der Herrschenden ausgeliefert wurde,
Brot genommen und an die Anwesenden verteilt
mit den Worten: Nehmet und esset davon;
dieses Brot ist ein Sinnbild meines Lebens.
Wie dieses Brot zerkaut wird,

so werde ich von den ungerechten Strukturen erledigt.
Erinnert euch daran,
wenn ihr für Frieden und Gerechtigkeit kämpft.«

Dann nahm sie das Glas mit dem Traubensaft, hob es leicht in die Höhe und sprach:

»Ebenso nahm Jesus ein Glas mit Rebensaft,
reichte es in der Runde der Anwesenden herum und sprach:
Nehmet und trinket daraus;
dieser Trank ist ein Sinnbild meines Lebens,
das hingegeben wird für die Sache Gottas.
Erinnert euch daran,
wenn ihr für Frieden und Gerechtigkeit kämpft.«

Kaum hatte die Zelebrantin die Zeremonie beendet, kam ER wieder heraus aus dem Nebenraum. Müde schleppte ER sich mit feurig errötetem Gesicht durch die Menschenmenge hindurch nach hinten.

Mit einem Male jedoch riß ER einem Anwesenden den umgehängten Walkman ab und schleuderte ihn mit großer Wucht auf einen tief herabhängenden Spiegel, so daß dieser krachend zersplitterte und einen Scherbenregen über die Menge fallen ließ. Wie vom Blitz getroffen erhob sich die Menge und begann zu toben.

»Seid vernünftig!« schrie die Zelebrantin, »übt Toleranz! Gewalt erzeugt Gegengewalt. In Gotta sind wir alle gleich!«

Die Appelle der Zelebrantin fruchteten nicht. Die Leute stürmten auf IHN los, und ER flüchtete nach hinten, laut schreiend:

»ER will ein Ich sein! ER will ein Ich sein!«

Und ER stürmte auf Michael los, packte ihn und stellte ihn vor sich hin. Hinter sich hörte Michael SEINEN keuchenden Atem, während die geballten Fäuste der Menschenmasse sich bedrohlich näherten. Einzelne hielten Scherben des Spiegels in der Hand und fuchtelten wild umher.

ER drückte SEINEN Kopf an Michaels Rücken, wimmerte nur noch ganz leise:

»ER will ein Ich sein! Scheißtoleranz!«

Ein schwarz gekleideter Mann versuchte mit einer Spiegelscherbe Michael an den Hals zu gehen. Doch Michael konnte ihm die Scherbe entreißen, obwohl ER sich mit verkrampftem Griff in Michaels Oberarme klammerte. Reflexartig zog Michael die Spiegelscherbe hinter den Rücken, hörte SEINEN Schrei hinter sich. Michael ließ die Scherbe fallen, spürte SEINEN Oberschenkel, stellte fest, wie der Tanga-Slip zerschnitten war, spürte SEINE Hoden in der Hand. Erschreckt wandte sich Michael um, sah erstarrten Blickes Blut an seiner Hand kleben.

... er hat das Erbarmen mit den Vätern an uns vollendet
und an seinen heiligen Bund gedacht,
an den Eid, den er unserm Vater Abraham geschworen hat;
er hat uns geschenkt, daß wir, aus Feindeshand befreit,
ihm furchtlos dienen in Heiligkeit und Gerechtigkeit
vor seinem Angesicht all unsre Tage.

»Was beklagst du dich?« hatte Walter gesagt, »du hast dir's selber eingebrockt.« Michael hatte von ihm einen Anruf bekommen wegen eines Kurstreffens, und so waren sie auf ihre Situation in der Gemeinde zu sprechen gekommen. Inzwischen müsse er zwischen drei Gemeinden herumrasen, hatte Michael gesagt, ein Priester nach dem anderen falle aus, und so wäre man in der Diözesanleitung auf die Idee gekommen, verschiedene Gemeinden zu einem Seelsorgeverband zusammenzulegen, damit die Gemeinden von einem Priester und verschiedenen Laienmitarbeitern und -mitarbeiterinnen betreut werden könnten. Gerade als Priester würde man auf diese Art und Weise den Gemeinden entfremdet, könnten nur oberflächliche Beziehungen aufgebaut werden, als institutionalisierte Beziehungslosigkeit könne diese Lösung, die keine wäre, bezeichnet werden.

»Aber es funktioniert, weil ihr Priester mitmacht, mitmacht bis zum Umfallen, da Mitmachen euer Lebensinhalt ist. Je mehr umfallen vor Erschöpfung, desto mehr idealisiert ihr die erhabene Berufung des Mitmachens. Mit allen Kräften sucht ihr den Betrieb aufrecht zu erhalten und höhlt ihn dabei aus.«

Walters Bemerkung traf tief, weshalb Michael keine Kraft aufbringen konnte, zu widersprechen. Kühl und trocken fuhr Walter weiter:

»Du hattest damals im Seminar die priesterlichen Ideale dermaßen hochstilisiert, daß du mit offenen Augen blind unter den Hammer gelaufen bist, hattest ein Sendungsbewußtsein, daß du nicht wahrhaben wolltest, in einen Apparat einzusteigen, dem es vor allem um die Systemerhaltung geht. Ideale machen blind. Inzwischen dürfte dir vielleicht bewußt geworden sein, daß diese Form des Priesterseins überholt ist. Zwar überlegt man sich immer noch, wie stark die Hengste sein müssen, damit das Fuhrwerk mit angezogenen Bremsen gezogen werden kann. Doch ob es überhaupt Hengste sein müssen, wird nicht überlegt. Ich nehme an, die Liturgie wird immer noch deine Stärke sein, schließlich kannst du nicht verleugnen, daß du ebensogut hättest Schauspieler werden können. Aber gerade in der Liturgie wird der Bruch offenbar. Als Notlösung wurden sonntägliche Gottesdienste ohne Priester eingeführt und mit der feinduftenden Weihrauchwolke einer Theologie des Wortes eingehüllt. Doch die Leute wollen ihre Messe haben. Ich seh' es bei mir selbst: ich kann mir noch so Mühe geben, einen feierlichen Wortgottesdienst zu gestalten. Irgend jemand kommt sicher und sagt: ›Schön gewesen. Schade, daß Sie keine Messe lesen dürfen.‹ Da man's in der Schweiz zum Glück nicht so genau nimmt mit den kirchlichen Normen, dürfen wir Laientheologen und -theologinnen die Predigt noch innerhalb der Eucharistiefeier halten, in Deutschland ist dies ja zum Teil anders; aber auch dann noch: du kannst dich noch so anstrengen, gewissenhaft den Wortteil der Eucharistiefeier zu gestalten – du bist dem Zelebranten ausgeliefert. Entweder liest er die Messe runter, wie zu alten Zeiten, herzlos und ritualisiert, und die Atmosphäre ist im Eimer, oder er bringt dann, wenn er zum Zug kommt, Korrekturen an aus seiner hohenpriesterlichen Warte. Über all diese Brüche hilft auch keine schöne Theologie der verschiedenen Dienste in der Kirche hinweg, welche in der Liturgie sichtbar zum Ausdruck kämen. Diese Theo-Ideologien haben nur einen Zweck; festzuhalten an einschränkenden Zulassungsbedingungen zum Priesteramt: nur

Männer, keine Frauen, nur Ehelose, keine Verheiratete, vorausgesetzt ist ein Theologiestudium, weniger Glaubens- und Überzeugungskraft, und so weiter. Es ist wie im ehemaligen Ostblock: die Nomenklatura sucht zu retten, was noch zu retten ist. Aber lassen wir das. Den Strich, der unter all das gezogen werden müßte, gibt es nicht.«

Michael dachte kurz nach, was alles er vor wenigen Jahren noch entgegnet hätte, weshalb die Ehelosigkeit eine sinnvolle Lebensform sei, weshalb wenigstens vorläufig Frauen nicht zum Priesteramt zugelassen werden sollten, weshalb eine hierarchische Verfassung der Kirche zweckmäßig sei, weshalb die Unterscheidung zwischen Klerus und Laien notwendig sei.

Inzwischen war ihm manches fragwürdig geworden. Was möglicherweise theologisch notwendig war, erschien ihm immer weniger Not wendend. Im Gegenteil, vermeintlich theologische Notwendigkeiten führten nur zu noch größeren Nöten. Und kurz erschreckte ihn der Gedanke, zum geistlichen Totengräber geworden zu sein.

»Bist du noch dran?« hatte Walter gefragt.

Es wären ihm einige Dinge durch den Kopf gegangen in diesem Augenblick, hatte Michael geantwortet.

»Auch Priestern gehen manchmal Dinge durch den Kopf«, hatte Walter gesagt, »nur ziehen sie selten die Konsequenzen.«

Und du, Kind, wirst Prophet des Höchsten heißen;
denn du wirst dem Herrn vorangehn
und ihm den Weg bereiten.
Du wirst sein Volk mit der Erfahrung des Heils beschenken
in der Vergebung der Sünden.

Michael hatte draußen gestanden, vor der Tür des Pfarreisaales. Von innen her war leise der stampfende Rhythmus aus der Disco zu hören gewesen. Lange hatten sie ihn bearbeitet, die Burschen; sie würden gerne eine Disco organisieren, die Räume wären ja vorhanden, für etwas bezahle man schließlich Kirchensteuern. Sie waren keineswegs frech, die Burschen, zielstrebig jedoch. Sie erfüllten die Auflagen, die Michael ihnen machen mußte: keinen

Alkohol im Saal, Rauchverbot, 23 Uhr 30 Schluß, selber aufräumen. Keine langen Diskussionen hatte es gegeben. Ihr Angebot hatte sich gedeckt mit dem Wunsch Michaels, wieder einmal einen Haufen Jugendlicher zusammenzubringen, wenn nicht in der Kirche, so wenigstens unter der Kirche. Dieser Wunsch kam dem der Jungen entgegen, eine Disco organisieren zu dürfen. Keine Diskussionen über Freiräume, den Jugendlichen auch einmal etwas gönnen, die Erwachsenen aufschrecken. Die Jungen hatten gewußt: von sich aus wäre Michael nicht imstande, eine Disco aufzuziehen. Michael hatte gewußt: ohne seine Rückendeckung hätte die Kirchengemeinde den Saal kaum zur Verfügung gestellt. Man hatte sich einfach geeinigt, blieb cool. Im Rückblick auf die eigene Jugend hatte Michael den aufreizenden Hauch von Protest und Rebellion vermißt. Er würde kaum eingehen in die Pfarreigeschichte als der Priester, der dem Aufbruch der Jugend Rückendeckung verschaffte. Man war sich einfach handelseinig geworden.

Und nun kamen sie, die Jugendlichen. Die Mädchen, Kindfrauen, Frauenkinder im neuesten Discolook, schwarz die Strümpfe, die Röcke kurz über den Knien, weit und weiß die Jacke, oder auch umgekehrt. Die Burschen im schwarzen Jacket und in weiten, weißen Bundfaltenhosen, oder auch umgekehrt, androgyn, die Haare gestylt mit Gel. Man flanierte vor dem Eingang, stellte sich in gute Pose, pfiff halblaut den Mädchen nach, ließ sich grüßen und blieb cool. Die Mädchen klebten wie Trauben aneinander, beurteilten jeden, der an ihnen vorbeiging. Man wollte zusammenkommen und wußte nicht wie. Dann wieder waren kleinere Gruppen von Jungen aufgetaucht, in Jeans, leuchtfarbenbuntbedruckten T-Shirts, vom Genick her bis an den Hinterkopf beinahe kahl rasiert; nur oben auf dem Kopf wogte eine Haarwelle, zurechtgestylt auch diese: eine immense Arbeit mußte dahinterstecken.

Michael war kaum aus dem Staunen herausgekommen, als er den Jungen beim Aufbau helfen wollte, wozu er aber nicht kam, denn er hätte nicht gewußt, wo welche Kabel hätten angeschlossen werden müssen.

Nun aber begriff er, der zum ersten Mal überhaupt in eine Disco hineinblickte, was daran so faszinierend war: durch den Nebel aus der Rauchmaschine zuckten Lichtblitze, stachen Farbnadeln aus dem Punktstrahler. Ein elektronisches Feuerwerk war das, und die Wände des Raumes entschwanden im Dunkel, während ein Lichterkosmos sich auftat, der durchbebt wurde von der Musik, vom stampfenden Rhythmus, der hineindrang bis in die Eingeweide. Abgeschirmt durch die Lautstärke, durfte jeder einsam sein inmitten einer künstlichen Welt, ohne allein sein zu müssen. Man spielte mit dem Körper und spielte ihn aus, wollte beachtet werden, ohne zu einem Kontakt verpflichtet zu werden. ›Organisierter Narzismus‹, ging es Michael durch den Kopf, ›doch Narzis war schön.‹

Kontakt, der ergab sich höchstens draußen, wo man sich über die verschiedenen Discos unterhielt, über die besseren Effekte, die in dieser oder jener Disco erzielt würden, wer zu wem welche Beziehung hätte, um eine noch bessere Soundanlage, noch eine bessere Beleuchtung sich zu beschaffen.

Michael hatte sich in eine andere Welt versetzt gefühlt, war irgendwie gehemmt, in eine Welt eingetreten zu sein, in die er nicht mehr gehören würde. Und doch war er angesprochen worden von diesem und jenem. Da war ein Junge gewesen, von Kopf bis Fuß in schwarz, schwarze Haare, dunkle Augen, schwarze Lederjacke, schwarzes T-Shirt, enge schwarze Jeans. Er hatte Michael angesprochen, gemeint, er wäre doch ein wenig zu alt für eine Disco, ob er darauf aus wäre, frisches Fleisch aufzureißen, Bursche oder Mädchen? Michael hatte die Direktheit der Anfrage verblüfft, geantwortet, er sei Priester hier an dieser Kirche, verantwortlich dafür, daß nichts schief gehe an diesem Abend. Ob ihm dieser Job gefalle, hatte der Junge gefragt. So waren sie ins Gespräch gekommen, in ein Gespräch, das schwierig war. Der Junge war kaum mehr vertraut mit dem religiösen Sprachspiel. Das einzige, was er noch zu wissen schien, war, daß Pfarrer viel von Sünden sprechen würden, und ob er nicht den Eindruck habe, so ein ausgelassenes Treiben in einer Disco wäre Sünde. In diesem Augenblick war Claudia dazugekommen. Sie halte es einfach nicht aus da drin im Pfarreisaal. Bunte Blitze würden den Raum durchzucken, die Menge würde tanzen wie wild, die Musik dröhne, und – an der Wand hinge riesengroß das Kreuz. Jesus blicke da runter, als ob er sagen würde: so weit ist es gekommen!

Massiv und schwer hatte das Kreuz im Raum gehangen. Die Jungen hatten es herunternehmen wollen, doch es war fest verschraubt. Michael war mit Claudia und dem Jungen hineingegangen. Im gleißenden Licht erschien der Corpus noch bleicher, und, zuckten die bunten Lichtstrahlen über den Körper, schienen die Wunden zu bluten, im flackernden Licht der Stroboskoplampe der Leib sich zu bewegen. Sie halte das nicht aus, hatte Claudia gesagt, Michael am Ärmel gefaßt und aus dem Saal hinausgezogen. Andere Mädchen und Jungen traten hinzu, sagten, auch sie hätten Mühe. Das Kreuz sei doch etwas Heiliges, da könne doch nicht einfach getanzt werden daneben.

Michael war erstaunt gewesen, hatte nicht mit dieser Reaktion gerechnet, versuchte mit hilflosen Worten, das Kreuz in die Discoatmosphäre hineinzutragen. Wenn sie die Evangelien genau anschauen würden, könnten sie feststellen, wie Jesus für die anderen gelebt habe: die Kranken, die Ausgestoßenen, die Sünder. Jesus habe sein Leben verschenkt. Das Kreuz sei das dichteste Zeichen für verschenktes Leben. Jesus habe sein Leben verschenkt, sei selbst vor dem Tod nicht zurückgeschreckt. Wenn er nun um sich schaue, wären doch auch viele Jugendliche zu sehen, die einander Leben schenken: ein Lächeln, ein paar gute Worte, die Freude des Tanzes. Leben könne nur dort sein, wo Leben geschenkt wird, verschenkt wird. Die Jungen, welche die Disco aufgebaut hätten, hätten einige Stunden ihrer Freizeit hingegeben, um anderen einen schönen Abend zu schenken. Das sei verschenktes Leben, hingegebenes Leben, Kreuz, aus dem Leben blühe.

»Ja schon, aber ...«, hatten die Jugendlichen gesagt. Sie hätten doch immer gelernt, Jesus sei wegen unserer Sünden gestorben, sei für uns bestraft worden. Aber, hatte Michael zu erklären versucht, gerade dadurch habe er das Heilmittel gegen die Sünde gezeigt: die Liebe. Sünde sei immer Egoismus, die Liebe aber durchbreche den Egoismus. Lieben heiße, Leben schenken.

»Gehen wir etwas trinken«, hatten einige zueinander gesagt, sich abgewandt.

Michael war zurückgegangen in den Saal, hatte sich in eine Ecke gesetzt, von wo aus er den Gekreuzigten hatte betrachten können. Ausgelassen war die Stimmung, aber friedlich. Keine Schlägereien, keine Drogen, keine Streitigkeiten.

Ein Lied kam Michael in den Sinn:

›Christus, du lebst und betest in uns, nimmst alles auf dich, was uns bedrückt.‹

Durch die barmherzige Liebe unseres Gottes
wird uns besuchen das aufstrahlende Licht aus der Höhe,

»Ikonen sind Fenster der Ewigkeit«, hatte Michael zu Umberto gesagt, der ihn einmal besuchen kam. Dahinter stehe aber, hatte Umberto eingewendet, platonisches Denken, das Höhlengleichnis. Schon längst aber habe man sich im Westen von diesem Denkmodell gelöst.

»Und wer sagt mir, welches Denkmodell das richtige ist?« hatte Michael versucht einzuwenden. »Die einen steigen von der Offenbarung her herunter in den Sumpf dieser Welt, entdecken selbst im Sumpf noch ein Stück Herrlichkeit. Die anderen halten die Negation des Sumpfes für die Herrlichkeit und versuchen, mit dem Ideal der Negation im Kopf, sich freizustrampeln.«

Umberto, ein Kollege aus der Studienzeit, hatte sich nicht nur gelöst vom platonischen Denkmodell, sondern auch vom kirchlichen Dienst. Dienst an den Menschen, ja, darin habe er sich wohl gefühlt. Der Verlust dieser Beziehungen sei ihm nicht leicht gefallen. Kirchlicher Dienst bedeute aber auch, eingebunden sein in eine ganz bestimmte kirchliche Struktur, Diener sein auch der kirchlichen Würdenträger. Und da würde wohl auch er, Michael, verspüren, daß dies immer schwerer falle. Oder könne er, Michael, noch hinter der vatikanischen Politik der Besetzung von Bischofsstühlen stehen, oder könne er, Michael, akzeptieren, wie in der Tschechoslowakei verheiratete Priester, welche während Jahrzehnten die Kirche im Untergrund am Leben gehalten haben, aus dem Amt entfernt werden, weil sie nicht den Normen des römischen Kirchenrechtes entsprechen, oder könne er, Michael, einfach zusehen, wie Theologen und Theologinnen in ihrer Arbeit behindert werden, oder könne er, Michael, schweigen dazu, wie ein Priesterseminar wie St. Luzi, wo sie beide positive Erfahrungen von Kirche gemacht hätten, wieder zu einem Hort klerikalistischer Arroganz würde, wo der Dialog zwischen Laientheologen und Priesteramtskandidaten weichen müsse der lehramtlichen Indoktrination, oder könne er, Michael, einfach hinnehmen, wie jetzt, wo wieder ein kühlerer Wind wehe in der römischen Kirche, von oben bis unten gekuscht werde, so daß die Frage gestellt werden müsse, was Vorrang habe, die Berufung oder der reichlich gefüllte Brotkorb? Nein, hatte Umberto gesagt, er negiere nicht mehr, er verweigere sich, mache einfach nicht mehr mit.

Jetzt, da Michael vor dem *Pantokrator* stand, hörte er noch einmal das Ostinato von Umbertos Fragen und verdrängte die Tatsache, bisher jeglicher Antwort ausgewichen zu sein. Der Kunstdruck der Ikone zeigte, wie im rechten oberen Viertel des Heiligenscheins der Goldgrund sich löste und den Lefkasgrund freigab.

Vorsichtig war er dabei, die Goldschicht abzulösen auf dem Stuck, der das Deckengemälde umrahmte. Immer wieder fielen ihm kleine Staubkörner in die Augen, so daß Michael seinen Kopf in die Waagrechte halten und den Staub aus den Augen reiben mußte. Sah er dann wieder klar, tat sich vor ihm ein Gewirr von Gerüstrohren auf, senkte er seinen Blick, eröffnete sich zwischen zwei Brettern der Durchblick hinunter in die gähnende Tiefe des Chorraumes, wo Mönche ihr Stundengebet sangen. Bedrohlich schwankte das Gerüst, wenn er sich hastig bewegte, und so vertiefte er sich möglichst schnell wieder in seine Arbeit, bürstete vorsichtig den Goldbelag weg, worauf sich ein zartes Lila zeigte, was Michael erstaunte. Er traute seinen Augen nicht. Bürstete er jedoch weiter, dann stieß er auf den nackten, weißen Gips der Stukkatur. Nie würde er dieses Lila vor der Kommission vertreten können. Dieser Gedanke trieb ihm den Schweiß aus den Poren. Nachdenklich hielt er einen Augenblick inne, suchte nach Argumenten, mit denen er dieses Lila würde vertreten können, fand keine, arbeitete weiter, unterbrach seine Arbeit erst, als ihn ein sonderliches Geräusch aufhorchen ließ. Er wandte sich um, sah durch die Verstrebungen den jünglingshaften Engel, weiß und glänzend poliert. Schwungvoll bedeckte ein Lendentuch seine Scham. Die Hand des Engels tastete hinein in das Bild, welches umschlossen wurde von dem Stuckrahmen, den Michael zu restaurieren hatte, während der Blick des Engels lustvoll in den Chorraum hinunter gerichtet war, wo die Mönche sich gerade zum ›Gloria Patri‹ verneigten. Schön war dieser Engel, und das einzig befremdliche an ihm waren die Flügel, die ihm aus den Schulterblättern erwuchsen. Michael setzte seine Arbeit fort; er mußte sich getäuscht haben.

Bald aber war das dumpf krachende Geräusch wieder da, und Michael hätte sich sofort umgewandt, wäre ihm nicht wieder ein Staubpartikel ins Auge gefallen, welches ihm einen brennend stechenden Schmerz verursachte. Nur mit Mühe brachte er den Blick wieder frei, und als er sich umwandte, hingen nur noch die Flügel an der Decke. Weg war der Engel. Noch einmal rieb sich Michael die Augen, doch war er weg, der Engel. Von der Anmut dieses Körpers blieben nur noch die Flügel übrig. Michael warf sich auf die Bretter des Gerüstes, schaute durch den Spalt hindurch in die Tiefe. Nichts war zu sehen, nicht einmal mehr die Mönche, nur noch gähnende Leere. Wie Michael zur Handlampe greifen wollte, ging das Licht aus. Im halbdunkel erleuchteten Raum hörte Michael dröhnende Schläge eines schweren Vorschlaghammers, der auf Stukkatur und Verputz aufschlug. Unheimlich war das Niederprasseln des Steines zu vernehmen. Michael rannte auf dem Gerüst nach hinten, den Schlägen entgegen, atmete flach und kurz, blickte in die Tiefe, und unter ihm, da stand ER, hob aus zu einem weiteren Schlag, der die ganze barocke Umfassung zu Fall und die romanische Struktur der Bausubstanz zum Vorschein brachte. Schreien wollte Michael, doch blieb ihm der Schrei im Halse stecken, während er sah, wie sich blitzschnell Risse zeigten an der Decke, einzelne Stücke sich bereits herauslösten, hinunterfielen in die Tiefe, mit dumpfem Knall aufschlugen und in Staub zerfielen. Wie ER sah, daß Michael hoch über IHM stand, holte ER aus zu einem weiteren

Schlag, der hart aufschlug auf den Metallrohren des Gerüstes, welches bedrohlich zu wanken begann. Michael floh auf die Leiter zu, welche die einzelnen Stockwerke des Gerüstes miteinander verband, kletterte hinunter, gejagt von der Angst, mitsamt dem Gerüst in die Tiefe zu fallen, getrieben davon, IHM das Handwerk zu legen. Die Restaurationsarbeiten durften doch nicht verzögert werden. Er hatte Rechenschaft abzulegen vor der Kommission, hatte versprochen, die Arbeit zügig voranzutreiben, alles zu unternehmen, um Störungen zu vermeiden.

Beim nächsten Schlag stürzte das Deckengewölbe ein, gab den Blick frei auf den offenen, hölzernen Dachstuhl. Dieser Anblick verursachte in Michael freudigen Schreck, doch die Klarheit der Konstruktion durfte nicht sein; er hatte es der Kommission versprochen. Wieder prallte ein Hammerschlag ans Gerüst, das sich oben von der Decke löste, einen weiteren Engel aus der Verankerung hob und ihn niedersausen ließ. Unten trat ER einen Schritt zurück und ließ den Engel unmittelbar neben sich in ungezählte Stücke zerspringen. Jetzt würde er an der Reihe sein, dachte Michael, sah zu, wie ER ausholte zu erneutem Schlag. Und Michael schrie auf.

... um allen zu leuchten, die in Finsternis sitzen
und im Schatten des Todes,
und unsere Schritte zu lenken auf den Weg des Friedens.

Man war zusammengesessen nach dem Gottesdienst, bei Kaffee und Brötchen. Michael ging von Tisch zu Tisch, schüttelte Hände, wünschte, wie es von ihm erwünscht war, einen schönen Morgen. Anfänglich genoß er es, doch nun wurde es ihm zur Last, eine öffentliche Person zu sein, das heißt, keine Person zu sein, sondern ein Amt. Er spürte, daß er sich zu Ruth und Pia würde setzen müssen. Etwas schien sie zu beschäftigen, Ruth und Pia, kaum älter als er.

Sie wären nicht ganz glücklich über die Predigt, hatten sie gesagt, zu scharf wären die Töne gewesen, die er da angeschlagen habe. Immer mehr nehme die Tendenz zu, hatte Michael gepredigt, vor lebensnotwendigen Auseinandersetzungen auszuweichen. Durch das lustorientierte Konsumverhalten werde die Widerstandskraft gelähmt, wobei dieses Verhalten untermauert werde von der gängigen Ideologie der Selbstverwirklichung, welche die Befriedigung der eigenen Wünsche, Bedürfnisse und Regungen zum Maßstab für jegliches Verhalten erkläre und bald einmal auf Unterdrückung einklage, wo den eigenen Wünschen nicht entsprochen werde. Wir alle würden uns zwar zurücksehnen an die Mutterbrust, ja, zurück in den Mutterleib, wo in wohliger Wärme und Geborgenheit sofort all unsere Bedürfnisse gestillt würden, jedoch müsse klar gesehen werden: der total befriedigende Mutterleib werde tödlich, wenn wir nicht durch die Geburt daraus befreit würden. Selbstverwirklichung durch Befriedigung aller Wünsche und Bedürfnisse führe höchstens zur Selbstbefriedigung, und diese in die Isolation.

Sie könnten sich mit diesem Teil der Predigt nicht identifizieren, hatten Ruth und Pia gesagt, gerade als Frauen nicht. Diese würden sich unterdrücken lassen, weil sie es nicht gelernt hätten, zu ihren eigenen Bedürfnissen zu stehen.

»Jetzt bringt ihr mich in Verlegenheit«, hatte Michael versucht, sich herauszuwinden, »es wäre mir, typisch Mann, nicht in den Sinn gekommen, es aus diesem Blickwinkel zu betrachten.«

Man müsse doch lernen, hatte Pia gemeint, sich selber immer besser kennenzulernen, auch zum eigenen Schatten zu stehen, und, hatte Ruth ergänzt, die seelischen Verletzungen zu erspüren.

Michael hatte ordentlich Mühe, sich die Frage zu verkneifen, welche Bücher sie gelesen oder welchen Selbsterfahrungskurs sie wieder besucht hätten, gleichzeitig erschrak er aber auch, wie dieser Gedanke die Arroganz verriet, mit welcher er diesen beiden Frauen gegenübersaß.

»Vielleicht war ich in meinen Ausführungen zu theoretisch«, hatte Michael das Gespräch wieder aufgenommen, bemüht, offen aufzunehmen, was da auf ihn zukam. Doch seine eigene Offenheit kam ihm bemühend vor. Er tat sich schwer damit, nicht einfach mehr darüberstehen zu wollen, hatte er sich doch bereits an jenen Paternalismus gewöhnt, den er bei seinen Kollegen verachtete. »Ihr kennt meine Einstellung, vielleicht bin ich darin festgefahren. Der Gedanke der Selbstverwirklichung geht mir gegen den Strich, weil Selbstverwirklichung Selbsterkenntnis voraussetzt, und diese betrachte ich als Illusion. Ich kann vielleicht eine Ahnung von mir haben; durchschauen kann ich mich nicht. Ich bin mir Enigma, Rätsel.«

Ob er nicht den Eindruck habe, er trage ein Problem vor die Leute, an dem er selbst nage, nicht zurecht komme damit, weshalb er vor sich selbst flüchte, hatte Ruth gefragt. Vielleicht trage auch er seelische Verletzungen in sich, vernarbte Wunden, die er nicht anzutasten wage. Michaels Herz hatte zu pochen begonnen, seine Hände leicht zu zittern. Er mußte sich eine Zigarette anzünden, hätte zu Hause in dieser Verfassung sich einen Cognac eingeschenkt, fragte sich, was ihn so bewegen würde, vermochte nicht, zu seiner Erregung zu stehen, wand sich heraus, indem er sagte:

»Ihr kennt sicher den Ausspruch von Blaise Pascal – ›In jedem Menschen ist ein Abgrund, den kann nur Gott füllen‹. Trotz aller Selbsterkenntnis bleibt ein Rest in uns, ihr könnt meinetwegen Schatten sagen, den kann nur Gott verwandeln, heilen durch seinen Geist.«

Zu pfannenfertig sei ihr diese Antwort, hatte Pia gesagt, sie habe den Eindruck, er betrachte den Schatten nur negativ. Dabei könnten dies durchaus auch positive Kräfte sein, nur müßten sie integriert werden ins Ich. Wenn aber dieser Abgrund, von dem Pascal spreche, voreilig mit Gott überbrückt werde, dann werde Gott nur benutzt als Ausflucht vor sich selbst, als Korsett, das die Entfaltung der Persönlichkeit hemme.

Michael hatte aufbrechen müssen, sich ins Auto setzen müssen, um im Nachbardorf einen weiteren Gottesdienst zu halten. Zutiefst verunsichert, setzte er eine joviale Maske auf, wünschte allen einen schönen Sonntag.

›Gott, Ausflucht vor sich selbst, Korsett, das die Entfaltung der Persönlichkeit hemme‹, dachte Michael, während er ins Auto stieg. Dieses kurze Gespräch mit Ruth und Pia ließ ihn mit einem Male Lea in einem anderen Licht erscheinen. Er erinnerte sich, wie sie einst in diesem Auto gesessen hatten. Sie waren von einem Vortrag zurück ins Seminar gefahren, hatten im Innenhof geparkt. Vereinzelte Fenster waren noch erleuchtet. Sie waren sitzen geblieben im Auto, hatten sich eine Zigarette angezündet, und Michael bemerkte:

»Schon ein Fortschritt, daß wir zusammen hier studieren, zusammen wohnen können.«

»Wie meinst du das? Wir«, hatte Lea gefragt.

»Männer, Frauen, Ordensschwestern, Priesteramtskandidaten, Professoren. Koedukation nennt man das. Was draußen normal ist, hält endlich auch in der Kirche Einzug. Dieses Modell der Ausbildung überzeugt mich.«

»Ist doch alles getünchte Fassade«, hatte Lea widersprochen. »Ich jedenfalls bin innerlich zerrissen. Einerseits reizt es mich, mit euch sonderbaren zölibatären Käuzen zusammenzuleben, andererseits frage ich mich, ob ich durch mein Mitmachen nicht einer Augenwischerei zustimme.«

Wie sie das meine, hatte Michael gefragt.

»Grundsätzlich bezweifle ich, ob sich etwas ändert. Ihr Priesteramtskandidaten seid trotzdem ein Klüngel für sich, bestärkt euch gegenseitig. Mich ekelt die Geheimniskrämerei eures Männerbundes. Wärt ihr künftige Pfaffen allesamt schwul, ich würde es akzeptieren. Würdet ihr zugeben, daß ihr eine Geliebte habt, ich würde euch höchstens Inkonsequenz vorwerfen, würdet ihr frei bekennen, daß ihr es mit euch selbst macht, auch das könnte ich hinnehmen, ist doch die Lust an sich selbst auch ein Geschenk. Mich ekelt aber eure Verweigerung, die Verweigerung, zu euch zu stehen, die Verweigerung, Mann zu sein, mich ekelt die Selbstverliebtheit in euren Defekt. Mich ekelt, jemanden vor mir zu haben, der nicht der ist, der er sein könnte.«

»Aber ...«, hatte Michael zu widersprechen versucht.

»Laß mich jetzt mal reden. Ernsthaft. In der Kindheitsphase, da ist es noch einigermaßen normal, wenn Buben unter Buben, Mädchen unter Mädchen sind. In der vorpubertären Phase können Buben und Mädchen jene Identität herausbilden, die ihnen ermöglicht, nach der Pubertät auf das andere Geschlecht zuzugehen. Die kirchliche Zölibatsforderung verlangt aber von euch auch nach der Pubertät ein Verharren unter euresgleichen. Ihr seid allesamt große Buben, auch du! Verstehst du nicht? Ihr werdet auf eine infantile Lebensphase festgelegt.« Lea war sonderbar ruhig geblieben in ihren Ausführungen, während Michael zu beben begonnen hatte.

»Hör doch auf damit, du psychologisierst. Es geht doch nicht um Festlegung einer bestimmten Lebensphase. Das Ziel ist ein anderes.«

»Jetzt hör aber du auf!« Lea war nun doch erregter geworden. »Das ist das Verheerende, daß ihr immer von höheren Zielen schwafelt. Und wie erreicht ihr das höhere Ziel, wie? Ihr wertet die Frau ab, ihr blockt die Sexualität ab und preist den ganzen Unsinn als Ideal, redet von kindlicher Frömmigkeit. Ja, die Sprache verrät euch: ihr betrachtet es als Ideal, immer Kind sein zu dürfen. Anstatt Persönlichkeiten zu werden, bleibt ihr infantil, hochintellektualisierte Buben, die danach lechzen, von der Mutter Kirche gestreichelt zu werden, nicht nur das, ihr freut euch sogar, wenn diese männliche Mutter Kirche euch schlägt. Der Defekt ist euer Ideal, Masochismus eure Tugend. Ihr beginnt als Tugendbolde und endet als Hypochonder. Man packt euch am Schwanz und hat damit die ganze Person in der Hand. Ich weiß, ich werde nun vulgär. Aber bei soviel Schöngeist muß handfest erdig gesprochen werden. Ihr verweigert euch, euch erden zu lassen, wollt nicht auf dem Boden stehen. Und das alles im Namen Gottes. Warum läßt du das mit dir machen?«

Damals hatte Michael das Auto fluchtartig verlassen, jetzt saß er drin in diesem Auto, hatte noch einmal zu predigen, obwohl er froh gewesen wäre, statt dessen jetzt mit Lea zu reden, den Gedanken, den sie damals anführte, weiterspinnen zu können. ›Habe ich gegen Lea gekämpft‹, fragte er sich, ›weil ich tief drin in mir spürte, wie recht sie hatte? Wollte ich ihr nicht recht geben, weil ich mich weigerte, nicht mehr Bub sein zu wollen? Weshalb aber wollte ich mich verweigern und die Verweigerung mit einem Heiligenschein kaschieren?‹ Jetzt blieb ihm nichts anderes übrig, als sich eine Zigarette anzuzünden. Er saß drin im Auto, doch kam es ihm vor, langsam würde es in seine Bestandteile auseinanderfallen.

»Hättest du, Lea, damals sanftere Töne angeschlagen«, hörte

sich Michael sagen, »dann hättest du Glauben gefunden. Du wolltest provozieren, damit sich etwas ändert. Statt dessen habe ich mich verteidigt. Jetzt provoziert mich die eigene Verteidigung.«

Irgendwann müßte er endlich beginnen, gehen zu lernen, auf den eigenen Füßen zu stehen. Kalt war ihm die Brust der Mutter Kirche geworden und dünn die Milch. Die Einstellung verkam zur Anstellung. Er lebte von der öffentlichen Hand, und diese wollte jenen Service haben, welcher mit Steuergeldern finanziert wurde. Die Sonne ließ den Rauch in wirrem Muster an der Windschutzscheibe hochkriechen, und im Gegenlicht trat der Schmutzfilm, der sich auf die Scheibe gelegt hatte, deutlich zum Vorschein.

Ehre sei dem Vater und dem Sohn und dem Heiligen Geist. Wie im Anfang, so auch jetzt und alle Zeit und in Ewigkeit. Amen.

Spätherbst war es, und es war früh dunkel geworden. Jean-Marie war zu Besuch gekommen, ein Mönch, den Michael einmal bei einem Kurs kennengelernt hatte. Er wollte den Nachtzug nach Wien nehmen, und so machte er Halt bei Michael, hier, an der Grenze. Eine leise Eifersucht hatte Michael verspürt. Jean-Marie, so machte es den Eindruck, konnte seine Fähigkeiten ausschöpfen, war freigestellt vom Orden für seine Tätigkeit als Meditationsleiter.

So hatten sie sich gegen Abend auf den Weg gemacht zu einem Spaziergang, zuerst dem Seelein entlang, in dem sich das beleuchtete Schloß und das Städtchen spiegelten. Dann zogen sie durch die engen Gassen hinauf zum Schloß, hatten über dies und das gesprochen. Vor allem hatte Michael gesprochen, über seinen Mißerfolg, darüber, daß es ihm nicht gelingen würde, die Schüler zu begeistern, daß es ihm nicht gelingen würde, eine Jugendgruppe auf die Beine zu stellen, daß es ihm nicht gelingen würde, mehr Leute zum Kirchenbesuch zu bewegen, daß ihm nur eines gelingen würde, sich in verschiedensten Aktivitäten zu verzetteln. Er fühle sich wie ein Manager, hätte besser Betriebsorganisationslehre studiert statt Theologie, neunzig Prozent seiner

Worte, die er herauslasse, hätten nichts zu tun mit Verkündigung, und die restlichen zehn Prozent würden ins Leere fallen. Bei all dem wäre er noch beliebt.

Das Scheinwerferlicht bildete, sich brechend im Herbstnebel, einen leichten Schleier um das Schloß, und sie waren weiterspaziert bis zum Rastplatz, der den Blick freigab über das weite Tal, das sich nach und nach mit Bodennebel überzog, in welchen das Licht der Straßenlampen und Häuser sich verwebte.

Jean-Marie hatte bisher geschwiegen, einfach geschwiegen, und erst nach geraumer Zeit, als sie sich auf eine Bank gesetzt hatten, hatte er unvermittelt gesagt:

»Das Licht erscheint im Dunkel.«

Nur in einer leisen Andeutung hatte Michael gewagt, weiter zu fragen.

»Schau ins Tal«, hatte Jean-Marie gesagt, »im Dunkel erstrahlt das Licht. Einige Zeit schon bist du jetzt hier am Ort, und du willst Licht ins Dunkel bringen. Aktivitäten, Organisation, Motivation: das ist die Oberfläche, hecktisch und ermüdend. Es wird dir nicht gelingen, das Dunkel auszuleuchten. Im besten Fall irrst du umher wie Nietzsches Zarathustra. Am hellichten Tag stolperst du mit deinem Licht umher und siehst nur noch schwarz. Aber: das Licht erscheint im Dunkel. Blick in dein Dunkel, und du entdeckst das Licht. Das Licht ist im Dunkel. Das ist das Kreuz. Blick ins Dunkel, und du entdeckst Auferstehung.«

Michael hatte geschwiegen, hatte nun hinausgeschwiegen ins Dunkel des Tales. Langsam schlich der Nebel vom weit entfernten Bodensee herauf, überschritt alle Grenzen und bedeckte nach und nach das Lichtermeer, ließ dort, wo er dünn war, Lichtfetzen durchschimmern.

»Wenn alles dunkel sein wird«, hatte Jean-Marie wieder zu sprechen begonnen, »wird das Licht nicht ausgelöscht sein. Es brennt weiter unter der Nebeldecke. Manchmal müssen wir tief hineintauchen ins Dunkel, um zum Licht zu kommen. Du kennst ja den Philipperhymnus:

›Christus Jesus war Gott gleich,
hielt aber nicht daran fest, wie Gott zu sein,
sondern er entäußerte sich
und wurde wie ein Sklave
und den Menschen gleich.
Sein Leben war das eines Menschen;
er erniedrigte sich und war gehorsam bis zum Tod,
bis zum Tod am Kreuze.‹«

Langsam hatte Jean-Marie diese Worte des Philipperbriefes hinausgesprochen ins Dunkel und dieses dadurch gleichsam in sich aufgesogen.

»Weißt du«, hatte Jean-Marie das Gespräch wieder aufgenommen, »wir Theologen sind zu aufklärerisch geworden. Aus dem Evangelium haben wir eine Lehre gemacht und versuchen nun, mit diesem Licht in der Hand die Welt zu erleuchten. Zu geschwätzig sind wir geworden, versuchen, die Menschen von außen her zu bekehren. Wir moralisieren. Umkehr, Neubeginn aber kommt von innen. Wir pflegen unsere Süchte – Arbeit, Geld, Macht, Konsum, Drogen, Sex – und wir merken nicht, wie diese Süchte Ersatz sind für die eine große Sehnsucht in uns, die Sehnsucht nach dem Unendlichen, die Sehnsucht nach Gott.«

Er spreche ihm aus dem Herzen, hatte Michael bemerkt, nur sei es als Priester in einer Gemeinde manchmal schwierig, ganz aus dieser Mitte heraus zu leben, wie er, Jean-Marie, es als Mönch tun könne. Mitten in der Gemeinde falle es schwer, an das Licht im Dunkeln überhaupt noch zu glauben.

»Ihr Weltpriester macht eben aus der einen großen Sehnsucht auch noch eine Sucht: ihr sucht Erfolg zu haben mit der Suche nach der Sehnsucht. Letztlich seid ihr aber gemeindesüchtig, gemeinschaftssüchtig, liebessüchtig, seid aus auf Streicheleinheiten. Ihr glaubt, auf dem Boden der Realität zu stehen, wenn ihr in Aktivismus macht, verliert aber dabei den eigentlichen Boden, euren Seelengrund.«

Michael hatte Jean-Marie zum Bahnhof gebracht. Nur ganz wenige stiegen aus, noch weniger stiegen ein.

»Grenzen sind keine Motivation, einzusteigen«, hatte Michael nach der Ausweiskontrolle zu Jean-Marie bemerkt, der unter der Tür des Waggons auf die Abfahrt wartete.

»Das ist vielleicht deine Hauptschwierigkeit. Vor lauter Licht siehst du nur noch schwarz. Aber: grabe weiter in deinem Dunkel, suche auf den Grund deiner Seele zu kommen, und du wirst festen Boden spüren unter deinen Füßen, wirst lernen anzunehmen, was du bei anderen heilen möchtest.«

Die Lokomotive heulte auf, und langsam setzte der Zug sich in Bewegung. Michaels Blick war in die Ferne gerichtet, so daß ein orange-schwarz-blauer Streifen an ihm vorbeizog.

Benedictus-Antiphon:
Durch die barmherzige Liebe unseres Gottes hat uns besucht das aufstrahlende Licht aus der Höhe.

Als er den Blick wieder zentrierte, sah er den rot-blauen Mantel des *Pantokrators* vor sich, bemerkte, wie die Flamme des Öllämpchens sich weich in der Vertiefung des Glases bewegte, züngelte, nach Sauerstoff suchte. Lange schaute er in diese Flamme hinein, suchte nach dieser Flamme in sich, wandte sich den abschließenden Gebeten zu. Es drängte der Tag, obwohl keine Zeit mehr auszumachen war.

Bitten

Gepriesen sei Christus, der uns mit seinem kostbaren Blut erkauft hat.
Zu ihm laßt uns beten:
Lamm Gottes, erbarme dich unser.
Als du am Kreuze hingst, floß Blut und Wasser aus deiner Seite;
– wasche uns rein von unsern Sünden.

Es war eines der vielen Gespräche gewesen im Seminar, wo selbst während des Essens theologische Fragen gewälzt wurden. Angela, Lea und Michael saßen beieinander, wobei Michael sich nicht einmischen wollte, als Lea und Angela sich wegen des Fürbittgebetes ereiferten. Sie sprachen darüber, was alles nicht Gott überlassen werden dürfe, was die Menschen zu tun hätten, wie das Elend der Welt beseitigt werden könnte und müßte. Weniger beten müßte man, dafür mehr tun.

»Und dann kommst du an eine Grenze«, hatte Michael, die Suppe löffelnd, eingeworfen, »wo du nichts mehr tun kannst. Zum Beispiel bei einem unheilbar Kranken. Ohnehin bist du immer an der Grenze, denn, hilfst du einem Hungernden, verhungern nach wie vor Tausende anderer.«

»Bitte, fang nicht wieder damit an«, hatte Angela gebeten, »es bringt auch nichts, wenn du jeden Gedankengang ad absurdum führst. Mit dieser Methode kannst du dich immer aus der Verantwortung ziehen.«

Michael hatte weitergegessen, schweigend. Doch irgendwann einmal war das Gespräch zwischen Angela und Lea soweit gediehen, daß sich am Tisch jene Resignation breit machte, die auf den Appetit schlug.

»Mir scheint, das Grundproblem ist die Schuld«, hatte Michael gesagt. »Wir wollen unschuldig sein: nicht schuld sein, daß Kinder verhungern, nicht schuld sein an Kriegen, nicht schuld sein an Haß und Streit. Unser Aktivismus ist ein verzweifelter

Versuch, unschuldig zu sein. Lest mal ›Der Mensch in der Revolte‹ von Camus.«

Immer wenn ihr etwas nicht behagte, verkrampfte sich Angela, und so sagte sie mit schwerem Atem:

»Bitte, es geht da nicht um Entschuldigung, es geht um Probleme, die von uns Menschen gelöst werden müssen.«

Sie fand Michaels Zustimmung: »Sicher müssen wir anpacken. Das ist die soziale Ebene. Die Frage der Schuld und der Entschuldigung liegt aber auf der religiösen Ebene.«

»Jetzt beginn nicht zu verharmlosen, indem du differenzierst«, hatte Lea gebeten.

»Es geht nicht um Verharmlosung«, hatte Michael sich zu wehren versucht. »Wenn wir die Probleme nicht differenziert betrachten, können wir gleich kollektiv Selbstmord begehen.«

»Dein Menschenbild ist einfach unerträglich, unchristlich«, hatte Angela, den Löffel hinschmeißend, gesagt. Doch Michael ließ sich nicht beirren.

»Der Einsatz auf der sozialen Ebene ist notwendig. Not wendend, richtig. Keiner darf sich davon dispensieren, selbst ich nicht, als konservativer Knochen. Doch die Schuld bleibt. Wir schaffen es nicht, die Bergpredigt ganz in die Tat umzusetzen, müssen es auch nicht, denn vom Glauben her, vom Kreuz her sind wir entschuldigt. Christentum, Religion überhaupt ist eine gigantische Entschuldigungsaktion, eine kosmische Entschuldigung, ein metaphysischer Strich unter all die innerweltlichen Rechnungen, die nicht aufgehen. Auch dann, wenn wir versagen, dürfen wir aufrecht gehen. Zupackende Hände werden immer schmutzig, auch wenn sie helfen. ›O glückliche Schuld‹, heißt es im Osterlobgesang, ›welch großen Erlöser hast du gefunden.‹«

Schweigend, zitternd hatte sich Angela erhoben, war hinausgegangen aus dem Speisesaal.

Du hast den Neuen Bund in deinem Blut gestiftet:
– gib, daß wir dir die Treue halten.

Michael trat ans Fenster, betrachtete den Garten, den seine Nachbarin besorgte. Er war gepflegt. Kräftig wuchsen Salate,

Gemüse, Blumen, obwohl die Nachbarin es vermied, mit Chemikalien zu arbeiten.

Eine besondere Beziehung zu Pflanzen hatte Michael nicht. Gerne überließ er den Garten seiner Nachbarin. Irgendwann aber war er auf die Idee verfallen, ihr ein Gartenbeet abzubetteln. Von überall her hatte er Samen von Unkraut gesammelt, und dieses Unkraut hatte er angesät. Wunderbar waren die Pflanzen, die da heranwuchsen, selbst Heilkräuter waren darunter. Ihn freute das Beet mit dem Unkraut nicht minder als die anderen Beete. ›Laßt beides wachsen bis zur Ernte‹, hieß es im Evangelium.

›Laß beides wachsen‹, dachte Michael.

Schummrig war das Licht. Gelbe, rote, blaue Lampen flackerten. Hinten an der Bar stach das weiße Hemd des Kellners im violetten Licht heraus, und ebenso die Zähne der Bardame, die, leicht bekleidet, mit vielsagendem Lächeln die Männer und Burschen an der Bar bediente. Die Musik vermochte den Lärm kaum zu überdröhnen, und schwere Luft hing im Raum, ein Gemisch von Rauch, Wein-, Bier- und Schnapfsdampf, durchsetzt mit Schwaden billigen Parfums.

Immer wieder bestellte Michael eine Flasche Weißwein, doch kaum hingestellt, war sie leergetrunken von Maskierten. Unsicher saß Michael da, fragte sich, wie er zu diesem Karneval gekommen sei. Da hörte er kreischende Stimmen hinter sich, spürte kräftige Hände, die sein Haar zerzausten, falsettierrende Stimmen, die fragten, was er hier zu suchen habe. Und schon wieder war das Glas leergetrunken. Zündete er sich eine Zigarette an, war sie im Nu weg, und irgendein Cowboy bedankte sich. Dann wieder traten fetzenbehangene Weiber auf, mit einer Kuhglocke um den Bauch, versteckt hinter hölzernen Masken, die im gedämpften Licht noch furchterregender aussahen: hinter dunklen, verrunzelten Löchern blitzten in der Tiefe die Augen der Maskierten, und die kantig geschnittenen Nasen traten bedrohlich aus dem Gesicht heraus. Die Weiber traten in Horden auf und wurden respektiert. Niemand wollte sich mit ihnen anlegen, weil jeder erwartete oder befürchtete, eine Begebenheit aus dem vergangenen Jahr heimbezahlt zu bekommen.

Plötzlich fühlte Michael, wie eine Hand über seine Schulter strich, sich seinem Kinn entlang nach vorne zum Glas vortastete. Michael hielt die mit einem Handschuh verkleidete Hand zurück, wandte sich um und erblickte eine schwarz maskierte Frau mit schwarzem, langem Haar und schwarzem Ballkleid, die Maske wie das Kleid versetzt mit regenbogenfarbenen Pailletten. Der rubinrot geschminkte Mund stach aus dem weiß geschminkten unteren Gesichtsteil heraus, während aus der schwarzen Schmetterlingsmaske dunkle Augen funkelten.

Sie sprach nichts, setzte sich einfach auf Michaels Knie, nahm sich eine Zigarette vom Tisch, steckte sie grazil in den Zigarettenhalter, ließ sich die Zigarette anzünden, blies Michael den Rauch ins Gesicht. Michael umschlang, um mehr Platz zu bekommen, ihre Hüfte. Vorne bei der Bar war eine kleine Tanzfläche, und als ein Tango erklang, gab die Frau Michael zu verstehen, sie möchte tanzen. Und so erhoben sie sich, tanzten zunächst den Tango, wobei Michael kurz verunsichert wurde, hatte er doch Mühe, die Führung zu übernehmen. Nach dem Tango wechselte die Musik über zu einem Blues, und erst jetzt bemerkte er verwirrt, eine Band spielte, unbeirrt das Paar beobachtend. Michael schaute sich um, und mit verlegenem Lächeln fragte er, ob der Lippenstift sich nicht abfärbe auf seinen Wangen, morgen früh müßte er die Messe lesen, überhaupt hoffte er, niemand würde ihn hier erkennen. Nochmals schaute er sich um. Außerhalb der Tanzfläche, weit entfernt, schien der normale Karnevalsbetrieb weiterzugehen, nur war weniger Lärm zu hören.

Seine schwarze Dame faßte ihn zärtlich an den Wangen, drehte sein Gesicht ihrem maskierten Gesicht zu, umschlang mit ihren schwarzen Handschuhen seinen Nacken, während Michaels Hände an ihrer Seite entlang glitten und die schmalen Hüften umschlangen. Schwer begann Michaels Herz zu klopfen, und er spürte die Wärme aus dem Körper in sein Gesicht gleiten, während das Gesicht der schwarzen Dame sich immer mehr dem seinen näherte, ihr Mund den seinen suchte, ihre Zunge nach seiner Zunge vortastete.

Unvermittelt begann die Band einen Rock'n-Roll zu spielen.

Die Tanzfläche füllte sich wieder mit kreischenden Paaren, diese oder jene zerzausten Michaels Haar, lachten vielsagend ihm zu, während er mit seiner Dame zum Tisch zurückkehrte. Sie nahm einen kleinen Schluck Wein in den Mund, setzte zu Michaels Befremden zu einem Kuß an und drückte den Wein in seinen Mund hinüber. Michael wandte sich ab, spürte zunehmend Ekel und Lust in sich aufsteigen, strich sich den Wein weg, der seinem Hals entlang hinunterfloß, sich mit der Farbe des Lippenstiftes vermengte, sein weißes Hemd rot verschmierte. Immer heftiger wurde die Dame in Schwarz, strich mit ihrer Hand über Michaels Brust hinab zu seinen Lenden. Plötzlich sah Michael sich im Meßgewand dasitzen, umgeben von einer gröhlenden Menge. Er versuchte ihre Hand wegzudrängen. Da quetschte sie ihn dermaßen, daß Michael aufschrie, der schwarzen Dame die Maske vom Gesicht riß, mit der auch die Perücke fiel. Und vor ihm auf den Knien saß ER, tränenüberströmt.

»Warum verachtest du mich!?« brüllte ER und rannte davon.

›Laß beides wachsen‹, dachte Michael.

Durch dein Kreuz hast du die ganze Welt erlöst;
– gib, daß wir in allen Dingen deine Spur erkennen.

Selten genug kamen die Gläubigen zur Beichte, und denen, die kamen, saß Michael jeweils beschämt gegenüber. Sie hatten gelernt, sich anzuklagen, hatten gelernt, sich zu ängstigen, hatten gelernt, was nicht sein durfte. Glaube war zur Moral verkommen, und oft genug war es schwierig, im Unheil das Heil aufzuzeigen, im Dunkel das Licht leuchten zu lassen.

Michaels Blick fiel auf die Bibel, auf diese Bibliothek gesammelter Scheußlichkeiten: ›Mord, Totschlag, Hurerei, Betrug‹, dachte Michael, ›von Anfang bis zum Ende, von der Genesis bis zur Apokalypse. Und doch bricht etwas durch, was wir Liebe nennen. Nicht schmierige Gefühlsduselei, sondern Lebensprinzip. Da ist ein Gott, der durch den Heiligen Geist in Maria Mensch wird, sich hineinbegibt in den Schlamm des Lebens und ihn mit seinem heilenden Geist verwandelt zu blühender Erde.

Da ist ein himmlischer Vater, der sich mit der Mutter Erde verbindet und jenen ganzen Menschen gebären läßt, der sich ausatmet in die Welt hinein, der Welt den Atem schenkt, das Tote belebt.‹

Heute würde er wieder Eucharistie feiern, das Mahl Jesu feiern. Michael erschreckte nur eines: immer würde er hinter dieser gefeierten Verbindung von Himmel und Erde zurückbleiben. Trotzdem fand er den Mut, an den Altar zu treten, trotz allem: der Glaube an das befreiende Wort Gottes, eines Gottes, der in Brot und Wein verdaulich werden würde, würde ihn befreien von diesem Schrecken, befreien von der Angst, sich hinzugeben, befreien vom Zwang, unschuldig sein zu wollen. ›Was ist die Meßfeier, wenn nicht ein Einschwingen in dieses Lebensprinzip: sterben um zu leben, geben um zu empfangen, gelöst werden um zu lösen, durchbohrt werden um zu durchbohren, geboren werden um zu gebären, verzehrt werden um zu verzehren, gehört werden um zu hören, gedacht werden um zu denken, gewaschen werden um zu waschen, geeint werden um zu vereinigen‹, dachte Michael. Doch so sehr er in diesen Gedanken Trost fand, so weit war auch die Leere in ihm, die ihm alles wieder entzog im Gefühl, es könnte alles auch ganz anders sein.

»Da weiß ich auch nicht weiter«, hatte Michael gesagt, als ihn damals ein Junge vor der Disco gefragt hatte, weshalb denn Gott die Sünde, das Unheil überhaupt zugelassen habe.

»Das Böse ist einfach da, wie die Schlange im Schöpfungsbericht. Lautlos kriecht sie daher, und sie ist einfach da. Du und ich, wir sind hineingestellt in diese Welt voll Unheil, in diese Welt voll Leben. Leben heißt ausatmen, leben heißt sterben. Verstehst du?«

Entgeistert hatte der Junge Michael angeblickt.

»Schau auf diese Pflanze hier. Sie steckt in der Erde. Sie lebt, weil die Erde aufgelöst wird. Schau auf eine Wiese. Die Kuh kann nur leben, wenn das Gras gefressen wird, stirbt. Vielleicht klingt dir das alles zu simpel. Aber Leben ist nur möglich, wo Leben verschenkt wird, gestorben wird. Wer aber stirbt schon gern? Auch Jesus bat seinen Vater, dieser Kelch möge vorübergehen.«

Michael hatte gespürt, wie schwer es war, sich verständlich

auszudrücken, hatte mit Worten gerungen und sich hilflos gefühlt.

»Schau auf's Kreuz, drin in der Disco, droben in der Kirche, bei dir zu Hause. Jesus opfert sich für den Menschen, weil Gott sich der Welt opfert und sie trotz allem mit seinem heilenden Geist beatmet, mit seinem Leben füllt: sterben, um zu leben. Das ist das göttlich – natürliche Lebensprinzip.«

Der Junge hatte fragend Michael angeschaut, gesagt, er gehe jetzt wieder tanzen.

»Frag' mich nicht nach dem ›Warum‹!« hatte Michael ihm nachgerufen. »Das Leben ist ein endliches Rätsel, und wir beantworten dessen Fragen mit einem unendlichen Rätsel, das wir Liebe nennen. Du kannst auch ›Gott‹ sagen oder ›Enigma‹.«

Du hast uns den Anfang dieses Tages geschenkt;
– stärke uns auf dem Weg deiner Nachfolge.

»Sie ordinäres Schwein! Und das soll ein Priester sein! Ein Satansdiener sind Sie. Für Sie kann man nur noch beten, aber wenn Sie sich nicht bekehren, werden Sie zur Hölle fahren mit all jenen, die sich gegen unsere heilige Mutter Kirche, den heiligen Vater und die Bischöfe versündigen. So etwas in der Zeitung zu schreiben! Schämen Sie sich! Kriechen Sie vor den Tabernakel, daß der Herr auch zu Ihnen sagt: ›Verzeih ihnen, denn sie wissen nicht, was sie tun.«

Weit weg vom Ohr hatte Michael den Telefonhörer halten müssen. Die Stimme war immer erregter geworden. Seit Tagen hatte er Anrufe und Briefe in diesem Ton erhalten, und er war es leid, sich zu verteidigen, hörte einfach zu. Jedoch tat es ihm nicht leid, in verschiedenen Zeitungen einen Leserbrief veröffentlicht zu haben, worin er gegen die Umstrukturierung des Priesterseminars zu einem ›reinen‹ Seminar Stellung nahm. Zu sehr war er geprägt worden von diesem Modell der Ausbildung, wo Studentinnen und Studenten, Professoren und Ordensleute zusammen versuchten, den Glauben zu leben, auch wenn es nicht ohne Auseinandersetzungen ging. Zu tief waren die Erlebnisse, die Kämpfe, aber auch die Freuden, als daß er stillschweigend hätte zur Kenntnis nehmen können, dieses Seminar dürfe fortan in dieser Weise nicht mehr existieren. Ein Teil seiner eigenen Vergangenheit würde mit einem bischöflichen Machtwort ausradiert.

»Hören Sie mir überhaupt zu?«

Die Stimme am anderen Ende der Leitung hatte ihn zurückgeholt aus seinen Gedanken.

»Doch, ich höre«, hatte Michael gesagt.

»Nein, Sie hören nicht zu. Sie können gar nicht zuhören. Zu eingebildet sind Sie, zu sehr sind Sie von sich selbst eingenommen. Was glauben Sie? Wer sind Sie, Sie Schmutzfink? ›An ihren Früchten werdet ihr sie erkennen‹, so hat es Christus schon gesagt. Ganz recht hat der hochwürdigste Bischof! Wenn ein Seminar so miese Kreaturen hervorbringt, dann gehört es ausgerottet. Der Herr gebe dem hochwürdigsten Bischof Kraft, sein gutes Werk zu Ende zu führen, damit sich wieder die Wahrheit Christi und seines Stellvertreters auf Erden durchsetze wider alle Antichristen und Ketzer.«

Dieser Vorwurf hatte Michael tief getroffen. Er hatte solidarisch sein wollen, endlich einmal solidarisch sein wollen mit den Professoren, Studentinnen und Studenten, die sich ebenfalls gegen den bischöflichen Entscheid wehrten, und nun hatte er feststellen müssen, wie seine Stellungnahme gegen das Seminar ausgelegt wurde.

»Wenn jeder dahergelaufene Trottel käme und seine persönliche Meinung von sich gäbe. Ihre Aufgabe ist nicht, eine persönliche Meinung zu haben, sondern in Demut und Gehorsam das zu verkünden, was das Lehramt sagt. Aber Demut und Gehorsam wird man Ihnen sicher nicht beigebracht haben in diesem Sündenpfuhl. Und dann so etwas schreiben, sich dermaßen versündigen! Gott sei Ihnen gnädig, wenn Sie dafür einmal im Fegefeuer büßen. Dann werden Sie im brennenden Feuer einsehen müssen, daß Sie ein Nichts sind, Sie eingebildeter Pfau, Sie hochnäßiger Nestbeschmutzer.«

Die Frau am anderen Ende hatte Michael aus seinem eigenen Leserbrief vorgelesen, das Seminar sollte wieder zum Hort klerikaler Inzucht werden, damit jeder wohlversehen mit dem identischen klerikalen Standesdünkel und uniformiert heraustrete in die böse, ungläubige Welt.

»Und dann, hören Sie sich das an«, keifte die Stimme. »›Nun denn, möge sich das reine Priesterseminar füllen mit keuschen Jünglingen, die schlürfen aus den Quellen der alleinseligmachenden Wahrheit des Kirchenrechts.‹ So ein infamer Angriff gegen alle jungen Männer guten Willens, so ein gemeiner Angriff auf das heilige Lehramt.«

»Ich weiß, was ich geschrieben habe und stehe dazu«, hatte Michael die Frau zu unterbrechen versucht. »Mag sein, daß ich unklug war in der Wortwahl.«

»Ein Sauhund sind Sie. Ja, halten Sie denn nichts von der Keuschheit? Sie gehören sicher auch zu jenen modernistischen jungen Theologen, welche die Jungfräulichkeit der heiligen Gottesmutter und Jungfrau Maria für ein bloßes Märchen halten, die leibliche Auferstehung Jesu Christi leugnen, die Wunder unseres Heilands und die Existenz der Engel Gottes in Frage stellen. Sie Antichrist! Gehen Sie doch zu den Protestanten, da sind Sie in guter Gesellschaft mit Ihren Schweinereien, aber besudeln Sie nicht das hochheilige Priesteramt, daß unser Herr eingesetzt hat.«

Michael hatte geschwiegen.

»Aber ich sage Ihnen etwas. Wissen Sie, wer an all dem Schuld ist? Wissen Sie wer?«

Jetzt würde er noch eine Abhandlung über den Teufel anhören müssen, dachte Michael.

»Wissen Sie, wer Schuld ist?« Die Stimme schien sich zu überschlagen. »An all dem sind die verdammten Weiber schuld. Die Weiber sind es. Der Satan, der sich in der Gestalt von Weibern in dieses verfluchte Seminar eingeschlichen hat. So, jetzt wissen Sie's!«

»Gute Frau«, hatte Michael in Ermangelung einer geeigneten Anrede gesagt, »was muß mit euch Frauen gemacht worden sein, daß ihr einen solchen Haß auf euch selbst habt. Wie tief müßt ihr verletzt worden sein, daß ihr Angst habt vor euch selbst, lieber den Satan in den Mitschwestern seht, als ...« Und Michael hatte nicht mehr weiterzureden vermocht.

»Halten Sie den Mund, Sie Ausgeburt des Satans!«

Ein Aufschlagen auf der Gabel war zu hören gewesen, dann der langgezogene Summton.

Michaels Herz pochte heftig, wie er sich dieses Gesprächs erinnerte, während er die *Immerwährende Hilfe* und den *Pantokrator* betrachtete.

Michael war ausgestiegen, sah sich in seinem liturgischen Gewand. Er wollte und mußte seine Tränen nicht zurückhalten. Da lag ER vor ihm. Michael nahm IHN auf, nahm IHN in die Arme, wollte IHN hineintragen ins Haus. Es öffnete sich vor ihm ein hohes Portal, welches hineinführte in eine Kirche. Vorne im Chorraum klaffte ein weites Loch in der Mauer. Wo vorher der Hochaltar gestanden haben mußte, war die Mauer herausgesprengt bis hinauf in die Vierung des Chorgewölbes. Unendliche Weite tat sich auf, und mitten drin stand ein Baum, ein knorriger Baum, dicht behangen mit Blättern und Früchten. Aus Trümmern wuchs ein Baum, dessen Wurzelwerk nach und nach die Trümmersteine sprengte.

Menschen traten aus dem Dunkel der Seitenschiffe in den Kreuzgang, Alte und Junge, Männer und Frauen, Trinker und Verkrüppelte, Fixer und Schläger, Huren und Schwule, und Lea, und Angela, und Umberto, und Walter und all die anderen. Sie formierten sich zu einer Prozession, drängten nach vorn ins Freie, drängten sich hin zum Baum. Zuhinterst ging Michael, trug IHN in den Armen, dessen Gesicht Frieden ausstrahlte, obwohl Blut aus Nase und Ohren heraussickerte, langsam über Michaels Arme rann.

Ein Gesang wurde angestimmt, eine Art Litanei:

»Kyrie eleison.
Christe eleison.
Kyrie eleison

Gott Vater im Himmel — *Laß mich leben*
Gott Sohn, Erlöser der Welt — *Laß mich leben*
Gott Heiliger Geist — *Laß mich leben*
Heilige Dreifaltigkeit, ein einiger Gott — *Laß mich leben*

Mit Hell und Dunkel — *Laß mich leben*
Mit Schmerz und Traurigkeit — *Laß mich leben*
Mit Liebe und Haß — *Laß mich leben*
Mit Versagen und Trübsal — *Laß mich leben*
Mit Träumen und Phantasien — *Laß mich leben*
Mit der Last der Lust — *Laß mich leben*
Mit all den Widersprüchlichkeiten — *Laß mich leben*
Mit all den Fragen — *Laß mich leben*
Mit all den Zweifeln — *Laß mich leben*
Mit all den Gegensätzen — *Laß mich leben*
Mit all den Auseinandersetzungen — *Laß mich leben*
Mit all meinen Schwächen — *Laß mich leben*
Mit meinen Lebenslügen — *Laß mich leben*
Mit meiner Unredlichkeit — *Laß mich leben*
Mit meiner Inkonsequenz — *Laß mich leben*
Mit meiner Gefühlskälte — *Laß mich leben*
Mit meiner Gleichgültigkeit — *Laß mich leben*
Mit meiner Hartherzigkeit — *Laß mich leben*
Mit meinem Zölibat — *Laß mich leben*
Mit meiner Geilheit — *Laß mich leben*
Mit meinen Perversionen — *Laß mich leben*
Mit meinen Obsessionen — *Laß mich leben*
Mit meinen Verwundungen — *Laß mich leben*
Mit meinem Unvollendetsein — *Laß mich leben*
Mit meinem Mitmachen — *Laß mich leben*
Mit meiner Unterordnung — *Laß mich leben*
Mit meiner Verweigerung — *Laß mich leben*
Mit meinen Abneigungen — *Laß mich leben*
Mit meiner Verstocktheit — *Laß mich leben*
Mit meiner Verunsicherung — *Laß mich leben*
Mit meiner Wut — *Laß mich leben*
Mit meiner Angst — *Laß mich leben*

Mit meinem Zorn — *Laß mich leben*
Mit meinem Unglauben — *Laß mich leben*
Mit meinen Häresien — *Laß mich leben*
Mit meinen Ketzereien — *Laß mich leben*
Mit meinem Schweigen — *Laß mich leben*
Mit meinem Tod — *Laß mich leben*

Lamm Gottes, du nimmst hinweg
die Sünde der Welt — *Laß mich leben*
Lamm Gottes, du nimmst hinweg
die Sünde der Welt — *Laß mich leben*
Lamm Gottes, du nimmst hinweg
die Sünde der Welt — *Laß mich leben*

Nach und nach war der Gesang der Litanei angeschwollen in hundertfachem Echo von draußen her, von dort her, wo der Lebensbaum stand. Langsam senkte Michael den Blick, wollte nochmals SEIN Gesicht betrachten und sah es nicht mehr in seinen leeren Händen, den blutverklebten.

Eine Glocke erklang, durchdröhnte die Mutter Erde in blauem Klang, verband Erde und Himmel.

Entkräftet legte Michael das Stundenbuch zur Seite, stellte sich mit beiden Füßen fest auf den Boden, atmete aus, atmete tief aus, strich mit den Händen seine Seite entlang hoch, streckte sich hoch, verharrte lange in dieser Stellung, atmete immer tiefer aus, erspürte seine Mitte, erspürte IHN, breitete nach und nach die Arme aus in die Waagrechte, schloß die Augen.

Vater unser, Schlußoration, Segen

Vater unser im Himmel,
geheiligt werde Dein Name:
Dein Reich komme.
Dein Wille geschehe,
wie im Himmel,
so auf Erden.
Unser tägliches Brot gib uns heute.
Und vergib uns unsere Schuld,
wie auch wir vergeben unsern Schuldigern.
Und führe uns nicht in Versuchung,
sondern erlöse uns von dem Bösen;
denn Dein ist das Reich
und die Kraft
und die Herrlichkeit
in Ewigkeit.
Amen.

Dann öffnete Michael wieder die Augen, löste sich aus der Orantenstellung, nahm sein Stundenbuch zur Hand und betete das Schlußgebet:

Allmächtiger Gott, wir bringen unser Morgenlob dar.
Gib, daß unser Lied sich vollende im Chor deiner Heiligen.
Darum bitten wir durch Jesus Christus, unsern Herrn und Gott, der in der Einheit des Heiligen Geistes mit Dir lebt und herrscht in Ewigkeit. Amen.

Das Stundenbuch entglitt Michael, klatschte zu Boden, während er die Ikonen des *Pantokrators* und der *Immerwährenden Hilfe* betrachtete, in deren Augen blickte und deren Augenblicke zu ertragen er neu lernen mußte.

Was war, würde sich nicht aus der Gegenwart schaffen lassen. Zu Fragen jedoch waren ihm die Antworten geworden. Übrig blieb, was vorläufig sein würde, die einzige Sicherheit der Unsicherheit. Lange hatte er aus dem Vollen geschöpft und geglaubt, mit ›der Wahrheit‹ sein Ich zu verteidigen. Gegen andere kämpfend, bekämpfte er sich selbst.

Nun stand er da, mit leeren Händen. Sein letzter Traum wurde seine Wirklichkeit. ›Laß mich leben‹: diesen Ruf hörte Michael noch immer. ›Ja‹, dachte er, ›am Leben bleiben, dran bleiben am Leben, das möchte ich, das soll mir genügen.‹ Vertrieben aus dem Paradies, mußte er den Weg gehen durch den Schmutz hindurch, um zurückzufinden zum Paradies.

Er beugte sich, nahm sein Stundenbuch zur Hand und ließ die Blätter durch seine Finger gleiten. Was der kommende Tag bringen würde, wußte Michael nicht, noch weniger, was die Zukunft bringen würde. Er konnte aufatmen.

›Das Leben ist ein endliches Rätsel, und wir beantworten dessen Fragen mit einem unendlichen Rätsel, das wir Liebe nennen, auch sie ein Enigma, ein Rätsel‹, dachte Michael. Und er ließ sich flach auf den Boden fallen.

Der Herr segne uns,
er bewahre uns vor Unheil
und führe uns zum ewigen Leben.
Amen.

Nachwort

Selbst-Verwirklichung als Priester

Der Seelsorger als Clown

Bei Seward Hiltner, einem der Pioniere der Pastoralpsychologie, ist mir das erste Mal das Bild vom Seelsorger als Narr begegnet. Der Seelsorger erscheint darin als eine Gestalt, die in unsere Gesellschaft und Welt immer weniger paßt und entsprechend auffällt, gerade deshalb aber auch eine Narrenfreiheit besitzt, die anderen nicht zugestanden wird. In Erich Guntlis Michael begegnet mir ein Seelsorger, der mich an diesen Clown erinnert. Da lebt und wirkt einer gegen den Strich. Er versucht so etwas Verrücktes wie den Zölibat zu leben. Er läßt sich weder von links noch rechts vereinnahmen. Versteckt sich nicht hinter klerikalem Habitus und Gehabe, mutet dem anderen zugleich aber seine – auch theologisch – festen Überzeugungen zu. Er ist ganz in der Welt, gehört zu den Akteuren des großen Zirkus, ist zugleich aber auch nicht von dieser Welt, vor allem in dem, wofür er steht. Dabei hat man nicht den Eindruck, daß er die Rolle des Clowns *spielt*, sondern daß er ein Clown *ist*. Einer, dem die Rolle auf den Leib geschnitten ist, der in dieser Rolle sich, sein Selbst, zum Ausdruck bringt und lebt. Und das, obwohl er damit neben Anerkennung und Zuneigung auf viel Unverständnis trifft und Spott erntet. Er ist zugleich aber auch jemand, dem unsere Sympathie, unser Verständnis gilt, da er uns an uns selbst erinnert. »Die Clowns erinnern uns mit ihrem Lachen und Weinen, daß wir unsere menschlichen Schwachheiten mit ihnen teilen« (Henri Nouwen).

Es ist in diesem Zusammenhang interessant, daß ein so erfahrener und zugleich kritischer Psychiater wie Paul Pruyser sagt, in Momenten der Spannung könne der Seelsorger seinen professionellen Mangel ausgleichen, indem er sich in die sichere Zone der religiösen Dimension begibt. Man kann eine solche Aussage auch kritisch hinterfragen. Entscheidend ist aber, daß darin ein zentrales Element des Seelsorgers zum Ausdruck kommt: Jemand zu sein, der bei aller auch notwendigen fachlichen Kompetenz einer ist, für den es fundamental mit dazugehört, daß er sich für Momente allen äußeren, überprüfbaren, einem kritischen Blick standhaltenden Verhaltensweisen und Vorgehensweisen entzieht und gleichsam abdriftet in jenen Bereich, der all das übersteigt, damit aber in einen Bereich vordringt, der die Perspektiven gehörig ver-rückt. Dieses ver-rücken, ja dieses Ver-rücktsein ist Teil seiner Berufung. Darin kommt sein mystischer Grund, die Quelle seines Wirkens, das letztlich auch Eigentliche und Besondere seiner Tätigkeit zum Ausdruck.

Was aber ist es, daß jemand so wird, sich für ein Leben entscheidet, das sich von dem Leben vieler anderer unterscheidet? Und dabei bleibt, bereit ist, das, wofür er steht und lebt, durchzuhalten, diese manchmal fast unerträgliche Spannung in sich auszuhalten? Hier die Sehnsucht, »normal« zu sein und zu leben, Partnerschaft, Sexualität, Anerkennung, Karriere zu erfahren. Dort der aus großer Tiefe kommende Ruf, in *Seinen* Dienst zu treten, damit aber gegen den Strich zu leben. Und ist es auf der anderen Seite nicht verständlich, daß mancher das nicht verkraftet oder sich von vornherein gar nicht dazu in der Lage sieht, sich dieser Spannung entzieht, sich zurückzieht, sich mit einer rigiden Hülle umgibt, die ihn – so hofft er – vor inneren und äußeren Ereignissen, die ihn aus der Ruhe bringen, in Spannung versetzen könnten, schützen soll? Er paßt sich an, lebt nicht mehr länger gegen den Strich, führt ein bürgerliches Leben. Der Rolle des Clowns kann er nichts abgewinnen. Es sei denn ein abschätziges Lächeln.

In Michael begegnet uns ein Seelsorger und Priester, der die Spannung aushält, auch wenn sie ihn manchmal fast zerreißt. Er läßt im Aushalten dieser Spannung jene Prozesse zu, die zugelassen werden müssen, damit seine Entwicklung und Entfaltung als Mensch und Priester nicht steckenbleibt, ja, damit er sich als Mensch und Priester verwirklichen kann, damit beides zusammengeht, sich gegenseitig bereichert, ihn seiner Berufung und Bestimmung näherbringt.

Priester zu werden und zu sein, muß in Einklang zu bringen sein mit meinem Selbst. Das Selbst wird dabei im Sinne von C. G. Jung (1968) verstanden als »Grund und Ursprung der individuellen Persönlichkeit«, der diese »in Vergangenheit, Gegenwart und Zukunft« umfaßt. Jung geht dabei davon aus, daß das Selbst nur »begrifflich davon, was man seit jeher ›Gott‹ genannt hat, zu unterscheiden ist, nicht aber praktisch. Beide Begriffe beruhen anscheinend auf ein und derselben numinosen Größe, welche eine wirklichkeitsbestimmende Tatsache darstellt« (Jung 1968, 326). Auch wenn man diese Gleichsetzung von Selbst und Gott nicht nachvollziehen mag, ist es wichtig und letztlich auch entscheidend, daß das Selbst, Wesentliches von ihm, im konkreten Leben und dessen Gestaltung sich niederschlägt, *verwirklicht* wird.

Die Offenheit für den Einfluß und die Beeinflussung durch das Selbst gilt das ganze Leben über. Wo sie fehlt oder vernachlässigt wird, bedarf es unter anderem der therapeutischen Begleitung, mit deren Hilfe dem Selbst der Zugang zum bewußten Ich und die entsprechende Auswirkung auf das gesamte Leben erleichtert wird. Bei der sogenannten *Identitätsfindung* ist es darüber hinaus von besonderer Bedeutung, daß das Selbst angemessen berücksichtigt wird. Mein Gefühl und mein Verständnis dafür, wer ich bin und dessen Umsetzung in einen bestimmten Beruf oder einen bestimmten Lebensstil, werden immer auch das Ergebnis bisher gemachter Erfahrungen, wichtiger menschlicher Beziehungen, verschiedenster äußerer Einflüsse und konstitutioneller Gegebenheiten sein (vgl. Erikson 1992, 97). Zugleich ist es aber auch notwendig, daß in meinem Verständnis davon, wer ich bin und was ich will, ganz entscheidend mein Selbst zum Ausdruck kommt. Ja, mein bewußtes »Ich« muß im Kern in Berührung sein mit dem »numinosen Mittelpunkt« meiner Existenz, wie er sich im Selbst zeigt.

Auf diesem Hintergrund wird deutlich, wie wichtig es ist, daß bei der Entscheidung, Priester zu werden, das Selbst ganz entscheidend mit einbezogen wird. Es bedarf des genauen Erspürens und Hinschauens, ob und inwieweit bei dieser Entscheidung das Selbst mitbeteiligt ist, diese Entscheidung vom Selbst mitgetragen und abgedeckt wird. Da die Entscheidung, Priester zu werden, vor dem Selbst bestehen können muß, ja ein nach außen hin sichtbarer Ausdruck vom Selbst sein muß, um psychologisch gesehen lebensfähig und lebensfördernd sein zu können, bedarf es der *Selbst-Erfahrung*. Mir mein Selbst, in dem das Wesentliche von mir vorkommt, vertrauter zu machen, damit ich es bei den das ganze Leben mitbestimmenden Entscheidungen mit einbeziehen kann, damit ich es für mein Leben insgesamt fruchtbar machen kann, das meint zunächst einmal dieser manchmal recht argwöhnisch betrachtete Begriff Selbsterfahrung.

Die Wirklichkeit sah und sieht oft noch anders aus. Statt die Entscheidung, Priester zu werden, aus der eigenen Identität heraus zu treffen, war und ist sie vielfach lediglich der Ausläufer von Identifikationen mit Überzeugungen, Wertvorstellungen, Haltungen und Einstellungen, die jemand unhinterfragt von den wichtigen Bezugspersonen in der Kindheit und Jugendzeit und dem dabei gültigen Bezugssystem übernommen hat. Das heißt, die notwendige Auseinandersetzung damit, zum Teil Loslösung, zum Teil Veränderung dieser Identifikationen, ihre Verarbeitung für die Identitätsbildung, hat nicht stattgefunden. Nicht stattgefunden hat dann auch die Krise, die sich einstellt, wenn ich mich verabschiede von Einflüssen und Bindungen, die nicht länger für mich gelten, weil sie mit meinem Selbst nicht in Einklang zu bringen sind. Damit aber zum Beispiel mein Beruf als Priester Ausdruck des – in den Worten von Erik Erikson (1992, 95) – »numinosen Mittelpunktes der Existenz« ist, muß er aus *meiner* Mitte hervorgegangen sein, muß in ihm Wesentliches von dem, was mich ausmacht, Ausdruck finden. Ansonsten ziehe ich mir etwas an, das überhaupt nicht zu mir paßt, mich mit der Zeit unwohl fühlen läßt, mich an allen Stellen zwickt und zwackt, bis dahin, daß es mich entstellt. Ich bekleide mich dann mit etwas, das ich über den Katalog bestellt habe, ohne es ausprobiert zu haben.

Viele, die in der Ausbildung von Priestern tätig sind, haben – übrigens lange vor Eugen Drewermann – erkannt, wie wichtig für den angehenden Priester die intensive Auseinandersetzung mit sich selbst und die Selbst-Erfahrung ist, damit eine Entscheidung getroffen wird, die sich mit der Mitte der Person deckt beziehungsweise diese stärkt und noch deutlicher hervortreten läßt. Es geht nicht in erster Linie darum, möglichst viele zu Priestern zu »machen«. Es geht zuallererst darum, jemandem zur Verwirklichung seines Selbst, seines Lebenstraumes zu verhelfen. So sagt Thomas Merton (in: Hoffmann-Herreros 1992, 56), »daß jemand Gott in dem Maße ähnlich wird, in dem er sein unverwechselbares, unwiederholbares eigenes Ich artikuliert. Heiligkeit bedeutet: sich selbst finden und ausfalten. Wer nicht er selber wird, hat nicht gelebt«.

Meiner Überzeugung nach kann das Ernstnehmen dieses Identitätsprozesses und der damit einhergehenden Selbst-Erfahrung bei der Berufsentscheidung zum Priester nicht ungestraft übergangen werden. Die Anzahl jener Priester, die wie blind diesen Prozeß übergangen haben oder sich auch an ihm vorbeigemogelt haben, ist groß. Manche holt zu einem späteren Zeitpunkt – die Zeit um die 30 und dann wieder zwischen 40 und 50 erweist sich hier als eine besonders kritische Zeit – ihr Selbst ein, nicht länger zulassend, daß es unbeachtet bleibt. Jetzt müssen sie sich dem Prozeß stellen, dem sie sich im Rahmen der Identitätsfindung nicht gestellt haben. Dabei kann der eingeschlagene Weg bestätigt werden. Es kann aber auch um des Selbst willen, der eigenen Heiligkeit wegen, eine Korrektur bis hin zur Revision des bisher eingeschlagenen Weges notwendig sein.

Beide Situationen und Entscheidungen sind in der Regel von schmerzlichen Prozessen begleitet. Der Weg, der zur Harmonie mit dem Selbst führt, ist oft der schwerere Weg. Zu dem tief in sich vernehmbaren Ruf, Priester zu sein, zu stehen und ihm erneut zu folgen, auch wenn sich zunächst herausstellt, daß oberflächliche und nicht dem eigenen Boden und Fundament entstammende Gründe und Motive mich entscheiden ließen, Priester zu werden, verlangt oft, Strecken und Phasen des Zweifels auszuhalten und zu bestehen, bis ich, auch im Bestehen und Zulassen dieser Zeit, noch mehr mit meinem Selbst in Berührung gekommen bin und im Tiefsten ein Gefühl von Gewißheit verspüre.

Den bisher gegangenen Weg abzubrechen, weil sich herausstellt, daß er nicht aus dem Selbst hervorgegangen ist, ist vielfach neben innerem seelischem Schmerz mit zahlreichen äußeren – gesellschaftlich, sozial und finanziell relevanten – Einbußen verbunden. Nicht wenige scheuen den radikaleren Weg, sowohl den, der zur Verstärkung wie den, der zur Revision des bisherigen Weges führen würde. Sie bleiben irgendwo hängen, versuchen, durch Kompromisse zu überleben, reiben sich immer wieder auf auf der Suche nach ihrer Bestimmung, da ihnen dieses Gefühl, sie selber zu sein, versagt wird. Für sie gilt, was Ödön von Horvath sagt: »Ich bin eigentlich ganz anders, aber ich komme selten dazu«.

Michael ist in Berührung mit seiner Berufung und Bestimmung. Tief in sich spürt und ahnt er, daß Priester zu werden und zu sein, *sein* Weg ist. Es ist ihm nicht ganz *klar* und es gibt Momente und Phasen, wo er sich auch dagegen sperrt, noch deutlicher und tiefer mit seinem Selbst in Berührung zu kommen und wo er es vorzieht, sich in seine Bücherwelt zu stürzen. Das bringt es mit sich, daß er später – Gott sei Dank – von seinem Selbst eingeholt wird, das von ihm verlangt, noch mehr er zu werden, noch bereiter und eindeutiger die Seiten anzuschauen und zuzulassen, die er nicht ernstgenommen hat.

In seinen Träumen hat das Selbst einen Weg gefunden, sich ihm zu zeigen und zugleich zuzumuten. Was ihm dabei mitgeteilt wird, irritiert und fasziniert ihn zugleich. Es ist Anreiz und Versuchung. Es ist Zerrbild von Ungelebtem und Hinweis auf etwas, das zugelassen, integriert, gelebt werden soll, um ganz zu werden. Will Michael nicht erstarren oder resignieren, muß er sich diesem Reifungsprozeß stellen. Henri David Thoreau (1979, 35) sagt: »Das Mausern muß wie bei Vögeln eine Krisis in unserem Leben sein ... Auch die Schlange wirft ihre Haut und die Raupe ihren wurmigen Rock infolge einer inneren Arbeit und Ausdehnung ab«. Übertragen auf Michael heißt das: Um noch mehr mit seinem Kern in Berührung zu kommen, muß er innerlich sich strecken, weiter werden, mehr zulassen und das abwerfen, was nicht zu ihm gehört. Dabei treten Zweifel auf. Manches, von dem ich meine, es längst geklärt und verarbeitet zu haben, meldet sich wieder. Michael fragt: Bin ich auf dem falschen Dampfer, bin ich in einen Zug eingestiegen, der in eine andere Richtung fährt, als ich wollte? Das Abwerfen, sich Verabschieden von etwas, das nicht mehr zu mir gehört, ist schmerzvoll. Zugleich verwirrt es mich, macht mich unsicher und hilflos. Es geht einher mit einer Phase der Dunkelheit, in der ich keine Perspektiven sehe, keinen Boden mehr unter den Füßen spüre. Bis es dann endlich in mir wieder heller wird, ich zunehmend den neuen Boden unter mir spüre. Nicht um mich jetzt auszuruhen, sondern um weiterzugehen.

Sich zu verlieren, um sich in der Begegnung von Körper und Seele wiederzufinden

Ein Bereich, dem im Kontext der Identitätsfindung und -bildung eine große Bedeutung zukommt, ist der Zölibat. Ist es doch oft der Zölibat, der jene Krisen auslöst, die zur Verstärkung oder aber zur Revision des bisherigen Weges führen können. Auf dem Hintergrund dessen, was ich zur Harmonie zwischen Selbst und der sich in meinem Beruf konkretisierten Identität sagte, dürfte verständlich werden, daß auch die Entscheidung, zölibatär zu leben, vor dem Selbst bestehen können, beziehungsweise einen positiven Beitrag zur Entwicklung, Entfaltung und Verwirklichung meines Selbst beitragen muß.

Nur wenn der Zölibat wirklich nicht bloß als ein Anhängsel des Priesterseins verstanden wird, wenn der innere Ruf dazu und die innere Bereitschaft dafür nicht minder groß ist als der innere Ruf und die innere Bereitschaft, Priester zu werden und zu sein, besteht grundsätzlich eine gute Chance, daß jene, die sich zu einem zölibatären Leben entscheiden, auch in der Lage sind, ein ihre Entwicklung förderndes, sie insgesamt befriedigendes und glückliches und psychologisch gesundes Leben führen können. Wo das nicht gegeben ist, besteht die Gefahr, daß das zölibatäre Leben immer wieder Anlaß zu großer innerer und äußerer Not gibt, eine ständige Quelle von Konflikten abgibt, die letztlich das, was es bewirken sollte, pervertieren. Wer sich hier vorbeimogelt, sei es als Betroffener, sei es als in der Ausbildung Stehender – Spiritual oder Regens –, sei es als Vorgesetzter – Bischof, Oberer, Oberin –, muß sich nicht wundern, wenn unter dem Strich etwas ganz anderes gelebt wird als intendiert und gewollt war.

Die Entscheidung, Priester zu werden und einhergehend damit, zölibatär zu leben, bringt es in der Regel mit sich, daß die Gestaltung der Beziehungen zu Menschen, die potentielle Liebes- und Lebenspartner sein können, anders verläuft als bei jenen, die sich für ein – auch sexuelles – Leben mit einem Partner entschieden haben. Das ist zunächst auch richtig und wichtig. Ausgerichtet am Selbst geht der (angehende) Zölibatär den Pfad, der in die vom Selbst vorgegebene Richtung führt. Für ihn ist es wichtig, dieser vorgegebenen Richtung treu zu bleiben. Zugleich gilt es aber auch weiterhin sich dabei den Prozessen zu stellen, die für seine menschlich-psychische Entwicklung anstehen und Voraussetzung dafür sind, daß er gesamtmenschlich sich weiter entfaltet. Das trifft auch auf die sich der Identitätsfindung anschließende Phase der *Intimitätsbefähigung* zu.

Es ist die Phase, in der es darum geht, fähig zu werden, »sich zu verlieren, um sich in der Begegnung von Körper und Seele wiederzufinden« (Erikson 1992, 87). Nachdem ich zu mir gefunden habe, mit meinem Selbst in Berührung gekommen bin und ihm in meinem konkreten Leben und Tun Ausdruck verliehen habe, muß ich mich zurücknehmen, um auf dem Fundament meiner gefundenen Identität mich auf andere einlassen zu können.

Dieses Mich-Aufmachen, um mich auf eine innige Weise mit anderen zu verbinden, mir sie vertraut zu machen, gilt auch für den zölibatär Lebenden. Die ihm von seinem Selbst vorgegebene Richtung deckt den Rahmen dafür ab. Die genital-sexuelle Verschmelzung paßt nicht in diesen Rahmen. Der Verzicht darauf ist aber nicht gleichzusetzen mit dem Verzicht auf Intimität an sich oder der Unfähigkeit zur Intimität. Die Fähigkeit, sich verlieren zu können, um sich in der Begegnung mit anderen wieder zu finden, ist weiter und tiefer zu verstehen. Es meint im letzten die Sprengung der Isolation durch die Fähigkeit, sich so sehr auf einen anderen Menschen oder eine Sache einzulassen, daß ich gleichsam um die andere Person »erweitert« werde, ich mich verlängere, ausdehne, damit und darin zugleich aber auch mich um neue Dimensionen erweitert wiederfinde. Es ist weiter die Geburtsstunde echter Zuneigung und Liebe für eine andere und einen anderen als »Austausch reifer Hingabe« (Erikson 1992, 93).

Intimitätsbefähigung als Fähigkeit zur Hingabe: Hier wird deutlich, von welch zentraler Bedeutung diese Fähigkeit für den Priester ist und wie gefährdet diese Fähigkeit dann ist, wenn die Entscheidung, zölibatär zu leben, dazu führt, dem Prozeß der Intimitätsbefähigung auszuweichen. Es ist der direkte Weg in die Isolation, »die Angst, allein und ›unerkannt‹ zu bleiben« (Erikson 92). Ist er aber zunehmend fähig zur Hingabe, dann ist er fähig zu tiefen zwischenmenschlichen Beziehungen, dann kann er seinen Dienst im guten Sinne als Hingabe für andere verstehen und vermag schließlich sich selbst Gott hinzugeben, in seine Liebe zu ihm einzutauchen, und sich in der intimen, innigsten Begegnung mit ihm zu verschmelzen. Es sind vor allem jene, die zu dieser Hingabe in ihren zwischenmenschlichen Beziehungen, in ihrem Dienst und ihrer Beziehung zu Gott fähig sind, die eine gute Chance haben, in einer Weise zölibatär zu leben, die in ihrem Leben ein Ja zum Leben zum Ausdruck bringt. Im Gegensatz zu jenen, die, ängstlich darauf bedacht, zölibatär zu leben, krampfhaft sich selbst festhalten, aus Angst, sich sonst zu verlieren und als Folge davon im Kreisen um sich selbst eingekerkert bleiben. Ihre Begegnung mit anderen wird dann wie gebrochen, abgebrochen wirken, vermögen sie doch nicht über stereotype, äußere Beziehungen hinaus sich mit anderen innerlich zu verknüpfen, in sie einzufühlen, sich mit ihnen für etwas zu erwärmen oder zu begeistern.

Wie ein roter Faden zieht sich durch Michaels Leben die Auseinandersetzung mit seiner Sexualität und mit dem, was tiefer geht und umfassender ist, die Auseinandersetzung mit seinen Bedürfnissen und seinem Verlangen nach Annahme, Nähe, Intimität. Michael kommt zugute, daß er insgesamt eine positive Einstellung zur Sexualität und zu seiner Sexualität als Mensch und Mann hat. Seine Träume lassen aber ahnen, daß die sexuelle

Kraft ihn immer wieder an ihre Anwesenheit erinnert und danach verlangt, beachtet und gelebt zu werden. Im Gegensatz zu denen, die so tun, als gäbe es diese Kräfte nicht und sich dagegen abschotten, stellt sich Michael ihnen, kämpft er mit ihnen, setzt sich mit ihnen auseinander. Michael läßt sich davon auch herausfordern.

Dabei ist nicht zu übersehen, daß eine leichte Schwermütigkeit auf Michael liegt. Diese mag von dem Alleinsein, dem alleine leben, herrühren, das Teil von Michaels Leben ist. Nicht, daß Michael den Eindruck erweckt, er wäre einsam, gar vereinsamt. Es ist eher ein Gefühl, das für viele Priester zutrifft, die alleine leben, die gute Kontakte zu Freunden und Bekannten unterhalten, denen aber der Partner fehlt, der *mit* ihnen lebt. Es ist zugleich ein Gefühl, bei dem etwas von Heimatlosigkeit mitschwingt.

Das Selbst übersteigend mich für andere einsetzen

Auf die Fähigkeit zur Intimität baut dann auch die Fähigkeit der Fürsorge auf, die weiter geht als die Fähigkeit zur Intimität, indem sie mich in die Lage versetzt, nicht nur anderen innerlich und äußerlich nahe zu sein, sondern mich auch um sie zu kümmern, für sie Sorge zu tragen. Erik Erikson (1992, 86) spricht hier von *Generativität*, die die »Fortpflanzungsfähigkeit, Produktivität und Kreativität, also die Hervorbringung neuen Lebens, neuer Produkte und neuer Ideen« umfaßt. Es ist die Phase im Leben, in der es darum geht, sich in einer Weise für etwas, für andere einzusetzen, die mich übersteigt. Bei Verheirateten kann dies in der Sorge um die Nachkommenschaft und damit auch um die Sicherung der menschlichen Rasse zum Ausdruck kommen. Der Priester kann in seiner Fürsorge und Seelsorge, seinem Dasein und Einsatz für andere diesem Streben in ihm zum Ausdruck verhelfen. Wo es dem Priester gelingt, diesem Verlangen sich für andere einzusetzen, ja hinzugeben, nachzukommen, vermag er auch einen Teil seines Verlangens nach Familie und Kindern darin zu stillen. Weiter sichert er mit dieser Fähigkeit zur Fürsorge sein weiteres Wachstum. Er entwickelt und entfaltet sich weiter, stagniert nicht.

Michael kommt in Berührung mit seiner Wehmut, sich dafür entschieden zu haben, niemals eine Familie zu gründen. Er verdrängt den Gedanken, ob es überhaupt seine Entscheidung war. Michael erweckt an dieser Stelle den Eindruck, dem eigentlichen Schmerz auszuweichen. Keine Kinder zu haben, keine Familie gründen zu können, erleben viele Priester und Ordensleute als sehr schmerzvoll. Damit ich nicht in meinem Schmerz hängenbleibe oder beständige Traurigkeit bis hin zur Depression sich über das ganze Leben legt, ist es wichtig, sich von dem Wunsch nach Kindern und Familie zu verabschieden und dabei all die Trauer zuzulassen, die das auslöst, um sie dann so zu verarbeiten, daß ich wieder offen und innerlich frei bin für meine Möglichkeiten.

Mancher Priester mag an dieser Stelle im Entwicklungsprozeß hängen bleiben, glauben, nicht mehr weitergehen zu können. Er mag sich leer und ausgebrannt fühlen. Ihm mögen die Voraussetzungen für diesen nächsten Entwicklungsschritt fehlen, da er sich den vorausgegangenen Entwicklungsprozessen nicht wirklich gestellt hat. Statt in seiner Aufgabe, und in seinen persönlichen Interessen aufzugehen, zieht er sich innerlich und äußerlich zurück. Der eine, der die Fähigkeit zur Intimität nicht erlangt hat, bleibt so sehr in sich verschlossen, daß er sich nicht hingeben kann, er nicht in der Lage ist, sich selbst vergessend auf eine tiefere Beziehung zu anderen einzulassen, für sie da zu sein und in dieser Hingabe weiter zu werden, zu wachsen, sich zu verwirklichen. Das gilt für seine Beziehung zu Gott, die nicht zu der das Selbst übersteigenden Hingabe werden kann, da sie recht schnell an die Grenzen der zwischenmenschlichen Hingabefähigkeit stößt. Als Folge davon stellt sich ein Gefühl des »Auf-der-Stelle-tretens« ein, das erst dann überwunden wird, wenn der Wachstumsprozeß wieder weiter gehen kann. Damit das aber möglich ist, bedarf es zuweilen zunächst des Nachholens und der Aufarbeitung bisher nicht stattgefundener Entwicklungsprozesse – manchmal mit Hilfe professioneller Begleitung und Beratung.

Ist die Entscheidung, Priester zu werden und als solcher zölibatär zu leben, Ausdruck meines Selbst, ja erhält dadurch mein Selbst noch stärkere Konturen, dann darf ich mich auch immer wieder als Priester auf mein Selbst verlassen, mich an ihm ausrichten und mich von ihm führen lassen. Dieses Selbst ist dann wie ein innerer Führer, der mir hilft, meiner Bestimmung treu zu bleiben.

Solange ich mich von meinem Selbst lenken lasse, verfalle ich letztlich auch nicht dem ignis fatuus, jenem sogenannten falschen Feuer, das den Wüstenwanderer von der eigentlichen Fährte abbringen kann, wenn er sich, statt an den Sternen zu orientieren, vom nächtlichen Feuer einer Karawane verführen und ablenken läßt. Auch dann, wenn ich mich von so manchem ignis fatuus für eine Weile ablenken lasse, mich in etwas verrenne, glaube, in etwas, in jemand die Erfüllung meines Selbst zu erfahren – solange ich in Berührung mit meinem Selbst bleibe, ihm die Führung überlasse, darf ich darauf vertrauen, daß ich immer wieder auch mit meiner eigentlichen Orientierung, dem Ausgangspunkt und Endpunkt meiner Bestimmung, meiner Sehnsucht nach Gott, in Berührung bin. Diese Sehnsucht wird da, wo ich gestrauchelt bin, vom Weg abgekommen bin, mir aufhelfen, mich zurückführen. Sie wird mich da, wo ich von den Menschen, für die ich da bin, enttäuscht worden bin, mich trösten. Diese Sehnsucht wird mich ermutigen, meine Trauer, Enttäuschung und meinen Zorn über kirchliche Enge und Engherzigkeit zuzulassen, statt mich davon ersticken zu lassen. Diese Sehnsucht wird liebevoll und bestimmt zugleich mich davor bewahren, angesichts oft erfahrener Unwirksamkeit als Seelsorger und angesichts zunehmenden Desinteresses an Kirche und Glauben in Resignation zu verfallen, indem sie sich meldet und mein Sehnen nach Gott mich wieder spüren läßt, ich davon wieder angesprochen und zum Weitergehen ermutigt werde.

Solange ich als Priester in dieser von meinem Selbst mit am Leben erhaltenen Sehnsucht nach Gott in Berührung bleibe, wird in meinen vielfältigen Begegnungen mit Menschen etwas von dieser Sehnsucht durchstrahlen, werden unsere Begegnungen